U0906031

Yilin Classics

William Faulkner

经/典/译/林

The Sound and the Fury

喧哗与骚动

[美国] 威廉 · 福克纳 著

方柏林 译

译林出版社

图书在版编目（CIP）数据

喧哗与骚动 /（美）威廉·福克纳（William Faulkner）著；方柏林译．—南京：译林出版社，2023.10（2024.1重印）
（经典译林）
书名原文：The Sound and the Fury
ISBN 978-7-5447-9602-6

Ⅰ.①喧… Ⅱ.①威… ②方… Ⅲ.①长篇小说－美国－现代 Ⅳ.①I712.45

中国国家版本馆 CIP 数据核字（2023）第 078695 号

喧哗与骚动［美国］威廉·福克纳 / 著　方柏林 / 译

责任编辑　王　珏　鲍迎迎
装帧设计　侯海屏
校　　对　梅　娟
责任印制　颜　亮

原文出版　Random House, 1946
出版发行　译林出版社
地　　址　南京市湖南路 1 号 A 楼
邮　　箱　yilin@yilin.com
网　　址　www.yilin.com
市场热线　025-86633278
排　　版　南京展望文化发展有限公司
印　　刷　南京新世纪联盟印务有限公司
开　　本　890 毫米 ×1240 毫米　1/32
印　　张　9.75
插　　页　4
版　　次　2023 年 10 月第 1 版
印　　次　2024 年 1 月第 2 次印刷
书　　号　ISBN 978-7-5447-9602-6
定　　价　58.00 元

CONTENTS · 目录

1928年4月7日[1]

透过围栏，从缠绕的花的间隙，我能看到他们在打球。他们往小旗这边来了，我沿着围栏走。拉斯特在开花的那棵树边上找寻着。他们把小旗拔出来，他们打球。然后，他们把小旗插回去，回到台子这儿，一个打了另一个又打。然后他们继续往前，我沿着围栏走。拉斯特从开花的树那儿过来，我们沿着围栏走，他们停下来，我们停下来，我

---

① 本书中福克纳用斜体和正常字体区隔，以示时间转换。书中时间转换多次（尤其在班吉叙述的部分），福克纳曾考虑用不同颜色的字体印刷。此书前后涉及的事件和大致时间如下：
1890年，昆廷出生；
1892年，凯蒂出生；
1894年，杰森出生；
1895年4月7日，小毛莱（班吉）出生；
1900年，姥娘（昆廷、凯蒂、杰森和小毛莱的外婆）葬礼，此时凯蒂七岁，同年小毛莱改名为班吉明；
1900—1901年，娜塔莉和昆廷玩性游戏的插曲发生；
1906年，班吉、凯蒂玩香水插曲发生；
大约在1908年春，班吉帮毛莱舅舅送信给帕特森太太，被帕特森先生抓住的场景发生；
1908年12月23日，凯蒂和班吉送信给帕特森太太；
1908—1910年间，凯蒂和查理在秋千上的场景发生；
1909年秋，昆廷去哈佛读书；
1910年4月25日，凯蒂婚礼，随后班吉试图非礼女学生；
1911年1月，小昆廷出生；
1912年，班吉父亲去世；
1912—1914年，班吉定期去公墓；
1915年，罗斯克斯去世；
1928年4月6—8日，本章“现在”的时间。
参见 Ross, Stephen M. and Noel Polk. *Reading Faulkner. The Sound and the Fury: Glossary and Commentary.* Reading Faulkner Series. Jackson: University Press of Mississippi, 1996, 3–4。

透过围栏看，拉斯特在草地里找。

“来吧，球童。”[1]他打了一球。他们在牧场上走远了。我抓着围栏，看着他们走开。

“你听，你听听。”拉斯特说，“了不起啊，三十三岁的人了，还这样。我刚大老远跑镇上给你买了蛋糕呢。就别这么哼了。要不要帮我找那两毛五分钱，好让我晚上看演出。”

他们在牧场那头又打了会儿。我沿着围栏，回到插小旗的地方。小旗在鲜艳的草地和树丛中飘动着。

“来吧。”拉斯特说，“咱们看够了吧。他们这会儿不会过来了。咱们去小沟边找找硬币吧，不然就被那些黑鬼捡去了。”

小旗红红的，在牧场上飘动。后来一只鸟飞过来，歪斜地停在上头。拉斯特扔了块石头。小旗在那鲜艳的草地和树丛中飘动着。我抓着围栏。

“快别哼了。”拉斯特说，“他们不来，我也不能硬拉他们来，是不是。你要是不闭嘴，姥姥就不给你过生日了。要是不给我停住，你知道我会怎么干。我要把蛋糕全吃了。蜡烛也吃掉。三十三支蜡烛我全给吃了。走，我们去沟边吧。我得找我的两毛五。也许我们还可以找到些球呢。在那儿。他们在那儿。大老远呢。看到没。”他到了围栏前，伸出胳膊指着。“看见他们了吧。他们是不会回到这儿了。走吧。”

我们顺着围栏，来到花园篱笆旁。我们的影子投在上面。在围栏上，我的影子比拉斯特的高。我们走到豁口，钻了过去。

“等等！”拉斯特说，“你又被钉子钩住了。你哪一回从这里钻不被钉子钩住。”

凯蒂帮我解开，我们爬了过去。毛莱舅舅说，别让任何人看到我

---

① 球童原文为“caddie”，与“凯蒂”同音，班吉一听到“caddie”就会想起姐姐凯蒂。

们。所以我们最好猫着腰，凯蒂说。弯下腰，班吉。像这样，看我。我们弯着腰，走过花园，花儿沙沙地在我们身上刮着。地面很硬。我们爬过了围栏。猪在这里哼着，嗅着。我想它们一定很难过，因为它们有个同伴今天被宰了，凯蒂说。地硬硬的，翻过，已经结块了。

手揣口袋里，凯蒂说，不然会冻坏的。你不想圣诞节把手冻坏吧，是不是。

“外面太冷了。”威尔什说，“你还是别出去了。”

“这回又怎么了。”母亲说。

“他要出门。”威尔什说。

“让他去好了。”毛莱舅舅说。

“太冷了。”母亲说，“他最好待在家里吧。班吉明[①]。别哭了，听到没。”

“这对他没什么害处的。”毛莱舅舅说。

“你，班吉明。”母亲说，“不给我乖点，我就把你关厨房了。”

“妈咪说今天不要他到厨房来。”威尔什说，“她说今天得把该做的东西赶出来。”

“让他去吧，卡罗琳。”毛莱舅舅说，“你别为了他，把自己担心出毛病来。”

“我知道。”母亲说，“恐怕这是上帝在惩罚我。我有时都这么想。”

“我知道，我知道。”毛莱舅舅说，“你也得保持体力啊。我去给你温一杯热酒吧。”

“那更坏事，”母亲说，“这你又不是不晓得。”

“你会感觉好点。”毛莱舅舅说，“给他身上多裹点，小子，带他出去一会儿。”

---

① 班吉的大名，书中也称班吉为“班”。

毛莱舅舅走了。威尔什走了。

“别哭了行不行。”母亲说，“我们还巴不得你出去呢。我是不想让你生病。”

威尔什帮我把套鞋和外套穿上，我们拿上我的帽子，走了出去。毛莱舅舅把酒瓶收到餐厅的橱柜里。

“让他在外头待上半个钟头吧，小子。”毛莱舅舅说，“就让他待院子里，去吧。”

“好的，先生。”威尔什说，“我们不会让他走出去的。”

我们出了门。阳光又冷又亮。

“你去哪儿。”威尔什说，“你该不会要去镇上吧，是不是。”我们哗啦啦踩着树叶走了过去。门冷冷的。“你最好把手放口袋里。”威尔什说，“你要是把手冻在大门上，那可怎么办。你咋就不能在家里等他们呢。”他把我的手塞到我口袋里。我能听到他在树叶上哗啦啦地走着。我能闻到那寒冷。门冷冷的。

“这里有几个山核桃。嚯。爬到那棵树上去了。你看看那松鼠，班吉。”

我摸着门却感觉不到它，不过我能闻到那明亮的寒冷。

“你最好把手放口袋里。”

凯蒂在走。然后她跑了起来，书包在背后摇摆跳动着。

“你好，班吉。”凯蒂说。她打开门，走了进来，弯下腰。凯蒂闻起来像树叶。“你是来接我的吗。”她说，“你是来接凯蒂的吗。你怎么让他把手弄得这么凉，威尔什。”

“我叫他插口袋里的。”威尔什说，“是抓那大门抓的。”

“你是来接凯蒂的吗。”她说，搓着我的手，“到底是什么事。你到底想告诉凯蒂什么呢。”凯蒂身上有树的气味，她说我们要睡觉了的时候，也是这气味。

你哼什么哼，拉斯特说，到了小沟，你还能再看他们啊。来。给你一根吉姆森草。他把那花递给我。我们走过围栏，到了空场子上。

“是什么事呢？”凯蒂说，“你到底想告诉凯蒂什么呢。是他们把他打发出来的吧，威尔什。”

“他在屋子里待不住，”威尔什说，“闹个没完，他们让他出来才罢休，然后就直接来到这里，往大门外看。”

“到底什么事。”凯蒂说，“你是不是觉得我放学回家都要到圣诞了。你是不是这么想的。圣诞节就是后天了。圣诞老爷呢，班吉。圣诞老爷。来吧，我们跑回家，暖和暖和去。”她抓住我的手，我们踩着明亮的沙沙响的树叶跑。我们跑上台阶，离开那明亮的寒冷，到了黑暗的寒冷里。毛莱舅舅把酒瓶子放回橱柜里。他叫了声凯蒂。凯蒂说道：

“威尔什，带他去烤烤火。跟威尔什去吧。”她说，“我过一会儿就来。”

我们到了火旁边。母亲说：

“他冷不冷，威尔什。”

“不冷。”威尔什说。

“把他的外套和套鞋脱掉。”母亲说，“说多少遍才管用啊，别让他穿套鞋进屋。”

“好的，太太。”威尔什说，“你就这样别动。”他把我的套鞋脱了，外套的扣子解了。凯蒂说：

“等一下，威尔什。他不能再出去吗，妈妈。我想让他跟我一起出去。”

“你最好让他留这里吧。”毛莱舅舅说，“他今天出去够多的了。”

“我想你们两个最好都待在屋里。”母亲说，“天会越来越冷，迪尔西说的。”

“哦，妈妈。”凯蒂说。

“胡说八道。”毛莱舅舅说，“她都在学校待了一整天了。她得出去透透气的。快去吧，坎迪斯[1]。"

"让他也去吧，妈妈。"凯蒂说，"求你了！你知道他会哭的。"

"你为什么非当着他面提这事呢。"母亲说，"你来这儿干吗，找由头让我操心吗。你今天在外头够久了。我想你最好坐下来，陪他一起玩。"

"让他们去吧，卡罗琳。"毛莱舅舅说，"冷点也伤不了他们。记住，你自己要保持体力啊。"

"我知道。"母亲说，"没有人知道我多么害怕圣诞节。没有人知道。我不是那种受得了事的女人。为了杰森和孩子们的缘故，我得坚强点。"

"你尽力而为好了，别为他们操心。"毛莱舅舅说，"快走吧。你们两个。但是别待太久，听到没。你们妈妈会担心的。"

"好的，舅舅。"凯蒂说，"来吧，班吉。我们又可以出去了。"她把我的外套扣上，我们向门走去。

"宝宝套鞋你都不给穿上，就这么带他出去么。"母亲说，"家里要来这么多人，你要让他害病不成。"

"我忘了。"凯蒂说，"以为他还穿着呢。"

我们又折了回去。"你总该动动脑子。"母亲说。*你就这样别动* 威尔什说。他把我的套鞋穿上。"有一天我不在了，你得多替他想着点。"*跺跺脚* 威尔什说。"过来，亲亲妈妈，班吉明。"

凯蒂把我带到母亲椅子前，母亲用手捧住我的脸，然后把我抱住。

"我可怜的孩子。"她说。她松开手。"你和威尔什好好照顾他，亲爱的。"

"好的，妈。"凯蒂说。我们往外走。凯蒂说：

---

① 凯蒂的大名。

“你不用去，威尔什。我带他一会儿就行了。”

“好吧。”威尔什说，“这大冷天的我才不平白无故跑出去呢。”他继续走，我们在厅里停下来，凯蒂跪下，搂着我，她冰冷而明亮的脸跟我的脸贴在一起。她身上有树的气味。

“你不是可怜的孩子。是不是。是不是。你还有你的凯蒂呢。你有你的凯蒂呢是不是。”

你就不能把嘴闭上，别这么哼哼唧唧流口水了，拉斯特说，这么吵吵嚷嚷的，你就不害臊么。我们过了马车房，马车在那里头。它装了个新轮子。

“上去吧，快点，老实坐着，等你妈来。”迪尔西说。她把我推进马车。T. P. 抓着缰绳。“我不明白杰森咋不去弄辆新马车。”迪尔西说，“这玩意儿你们这样坐，总有一天会散架的。看看这些轮子。”

母亲走出来，拉下面纱。她拿了一些花。

“罗斯克斯在哪儿。”她说。

“罗斯克斯今天胳膊抬不起来。”迪尔西说，“让T. P.去赶也没事的。”

“我怕。”母亲说，“照我看，你们一周给我腾出个车夫来赶这马车总行吧。老天知道，我这点要求不过分吧。”

“您跟我一样晓得的，罗斯克斯的风湿病这么厉害，不能多干活，卡罗琳小姐。”迪尔西说，“您快过来，上去吧。T. P.和罗斯克斯一样好把式。”

“我怕。”母亲说，“宝宝也在呢。”

迪尔西走上台阶。“您还叫这家伙宝宝啊。”她说。她抓住母亲的手臂。“这么一个大男人，都跟T. P.差不多大了。上吧，如果您想去的话。”

“我怕。”母亲说。她们走下台阶，迪尔西扶母亲上了车。“也许这样对我们所有人都最好。”母亲说。

“您这么说羞不羞啊。”迪尔西说，“您又不是不知道，光靠一个十八岁的黑鬼，哪能让‘女王’跑起来呢。它比他和班吉加在一起还大呢。你可别跟‘女王’乱来，听到没有。T. P. 你要是不顺着卡罗琳小姐心意赶车，我就让罗斯克斯收拾你。他可不会手软。”

“好的，妈。”T. P. 说。

“我知道会出事的。”母亲说，“别哭了，班吉明。”

“给他拿枝花。”迪尔西说，“他就想要花。”她把手伸了进去。

“不，不。”母亲说，“你会撒得到处都是。”

“你拿着。”迪尔西说，“我给他抽一枝。”她给了我一朵花，手又缩了回去。

“现在走吧，让昆廷瞧见又要跟着去了。”迪尔西说。

“她在哪儿。”母亲说。

“她回屋和拉斯特去玩了。”迪尔西说，“走吧，T. P.，就按罗斯克斯跟你说的那样去赶吧。”

“好的，妈。”T. P. 说，“跑起来啰，‘女王’。”

“昆廷，”母亲说，“别让它……”

“那当然。”迪尔西说。

马车在车道上吱吱嘎嘎颠簸着。“我不想走，把昆廷留下。”母亲说，“我最好不要去，T. P. 。”出了大门，车子不再颠簸了。T. P.用鞭子抽了下“女王”。

“悠着点，T. P.。”母亲说。

“得让它跑起来了。”T. P. 说，“让它醒着，挨到我们回马车房再说。”

“掉头。”母亲说，“我不想把昆廷留下。”

“这儿掉不了头。”T. P. 说。不久，路变宽了。

“这儿掉头行吧。”母亲说。“好吧。”T. P. 说。我们开始掉头。

“慢点，T. P. 。”母亲说，手抓住我。

“我总得把头掉过来啊。”T. P. 说，“吁，‘女王’。”我们停了下来。“你这样会让车子翻掉的。”母亲说。

“那您想怎么办。”T. P. 说。

“你这样掉头我不放心。”母亲说。

“起来，‘女王’。”T. P. 说。我们继续往前赶。

“我只知道要是我不在，说不准迪尔西会让昆廷出什么事呢。”母亲说，“我们得赶紧回去。”

“跑起来，‘女王’。”T. P. 说。他又用鞭子抽了下“女王”。

“悠着点，T. P. 。”母亲说，手抓住我。我能听到“女王”的蹄子，左右两边明亮的形体顺滑平稳地掠过，它们的阴影在“女王”的背上流淌。它们像车轮子明亮的顶端一样掠过。然后一边没有了，只有个高高的白柱子，有个当兵的在那里①。但在另一边，风景继续顺滑平稳地掠过，只是有点慢了。

“您要干吗。”杰森说。他的手插在口袋里，耳朵后夹着一支铅笔。

“我们去墓地。”母亲说。

“好吧。”杰森说，“我不想拦您，是不是。您找我就为这事，就跟我说这个。”

“我知道你不会去。”母亲说，“不过你要是去，我会感到安全些。”

“有啥不安全的。”杰森说，“父亲和昆廷又不会伤害您。”

母亲的手帕放到了面纱下。“别这样了，妈。”杰森说，“您想让这倒霉傻子在广场中央号啕大哭不成。赶路吧，T. P. 。”

“跑起来，‘女王’。”T. P. 说。

---

① 镇广场上南方军队士兵的雕像。

“这都是报应啊。”母亲说，“不过我迟早也会走的。”

“好了。”杰森说。

“吁。”T. P. 说。杰森又说：

“毛莱舅舅给您开了张五十块的支票。您打算怎么用。”

“你问我干啥。”母亲说，“哪还有我说话的份。我尽量不让你和迪尔西操心就是了。我也是过不久的人了，然后你就……”

“走吧，T. P. 。”杰森说。

“跑起来，‘女王’。”T. P. 说。那些形体又流动起来。另一边的也开始动了，又亮又快又平滑，就像凯蒂说我们要睡觉时那样。

你就是好哭鼻子，拉斯特说，就不害臊么。我们过了牲口棚。马厩的门都开着。你没有小花马骑了，拉斯特说。地面很干，很多灰尘。屋顶在往下陷了。斜斜的洞口下，黄黄的光在转着。你要去那里干吗。要是球飞过来，还不把你脑袋砸掉。

“把手插口袋里，”凯蒂说，“不然会冻坏的。你不想圣诞节把手冻坏吧，是不是。”

我们绕过了牲口棚。大母牛和小牛站在门内，我们能听到“王子”、“女王”和“神奇”在跺脚。“如果不是这么冷，我们就可以骑‘神奇’了。”凯蒂说，“不过这么冷，也坐不稳的。”然后我们就可以看到小沟了，那边冒着烟。“他们就在那里杀猪呢。”凯蒂说，“我们回来的时候可以打那儿过，看看他们忙。”我们走下山坡。

“你要想拿信，”凯蒂说，“可以拿。”她把信从口袋里拿出来，放到我口袋里。“这是个圣诞礼物。”凯蒂说，“毛莱舅舅想给帕特森太太来个惊喜。我们得亲自交给她，不要让别的任何人看到。你马上把手好好放口袋里。”我们来到小沟边。

“都冻住了。”凯蒂说，“看。”她把水面的冰打破，拿起一块贴我脸上。“是冰。可见天多冷啊。”她扶我过了沟，我们向坡上走去。“我们连爸妈都别讲。你知道我怎么想的吗。我想这对爸妈和帕特森先生都是惊喜，因为帕特森先生给过你一些糖果。你还记得去年夏天帕特森先生送你糖果的事吧。”

有道围栏。藤子干了，风从中间吹过，哗啦作响。

“就我不明白为什么毛莱舅舅不派威尔什来。”凯蒂说，“威尔什不会讲的。”帕特森夫人朝窗外看着。“你在这里等着。”凯蒂说，“就在这里等着。我马上就回来。把信给我。”她把信从我的口袋里掏出来。“把手插口袋里。”她手里拿着信，爬过围栏，穿过那些褐色的沙沙响的花。帕特森太太来到门口，打开信，站在那里。

帕特森先生在绿色的花丛里砍着。他停下来，看着我。帕特森太太从花园那边一路跑过来。我看到她的眼睛时，哭了起来。你这白痴，帕特森太太说，我叫他不要再单独派你来嘛。给我。快点。帕特森先生拿着锄头，快步过来了。帕特森太太身子探过围栏，手伸过来。她试图爬上围栏。把它给我，她说，把它给我。帕特森先生爬上围栏。他接过信。帕特森太太的衣服挂在围栏上了。我又看到了她的眼睛，于是向坡下跑去。

“那儿除了房子啥也没有。”拉斯特说，“我们去下面水沟那边吧。”

他们在小沟那里洗衣服。有个人在唱歌。我能闻到衣服在抖动，有烟从小沟那边吹过来。

“你就在这下面等着。”拉斯特说，“那上面没你的事。那伙人会揍你的，准会的。”

“他想干啥就干啥吧。”

“他哪知道他想干啥。”拉斯特说，“他以为自己想去他们打球的地方。你就在这里坐下来，玩你的吉姆森草。真要看什么，就看那些小孩子在沟里玩吧。你咋就不像其他人一样规矩一点呢。”我坐在岸上，他们在那里洗衣裳，蓝蓝的烟在上升。

“各位看到这里一个硬币没有。”拉斯特说。

“什么硬币。”

“我今天早晨在这里的时候还有。”拉斯特说，“不知丢哪里了。从我口袋这个洞里掉了。我要是找不到，晚上就没法看演出了。”

“你哪儿拿的硬币，小子。趁人不注意，从哪个白人口袋里摸的吧。”

“从拿的地方拿的。”拉斯特说，“我拿的那个地方硬币多的是呢。不过我得把丢的那个找到。你们有谁看到了。”

“没空想什么硬币。我自己还有事要忙呢。”

“快过来，”拉斯特说，“帮我找找吧。”

“他就是看到也不认识，是不是。”

“他一样可以帮着找。”拉斯特说，“你们今晚都去看演出不。”

“别跟我说什么演出。我这一大桶衣裳洗完，怕是累得胳膊都抬不起来了。”

“我敢说你会去的。”拉斯特说，“我敢说你昨晚也去了。我打赌，等那帐篷开了，你们全都会去的。”

“我就是不去，别的黑鬼也少不了。昨晚就这样。”

“黑鬼的钱和白人的一样好使吧，我估计。”

“白人给黑人钱，因为他们早就知道，弄个剧团过来，就能把钱全赚回去，这样黑鬼们又得去干活。”

“你不去看演出也没人逼你。”

“是没有。估计想都没想过，我估计。”

“你咋这样跟白人过不去。”

“也不是跟他们过不去。我过我的独木桥，他们走他们的阳关道。我没空想这演出。”

“演出上有个人能用锯子弹调子呢。就像弹班卓琴。”

“昨晚你去了。”拉斯特说，“要是找到硬币，我今天晚上去。”

“你要带上他吧，我估计。”

“我带他。”拉斯特说，“你想想，他要是嚷嚷起来，你以为我喜欢守着他。”

“他真嚷嚷起来，你咋办。”

“我拿鞭子抽他。”拉斯特说。他坐下，把工装裤卷起来。他们在小沟里玩起来。

“你们几个找到什么球没有。”拉斯特说。

“就别吹牛了。我想你还是别让你姥姥听到你这样讲话。”

拉斯特下到他们玩的沟里。他沿着河岸，在水里找着。

“今天早晨来这里的时候还没丢呢。”拉斯特说。

“你是在哪里丢的。”

“就从我口袋这洞里丢的。”拉斯特说。他们在沟里找着。然后，他们都站起来，停住了，接着又在沟里拍着打着。拉斯特找到了，他们蹲在水里，透过灌木丛看着坡上面。

“他们去哪儿了。”拉斯特说。

“看不到人了。”

拉斯特把硬币放进口袋。他们下了坡。

“有球滚下来没。”

“应该在水里吧。你们几个小子看到或者听到没。”

“没听到有啥滚下来。”拉斯特说，“听到那边有什么东西打到树了。不知滚哪儿去了。”

他们看着沟里。

“真见鬼！顺着沟往下看看。它滚到这里了。我看见了。”

他们顺着沟往下看。然后，他们又回到了坡上。

“你看到我的球没。”男孩说。

“我要球干吗。”拉斯特说，“啥球都没看到。”

男孩下了水。他接着往前走。他转过身来，又看了看拉斯特。他沿着沟继续往前走。

坡上那男的说：“球童。”那男孩从水里出来，上了坡。

“瞧，又哼起来了。”拉斯特说，“闭嘴吧。”

“他现在又哼啥呢。”

“天晓得。”拉斯特说，“他就是这样说来就来。这么哼哼唧唧一上午了。因为是他的生日吧，我估计。”

“他多大了。”

“三十三了。”拉斯特说，“今天上午三十三。”

“你的意思是，他这三岁的样子保持三十年了。”

“这是我姥姥讲的，”拉斯特说，“我不知道。总之，我们要在蛋糕上插三十三根蜡烛。小蛋糕。都很难插这么多蜡烛。别哼了。快到这里来。”他走过来，抓住我的胳膊。“你这个老傻子，”他说，“你要我抽你吗。”

“你肯定会的。”

“我可是真动过手的。别哭了，听见没。”拉斯特说，“我不是跟你说了吗，你不能去那里。他们会用高尔夫球把你整个脑袋砸下来。来，过来。”他把我拉回来。“坐下。”我坐了下来，他脱下我的鞋，卷起我的裤子。“给咱下水玩去，看你是不是还哼唧。”我安静了下来，下到水里。

罗斯克斯来了，说来吃晚饭吧。然后凯蒂说，

没到吃晚饭的时间呢，我不去。

她身上湿漉漉的。我们在沟里玩，凯蒂蹲下来，把裙子弄湿了，威尔什说：“你把裙子弄湿，你妈要抽你的。”

“她才不会呢。”凯蒂说。

“你怎么知道?”昆廷说。“我当然知道。”凯蒂说。

“你怎么知道。”

“她说她会的。”昆廷说，“还有，我比你大。”

“我都七岁了。”凯蒂说，“我想我知道吧。”

“我比你大。”昆廷说，“我都上学了。是不是啊，威尔什。”

“我明年去上学。”凯蒂说，“到时候该去就去。是不是，威尔什。”

“你知道，你把裙子弄湿了，她会抽你的。”威尔什说。

“没湿。”凯蒂说。她在水里站起来，我看着她的裙子。“我脱掉吧。”她说，“很快它就干了。”

“你才不会脱呢。”昆廷说。

“我就会。”凯蒂说。

“最好还是别脱吧。”昆廷说。

凯蒂到威尔什和我跟前来，转过背。

“解开它，威尔什。”她说。

“别解，威尔什。”昆廷说。

“又不是我的衣裳。”威尔什说。

“解开它吧，威尔什。”凯蒂说，“不然我就把你昨天干的好事告诉迪尔西。”威尔什于是开始解裙子。

“你把衣服给脱了。”昆廷说。凯蒂把衣服脱了，扔到河岸上。于是她身上只剩下胸衣和衬裤了，昆廷给了她一耳光，她滑了一跤，倒在水里。她站起来，开始向昆廷泼水，昆廷也向凯蒂泼。水溅到威尔什和我身上，威尔什把我抱起来，放到岸上。他说，他会告凯蒂和昆廷一状，接着昆廷和凯蒂开始向威尔什泼水。他跑到了灌木丛后面。

“我要跟妈告你们所有人的状。”威尔什说。

昆廷爬上岸，想抓住威尔什，可是威尔什跑了，昆廷却没追。昆廷回来后，威尔什停了下来，喊着要告状。凯蒂告诉他，如果他不告状，他们就让他回来。威尔什说他不告了，于是他们让他回来了。

“我猜你这回该满意了吧。”昆廷说，“我们俩现在都要挨抽了。”

“我无所谓。”凯蒂说，“我会跑。”

“知道你会。”昆廷说。

“我会跑的，而且永远不回来。”凯蒂说。我哭了起来。凯蒂马上转头说：“别哭。”于是我不哭了。然后，他们在沟里玩。杰森也在玩。他就一个人，在小沟更前面一点。威尔什绕过灌木丛走过来，又把我抱到水里。凯蒂在后面，身上又是水又是泥，我开始哭，她走了过来，蹲在水中。

“别哭了。”她说，“我不会跑的。”于是我不哭了。凯蒂闻起来就像雨里的树。

你咋回事啊，拉斯特说，你就不能别哼了，跟大伙儿一样在沟里玩一下么。

你咋不带他回家。他们不是说别让他出门吗。

他以为牧场还是他家的呢，拉斯特说，反正也没人从房子那看到这里。

我们看到了。不过大家不喜欢看傻子。看到傻子要倒霉的。

罗斯克斯来了，让回去吃晚饭。凯蒂说，还没到吃晚饭的时候呢。

“已经到了。”罗斯克斯说，“迪尔西让你们都回去。带他们回去吧，威尔什。”他爬上山坡，那里有母牛在哞哞叫。

“也许我们回到家衣裳就干了。”昆廷说。

“都是你干的好事。”凯蒂说，“我们真被抽一顿才好呢。”她穿上裙子，威尔什给她扣上。

“他们不会知道你身上湿了。”威尔什说，“你这样子看不出来。除非我和杰森告状。”

“你要告状么，杰森。”凯蒂说。

“告谁的状。”杰森说。

“他不会告的。”昆廷说，“你会不会，杰森。”

“我敢说他一准儿会告的。”凯蒂说，“他会告诉姥娘的。”

“他不能告诉她。”昆廷说，“她病了。我们走慢点，到时候天一黑，他们就都看不见了。”

“我才不管他们看得见看不见。”凯蒂说，“我自己都会说出去的。你带他上坡吧，威尔什。”

“杰森不会告的。”昆廷说，“你还记得我给你做的弓箭吗，杰森。”

“现在都坏了。”杰森说。

“让他告好了。”凯蒂说，“我才不怕。背毛莱上坡吧，威尔什。”威尔什蹲了下来，我趴到他背上。

咱们今晚看演出时见，拉斯特说，来，过来，我们得去找那硬币。

“如果我们走慢点，到家里天也黑了。”昆廷说。

“我才不。”凯蒂说。我们上了坡，但昆廷没有来。我们到了能闻到猪味的地方，他还在下面沟里。猪还在角落的槽子里哼着嗅着。杰森手插口袋里，来到我们身后。罗斯克斯在牲口棚门口给奶牛挤奶。

奶牛蹦蹦跳跳从牲口棚里跑出来。

“你就这样接着叫吧。”T. P. 说，“再叫一次。我自己都要叫了。哎哟。”昆廷又在踢T. P. 了。他把T. P. 踢到猪吃食的槽子里，T. P. 躺在那里。“乖乖。”T. P. 说，“他以前就这么打我的。大家看那白人那次把我给踢的。哎哟。”

我不想哭，但就是停不住。我不想哭，但是地在动，然后我就哭了。地面斜着向上，奶牛跑上了坡。T. P. 想站起来。然后又摔倒了，奶牛跑下了坡。昆廷抓住我的胳膊，我们向牲口棚跑去。可是，牲口棚不在那儿，我们只好等到它回来。我没有看到它回来。它到了我们身后，昆廷把我放到牛吃食的槽子里。我扶着槽子边。槽子也要离开，但是我紧紧扶着它。母牛再次跑下坡，穿过了门。我停不下来。昆廷和T. P. 一路打着，上了坡。T. P. 从坡上滚下去，昆廷又拉着他上来。昆廷打T. P. 。我停不下来。

“站起来。”昆廷说，“你就待这里。我回来前不要走开。”

“我和班吉要回去看结婚的。”T. P. 说，“哎哟。”

昆廷又打中了T. P. 。然后，他开始把T. P. 往墙上撞，T. P. 在笑。昆廷每次把他撞到墙上，他都想说声“哎哟”，可是笑得说不出来。我不哭了，可是我也停不住。T. P. 倒在我身上，这时牲口棚的门也倒了。它沿着山坡滑下去，T. P. 自己在打，然后又倒了。他还在笑，可是我停不住。我想站起来，可是我又倒下去了，我停不住。威尔什说：

“你们现在一定闹够了吧。要我说，你们闹够了。别叫唤啦。”

T. P. 还在笑。他瘫倒在那门上，笑着。“哎哟。”他说。“我和班吉要回去看结婚的。有沙士汽水喝呢。”T. P. 说。

“嘘。”威尔什说，“你在哪儿弄的。”

“外头地窖里。”T. P. 说，“哎哟。”

“别叫了。”威尔什说，“在地窖哪里。”

“到处都是。”T. P. 说。他又笑了笑。“还剩一百多瓶呢。还剩一百多万瓶呢。小心啊，黑鬼，我要叫了。”

昆廷说：“把他扶起来。”

威尔什把我扶了起来。

“喝点这个，班吉。”昆廷说。玻璃杯是热的。“别吵了。”昆廷说，“喝吧。”

“沙士汽水。”T. P. 说，“让我喝吧，昆廷先生。”

“闭上你的嘴。”威尔什说，“不然看昆廷先生怎么收拾你。”

“抱着他，威尔什。”昆廷说。

他们按住我。这东西流到我下巴上、我衬衫上，辣乎乎的。“喝。”

昆廷说。他们抱着我的头。我身体里面很热，我又忍不住哭起来，肚子里在闹腾，我哭得更厉害了，他们摁着我，一直到我肚子里的闹腾停下来。接着我就安静了。那东西还在四处转，那些形体又开始出现了。把摇床打开，威尔什。它们转得慢慢的。把空麻袋铺在地上。它们转得快起来，相当快了。马上！把他的脚抬起来。它们接着转，平滑而明亮。我能听到T. P.在笑。我跟它们一起，上了那明亮的山坡。

到了坡顶，威尔什把我放下来。“来吧，昆廷。”他叫道，回头看着坡下面。昆廷还站在沟那边。他向沟边的阴影冲过去。

“让老傻子待那儿好了。”凯蒂说。她握着我的手，我们走过牲口棚，出了大门。有一只蛤蟆在砖走道上，蹲在路中间。凯蒂从它身上跨过去，拉着我往前走。

“来吧，毛莱。”她说。它还蹲在那里，杰森用脚趾捅了捅。

“它会让你长疣子的。”威尔什说。蛤蟆跳走了。

“来吧，毛莱。”凯蒂说。

“晚上有客人来。”威尔什说。

“你是怎么知道的？”凯蒂说。

“所有灯都亮着。”威尔什说，“每一个窗口都有光。”

“我想就算没客人来，也能把所有灯都打开。”凯蒂说。

“我敢说有客人来。”威尔什说，“你们最好还是从后门进去，轻手轻脚上楼。”

“我不管。”凯蒂说，“我偏要从招待客人的客厅里直接进。”

“我打赌，你要是这么干，你爸准会抽你一顿。”威尔什说。

“我无所谓。”凯蒂说，“我偏要从客厅直接进去。我偏要直接走进餐厅，去吃晚饭。”

“你坐在哪里。”威尔什说。

“坐在姥娘的椅子上。”凯蒂说，“她自己在床上吃。”

“我饿了。”杰森说。他超过了我们，在走道上跑起来。他的手插在口袋里，摔倒了。威尔什过去把他扶起来。

“你把手从口袋里拿出来，走路才稳。”威尔什说，“你胖成这样子，要是摔倒了，抽出手来撑一下都来不及。”

父亲站在厨房的台阶上。

“昆廷呢。”他说。

“他还在小路上，往这里走呢。”威尔什说。昆廷慢慢走了过来。他的衬衫模模糊糊一片白色。

“哦。”父亲说。灯光从台阶滚下，落在他身上。

“凯蒂和昆廷刚才在打水仗。”杰森说。

我们等着。

“是吧。”父亲说。昆廷到了，父亲说：“你们今天晚上可以在厨房里吃。”他弯下身，把我抱起来，光从台阶上跌下来，也落到我身上。我能往下看到凯蒂、杰森、昆廷和威尔什。父亲转向台阶。“不过你们得安静点。”他说。

“为什么我们要安静点，爸爸。”凯蒂说，“有客人吗。”

“是的。”父亲说。

“我跟你说过有客人的。”威尔什说。

“你没说。”凯蒂说，“是我说有客人的。我说我会”

“嘘。”父亲说。他们不说了，父亲打开门，我们走过后面的门廊，进了厨房。迪尔西在那里，爸爸把我放在椅子上，围上围嘴，把椅子推到桌子前，桌子上放着饭菜。热气腾腾的。

“现在你们听迪尔西的。”父亲说，“尽量别让他们吵，迪尔西。”

“是，先生。”迪尔西说。父亲走了。

“记住现在要听迪尔西的。”他在我们身后又说了句。我把脸向饭菜探过去。热气蒸上我的脸。

“今天晚上还是让他们听我的吧，爸爸。”凯蒂说。

“我才不会听你。”杰森说，“我听迪尔西的。”

“要是父亲让大家听我的，你们敢不听。”凯蒂说，“让他们听我的吧，爸爸。”

“我不会听的。”杰森说，“我不会听你的。”

“嘘。”父亲说，“那么大家都听凯蒂的吧。等他们都吃完，带他们从后面楼梯上去，迪尔西。”

“是，先生。”迪尔西说。

“瞧瞧。”凯蒂说，“现在，我猜大家听我的了吧。”

“都别说话了，听到没。”迪尔西说，“你们今晚得安静点。”

“为什么今晚要安静点。”凯蒂低声说。

“这你别管。”迪尔西说，“到时候你就知道了。”她把我的碗拿过来。碗里的水汽腾起，把我的脸弄得痒痒的。“过来，威尔什。”迪尔西说。

“到时候是什么时候啊，迪尔西。”凯蒂说。

“星期天啊。”[①]昆廷说，“你怎么啥也不懂。”

“嘘。”迪尔西说，“没听杰森先生叫你们都安静吗。快来吃晚饭。来，威尔什。给他拿勺子。”威尔什手拿勺子，伸到碗里。勺子到了我的嘴前。蒸汽弄得我嘴里痒痒的。然后我们不吃了，互相看着，没有作声，我们又听到了那声音，我哭了起来。

“怎么了？”凯蒂说。她把手放在我手上。

“是妈妈。”昆廷说。勺子上来了，我吃了，然后又哭了。

“嘘。”凯蒂说。但我没有停，她来到我身边，伸出胳膊抱住我。迪尔西走过去把两扇门都关了，我听不到那声音了。

---

① 上文的“到时候”原文为“in the Lawd’s own time”，“Lawd’s time”也可理解为“主的时间”，昆廷取了这个意思，理解成了星期天做礼拜的时间。

“别哭了，听见没。”凯蒂说。我不哭了，开始吃东西。昆廷没吃，杰森在吃。

“是妈妈。”昆廷说。他站起身来。

“马上给我坐下。”迪尔西说，“他们那儿有客人，你们这一身的泥巴怎么去。你也坐下，凯蒂，把饭吃完。”

“她在哭呢。”昆廷说。

“是有人在唱歌。”凯蒂说，“是不是，迪尔西。”

“你们都去吃饭，快点，听杰森先生的话。”迪尔西说，“到时候自然就知道了。”凯蒂坐回到椅子上。

“我跟你们说的，是在开晚会呢。”她说。

威尔什说：“他全都吃完了。”

“把他的碗拿过来。”迪尔西说。碗拿走了。

“迪尔西。”凯蒂说，“昆廷不吃。他是不是该听我吩咐啊。”

“快吃，昆廷。”迪尔西说，“你们都给我吃完，然后离开我的厨房。”

“我不想吃了。”昆廷说。

“叫你吃你就吃。”凯蒂说，“是不是，迪尔西。”

碗里的水汽蒸到我脸上，威尔什的手把勺子放碗里，蒸汽又进到我嘴里，让我嘴里痒痒的。

“我不要吃了。”昆廷说，“姥娘病了，他们还有心思开晚会。”

“他们会在楼下开。”凯蒂说，“她可以到楼梯口往下看。等我穿了睡衣，就打算这么干。”

“妈妈刚才在哭呢。”昆廷说，“她是不是在哭啊，迪尔西。”

“小子，别老来烦我了。”迪尔西说，“你们吃完，我还得给他们准备吃的呢。”

过了一会儿，连杰森也吃完了，哭了起来。

“长点出息吧。”迪尔西说。

“自从姥娘病倒，他没法跟姥娘睡，天天晚上都哭。”凯蒂说，“哭鼻子娃。”

“我要告你的状去。”杰森说。

他在哭。“你都告过了。”凯蒂说，“现在你也没啥好告的了。”

“你们都得去睡觉了。”迪尔西说。她过来把我抱起来，用暖暖的布擦我的脸和手。“威尔什，你能不能让他们从后面楼梯悄悄上去。你，杰森，别哭哭啼啼的了。”

“现在去睡也太早了。”凯蒂说，“我们还从没这么早睡过呢。”

“今晚就得这样。”迪尔西说，“你爸说了，叫你们吃了饭就上楼去。你们都听到的。”

“他是说要大家听我的。”凯蒂说。

“我才不会听你的。”杰森说。

“不听也得听。”凯蒂说，“快点，听见没。你得按我说的做。”

“叫他们别吵了，威尔什。”迪尔西说，“你们都不会吵了，对不对。”

“为什么偏偏今天晚上要我们别吵。”凯蒂说。

“你妈不舒服。”迪尔西说，“你们快点都跟威尔什去吧。”

“早跟你们说母亲在哭呢。”昆廷说。威尔什把我抱起来，打开通向后廊的门。我们走了出去，威尔什关上门，外头黑漆漆的。我能闻到威尔什的气味，能摸到他。“大家都别作声。我们暂时不到楼上去。杰森先生说了，叫大家都上楼去。他说大家该听我的。我才不会听你的。他明明叫大家都听我的。是不是，昆廷。”我能摸到威尔什的头。我能听到大家的喘息声。“他是不是这么讲的啊，威尔什。是的，没错。那么我说大家出去一会儿吧。来吧。”威尔什打开门，我们走了出去。

我们下了台阶。

“我想还是去威尔什屋子里吧，这样他们就听不见我们了。”凯蒂说。威尔什把我放下来，凯蒂牵着我的手，我们沿砖路走过去。

“走吧。”凯蒂说，“蛤蟆不见了。现在它准跳到花园那边了。没准还能看到另外一只。”罗斯克斯提着两桶奶走过来。他接着往前走。昆廷没和我们一起来。他坐在厨房台阶上。我们走到威尔什屋子里。我喜欢闻威尔什屋子的气味。屋子里生着火，T. P. 蹲在火前面，衬衫后摆搭在前面，在往火里添柴，把它烧旺。

接着我起来了，T. P. 给我穿好衣服，我们又去厨房吃东西。迪尔西在唱歌，我哭了起来，她不唱了。

“马上把他从家里带走。”迪尔西说。

“我们不能就这么走。”T. P. 说。

我们在沟里玩。

“我们不能绕到那头去。”T. P. 说，“没听妈讲不能去吗。”

迪尔西在厨房里唱歌，我哭了起来。

“嘘。”T. P. 说，“来吧。我们去牲口棚吧。”

罗斯克斯在牲口棚挤奶。他用一只手挤奶，边挤边哼哼。有几只鸟蹲在牲口棚的门上，盯着他。有一只落下来，和牛一起吃东西。我看着罗斯克斯挤奶，T. P. 在喂“女王”和“王子”。小牛犊在猪圈里。它鼻子蹭着铁丝网，叫唤着。

“T. P. 。”罗斯克斯说。T. P. 在牲口棚里答应了声。“神奇”从门上面探出头，因为T. P. 还没有喂它。“把那边的事做完，”罗斯克斯说，“你还得来挤奶。我没法用右手啦。”

T. P. 过去挤奶。

“你怎么不找大夫看看。”T. P. 说。

“大夫看了又能怎样。”罗斯克斯说，“这地方不行。”

“这地方怎么不行。”T. P. 说。

“这地方不吉利。”罗斯克斯说，“奶挤完了，把小犊子关进来。”

这地方不吉利，罗斯克斯说。火在他和威尔什身后一跳一跳的，掠过他俩的脸。迪尔西安排我上了床。床和T. P. 身上一个气味。我喜欢。

“你知道啥呢。”迪尔西说，“你出神了吗？”

“也不用出什么神。”罗斯克斯说，“那兆头不就在床上吗。十五年前这兆头就在，明摆着要大伙儿看的。”

“就算是吧。”迪尔西说，“这对你和你这一家也没啥不好的，是不是。威尔什能干活，弗洛尼出了嫁，T. P. 也大了，到了风湿病把你收拾完的那会儿，他也能接替你了。”

“到现在，都倒俩了。”罗斯克斯说，“还会走一个。我都见过兆头了，你不也见过吗。”

“那天晚上，我听到一只猫头鹰叫。”T. P. 说，“丹也不来吃晚饭。都不愿离开牲口棚一步。天一黑就开始叫。威尔什都听到了。”

“看来接下来还不止一个。”迪尔西说，“你说人哪个不会死，耶稣保佑。”

“也不是一死百了。”罗斯克斯说。

“我知道你在想什么。”迪尔西说，“别提那名字了，不吉利，不然他哭起来，你可要坐那儿陪着。”

“这地方不吉利。”罗斯克斯说，“我一开始就看出来了，等他们换了名字，我就更清楚了。”

“你快闭嘴吧。”迪尔西说。她把被子盖上。被子和T. P. 一个气味。“现在你们都给我闭嘴，让他去睡。”

“我见过兆头的。”罗斯克斯说。

“横竖T. P. 什么活都会替你干了。”迪尔西说。把他和昆廷带屋子里去，让他们跟拉斯特玩，弗洛尼可以看着他们。T. P. ，帮你爹做事去。

我们吃完了饭。T. P. 抱起昆廷，我们去了T. P. 的屋子。拉斯特在泥地里玩。T. P. 把昆廷放下来，她也在泥地里玩了。拉斯特有几个线轴，他和昆廷打了起来，最后昆廷抢到了线轴。拉斯特哭了，弗洛尼走过来，给了拉斯特一个铁罐子玩，然后我把线轴拿过来，昆廷跟我打了起来，我哭了。

“行了。”弗洛尼说，“你害不害臊。小娃娃要的东西也抢。”她从我手里抢过线轴，还给昆廷。

“好，别哭了。”弗洛尼说，“我说了，别哭了。”

“别哭啦。”弗洛尼说，“真得好好抽一顿，你就是欠揍。”她把拉斯特和昆廷拉了起来。“过来。”她说。我们向牲口棚走去。T. P. 在给奶牛挤奶。罗斯克斯坐在箱子上。

“他现在又咋啦？”罗斯克斯说。

“你得让他留在这儿。”弗洛尼说，“他又跟几个宝宝在打。抢他们要的东西。跟T. P. 在这待着，看你能不能消停会儿。”

“把那奶子擦干净。”罗斯克斯说，“去年冬天，你把那头奶牛都挤干了。你要是把这一头也挤干，就不会再有奶了。”

迪尔西在唱歌。

“别去那头啊。”T. P. 说，“你没听妈说吗，别到那边去。”

他们在唱歌。

“走。”T. P. 说，“我们去跟昆廷和拉斯特玩吧。走。”

昆廷和拉斯特在T. P.家门口泥里玩着。屋子里生着火，一跳一跳的。罗斯克斯面火坐着，身子黑黑的。

“都三个了，感谢我主。”罗斯克斯说，“两年前我就跟你说了。这地方不吉利。”

“那你怎么还不走。”迪尔西说。她把我衣服脱了。“你老说什么吉利不吉利的，搞得威尔什想去孟菲斯了。你该满足了吧。”

“要是威尔什只倒这点霉也没啥。”罗斯克斯说。

弗洛尼进来了。

“你们活都干完了。”迪尔西说。

“T. P. 快完了。”弗洛尼说，“卡罗琳小姐要你哄昆廷睡。”

“我尽快去。”迪尔西说，“这会儿她该明白了，我可没长翅膀。”

“我不是跟你说了么，”罗斯克斯说，“这家人自己孩子的名字都不能提，这地方能吉利么。”

“小声点。”迪尔西说，“你想让他再闹一场吗。”

“养个孩子连自己的妈叫啥都不知道。”罗斯克斯说。

“你就别为人家的事费脑子了。”迪尔西说，“他们还不都是我带大的，再带一个又能咋样。行了，啊。他要想睡，就让他去睡吧。”

“说起名字。”弗洛尼说，“谁的名字他都不知道。”

“你说个名字看他知不知道。”迪尔西说，“他睡觉的时候你说一个给他听，我敢说他能听见。”

“大家都觉得他啥也不懂，其实他懂的可多了。”罗斯克斯说，“他都知道谁谁谁的日子什么时候到，准得就跟那猎犬一样。他都能告诉你他自己的日子什么时候到，要是他能讲话的话。还有你的日子。我的日子。”

“你把拉斯特从床上抱下来吧，妈咪。”弗洛尼说，“那孩子会把晦气传给他的。”

“别胡说。”迪尔西说，“你脑子不好啊。你听罗斯克斯扯这些干啥。上床吧，班吉。”

迪尔西把我推到床上，拉斯特已经在床上了。他正睡着。迪尔西找了条长木板，放在我和拉斯特中间。“你就待在你这边。”迪尔西说，“拉斯特还小，别压着他。”

你还不能走，T. P. 说，等等！

我们从房子拐角看过去，看着马车离开。

“快点。”T. P. 说。他把昆廷抱起来，我们跑到围栏角落，看着他们经过。“他走了。”T. P. 说，“看到有玻璃窗的那个没有。瞧瞧。他躺在里头呢。看见没有。”

来吧，拉斯特说，我要把这球带回去，带回去就丢不了了。不行，先生，你怎么能自己拿去呢。人家看到，就说你是偷的。别说了。你不能拿。拿了又有什么用。你又不会打球。

弗洛尼和T. P. 在门口泥巴里玩。T. P. 有个瓶子，里头装着萤火虫。

“你们怎么又全跑出来了。”弗洛尼说。

“家里有客人。”凯蒂说，“父亲叫大家今晚听我的。我想你和T. P. 也要听我的。”

“我才不听你的。”杰森说，“弗洛尼和T. P. 也不用听你的。”

“我说要他们听我的，他们就会听。”凯蒂说，“兴许我还不跟他们说呢。”

“T. P. 谁的话都不会听。”弗洛尼说，“他们葬礼还没开始么。”

“葬礼是什么意思。”杰森说。

“妈咪没跟你说别告诉他们吗。”威尔什说。

“他们干吗要哭。”弗洛尼说，“贝拉·克莱大姐死的时候，他们哭了两天呢。”

他们在迪尔西的屋子里哭。迪尔西在哭。迪尔西哭起来，拉斯特说，别出声，我们停住了，接着我又哭了，蓝毛狗在厨房台阶下头叫了起来。然后迪尔西不哭了，我们也不哭了。

“哦。”凯蒂说，“这是黑人的事。白人没葬礼的。”

“妈打过招呼了，叫我们不要告诉他们的，弗洛尼。”威尔什说。

“告诉他们什么。”凯蒂说。

迪尔西哭了，到了那个地方，我也哭了起来，蓝毛狗在台阶下头叫。拉斯特，弗洛尼在窗口里说，带他们到牲口棚去。这么吵，我怎么做饭。还有这死狗。全给带走。

我不会去那里的，拉斯特说。没准儿会撞着爹。昨晚我就看到他了，在牲口棚里挥着胳膊。

“我想知道为什么白人就没葬礼。”弗洛尼说，“白人还不一样要死吗。我看你姥娘就跟黑人一样死了。”

“狗都死了。”凯蒂说，“南希掉到沟里，罗斯克斯开枪把它打死，然后秃鹰过来，把狗皮都给撕烂了。”

骨头散在沟外头，黑黑的沟里有些黑黑的藤子，爬到月光下面来，好像那些形状静止了一般。然后，他们都不说了，四周漆黑一片，醒来的时候，我能听到妈妈的声音，还有匆忙离开的脚步声，我都能闻到。然后屋子显出来了，我的眼睛闭上了。我没有睡着。我能闻得到。T. P. 把被子上的别针解开了。

“别出声。”他说，“嘘。”

但我闻得到。T. P. 把我拉起来，赶快把我的衣服穿好。

“嘘，班吉。”他说，“我们到我们屋里去。你想去我们屋子吧，弗洛尼在那儿。别作声。嘘。”

他把我鞋带系上，帽子戴上，我们走了出去。厅里亮着灯。厅那头能听到母亲的声音。

“别哭，班吉。”T. P. 说，“我们马上就出去了。”

门开了，气味更浓了，一个脑袋伸了出来。不是父亲。父亲病了。

“你能不能把他从屋子里带出来。”

“我们正要带他去呢。”T. P. 说。迪尔西走上了楼梯。

“嘘。”她说，“别哭。带他回家，T. P. 。让弗洛尼哄他去睡。你们都好好照顾他。别哭，班吉。跟T. P. 去。”

她向母亲声音传来的方向走去。

“最好让他待在那里。”这不是父亲的声音。他关上了门，但我还是能闻到那气味。

我们下了楼。楼梯下头一片漆黑，T. P. 牵着我的手，我们出了门，走到外面的黑暗里。丹在后院里嚎叫着。

“它闻到气味了。”T. P. 说，“你也是这样发现的么？”

我们下了台阶，影子还在台阶上。

“我把你外套忘了。”T. P. 说，“你得穿。不过我不想回去。”

丹在嚎叫。

“别哭了。”T. P. 说。我们的影子在动，丹除了叫的时候，影子一动不动。

“你这么聒噪，我怎能带你回屋。”T. P. 说，“你这么叫已经够难听的，现在又是这牛蛙嗓门。走吧。”

我们沿着砖路走着，影子拖在地上。猪圈里一股猪臊味。母牛站在空地上，呆看着我们，嘴里嚼着。丹在嚎叫。

“你要把镇上人全吵醒是不是？”T. P. 说，“就不能消停会儿吗。”

我们看到了“神奇”在沟边吃草。我们走到沟边，看到月亮照在水上。

“不行的，先生。”T. P. 说，“这里太近了。我们不能待在这儿。走吧。你看你。整条腿都湿了。来，这边来。”丹在嚎叫。

沟从嗡嗡响的草丛里冒出来。骨头从那些黑藤子中间散落了出来。

“好了。”T. P. 说，“现在你吼掉了脑袋都成。你还有一晚上时间，前头是二十英亩牧场，想咋吼咋吼。”

T. P. 躺在沟里，我坐了下来，看着老鹰在啄南希的骨头，然后扇着黑压压的翅膀，慢悠悠地从沟里飞走了。

我先前来这里的时候它还在呢，拉斯特说。我都给你看了。你没看到么。就在这儿，从这兜里拿出来给你看的。

“你觉得老鹰也会把姥娘的皮这样给啄烂么。”凯蒂说，“你疯了。”

“你是个坏蛋。”杰森说。他哭了起来。

“你是个混账。”凯蒂说。杰森在哭。他双手揣在兜里。

“杰森以后要发财的。”威尔什说，“他把钱抓手里一直不放。”

杰森在哭。

“你看你把他给惹哭了。”凯蒂说，“别哭了，杰森。老鹰怎能飞到姥娘屋子里呢。爸爸是不会让它们飞进去的。你会让老鹰来啄你的皮么？好了，别哭了。”

杰森不哭了。“弗洛尼说这是葬礼。”他说。

“嗯，其实不是。”凯蒂说，“是在开晚会。弗洛尼啥也不知道。他想要你的萤火虫，T. P. 。你就让他拿一会儿吧。”

T. P. 把萤火虫的瓶子递给我。

“我敢打赌，如果我们绕到客厅窗口，一定能看到些啥的。”凯蒂说，“看到了，你自然会信我的话。”

“我都已经知道了。”弗洛尼说，“不需要看。”

“你最好把嘴闭上，弗洛尼。”威尔什说，“你这样妈要抽你的。”

“那到底是什么。”凯蒂说。

“反正我知道。”弗洛尼说。

“来吧。”凯蒂说，“我们绕前面去。”

我们出发了。

“T. P. 要你把萤火虫还给他。”弗洛尼说。

“让他多拿一会儿吧，T. P. ，”凯蒂说，“我们会还你的。”

“你们都没抓到过。”弗洛尼说。

“要是我说你和T. P. 也可以一起去，你能不能让他拿着呢？”凯蒂说。

“谁说我和T. P. 也得听你的。”弗洛尼说。

“要是我说你不用听我的，你能让他拿着么。”凯蒂说。

“好吧。”弗洛尼说，“让他拿着吧，T. P. 。我们是要去看他们哭吧。”

“他们没哭。”凯蒂说，“我说了是在开会。他们在哭么，威尔什。”

“我们站在这里，哪会知道他们到底在干吗。”威尔什说。

“走吧。”凯蒂说，“弗洛尼和T. P.可以不听我的，其他人都得听。威尔什，你最好抱着他。天黑了。”

威尔什把我抱了起来，我们绕到厨房那边。

从拐角看过去，能看到车道上亮起车灯。T. P. 回到地窖门那里，把门打开。

你知道下头都有什么吗，T. P. 说。苏打水。我看到杰森先生拿着满满的两大把苏打水呢。在这里等一下。

T. P. 走到厨房门口往里看。迪尔西说，你鬼头鬼脑在这里看啥看。班吉在哪儿。

在这儿呢，T. P. 说。

去看着他，迪尔西说，别让他进屋子。

好的，T. P. 说，他们开始了吗。

你走吧，让那孩子离远点，迪尔西说，我这里事都忙不完了。

一条蛇从屋子下面爬了出来。杰森说他不怕蛇，凯蒂说他怕，又说她不怕，威尔什说他们两人都怕，凯蒂叫他别说话，跟爸爸一样的口气。

你现在可别嚷嚷，T. P. 说，要不要喝点沙士汽水。

汽水喝得我鼻子和眼睛痒痒。

你要是不喝，我来喝好了，T. P. 说。好吧，给你。趁现在没人看见，我们再弄一瓶吧。都别作声。

我们在客厅窗户前那棵树下停下来。威尔什让我坐到湿湿的草地上。地上很冷。所有窗户里都亮着灯。

“姥娘就在那儿。”凯蒂说，“她现在每天都生病。等她好了，我们一起去野炊。”

“反正我知道。”弗洛尼说。

树嗡嗡响着，草也是。

“隔壁那间就是我们得麻疹时睡的屋子。”凯蒂说，“你和T. P. 得麻疹时在哪里睡，弗洛尼。”

“睡原来的地方吧，我想。”弗洛尼说。

“他们还没有开始呢。”凯蒂说。

他们马上就开始了，T. P. 说。你们就站这儿，我去把那个箱子搞过来，这样能看到窗户里头。等等，我先把这沙士汽水喝完再说。这么一喝，肚子里咕咕的，就像是藏了只猫头鹰。

我们喝了沙士汽水，T. P. 把瓶子插进屋子下面的格架，然后走了。我能听到他们在客厅里，我的手抓着墙。T. P. 把箱子拖了过来。他摔倒了，笑了起来。他躺在那里，在草丛里笑着。他站起身，把箱子拖到窗台下，使劲憋住笑。

“我怕我会叫起来。”T. P. 说，“你站箱子上去，看他们开始了没。”

“他们还没开始，因为乐队还没来。”凯蒂说。

“本来就没乐队。”弗洛尼说。

“你怎么知道？”凯蒂说。

“反正我知道。”弗洛尼说。

“你啥也不知道。”凯蒂说。她走到树跟前。“推我上去，威尔什。”

“你爸叫你别爬树。”威尔什说。

“那都猴年马月说的了。”凯蒂说，“我看他自己都忘了。再说，他说今晚大家要听我的。他不是说了么，今晚听我的。”

“我才不听你的。”杰森说，“弗洛尼和T. P. 也不用听。”

“推我上去，威尔什。”凯蒂说。

“好吧。”威尔什说，“到时候挨抽的是你。不会是我。”他把凯蒂推到第一个树杈上。我们看着她沾着泥巴的衬裤。接着我们看不到她了。我们能听到树抖动的声音。

“杰森先生说了，你要是把树弄折了他就抽你。”威尔什说。

“我也会告她一状。”杰森说。

树不抖了。我们抬头看着静静的树枝。

“你看到什么了？”弗洛尼低声说。

我看见他们了。然后，我看到凯蒂了，头发上有花，长长的面纱像是闪光的风。凯蒂凯蒂

“嘘。”T. P. 说，“这么吵他们会听见的。快下来。”他拉了我一下。凯蒂。我手抓着墙呢凯蒂。T. P. 拉了我一下。“嘘。”他说，“嘘。快到这儿来，班吉。”他拉着我往前走。凯蒂说：“别出声，班吉。你想让他们听到你么。走，我们去喝点沙士汽水，等你不吵了我们再回来。我们最好再喝一瓶，不然我们两个都会瞎叫唤。我们就说是丹喝的。昆廷先生总说这狗多么多么聪明，那我们就说这狗也喜欢喝沙士汽水。”

月光照在地窖楼梯上。我们喝了一些沙士汽水。

“你知道我都盼着什么吗。”T. P. 说，“我巴不得有头熊过来，从地窖门口走进来。你知道我会怎么干么。我会直接走到它跟前，往它眼里吐口水。快把瓶子给我，不然我要叫唤了。”

T. P. 倒了下去。他开始笑起来，地窖的门和月光跳开了，有什么东西碰了我一下。

“别作声。”T. P. 说，他尽量忍着不笑。“老天，我这声音他们都

会听见的。起来吧，班吉，快点。”T. P. 说，“起来，班吉，快点。”他趺趺撞撞，笑个没完，我挣扎着爬起来。月光下，酒窖楼梯伸到了山上，T. P. 倒在山上，倒在月光下，我向着围栏跑去，T. P. 跟在我后面跑，嘴里说着：“小声点，小声点。”接着，他掉进花丛里，大笑着，我撞到了箱子。可是，我想爬上它的时候，它跳开了，砸到了我的后脑勺，我的喉咙里发出了点声音。喉咙接着又发出了那声音，我干脆倒着不起来了，可是喉咙又发出了那声音，我哭了起来。T. P. 拉着我，我的喉咙里老是那声音。一直是那声音，我都搞不清我是不是在哭了，接着T. P. 倒在我身上，大笑着，我喉咙里还老是那声音，昆廷踢了T. P. 一脚，凯蒂伸手抱住我，她那闪亮的面纱，我闻不到树的气味了，我又哭了。

班吉，凯蒂说，班吉。她又伸出胳膊来抱我，但我走开了。“怎么回事，班吉。”她说，“是这帽子吗。”她摘掉帽子，然后又回来，我走开了。

“班吉。”她说，“怎么回事，班吉。凯蒂哪里不对了。”

“他不喜欢你这身臭美的衣服。”杰森说，“你以为你长大了，是不是。你觉得你比别人都强，是不是。臭美。”

“闭上你的嘴。”凯蒂说，“你这个肮脏的小畜生。班吉。”

“就因为你十四岁，你就以为你长大了，是不是。”杰森说，“你就是觉得自己了不起。是不是。”

“嘘，班吉。”凯蒂说，“你会吵到母亲的。别出声了。”

但我没有停，等她走了，我跟在后面，她在楼梯上停下来，等着，我也停下来。

“到底要什么啊，班吉。”凯蒂说，“告诉凯蒂。她都会办到的。不信试试看。”

“坎迪斯。”母亲说。

“妈，什么事。”凯蒂说。

“你为什么拿他寻开心。”母亲说，“把他带过来。”

我们进了母亲的房间，她正生病躺着，额上搭了块布。

“这次又是怎么回事。”母亲说，“班吉明。”

“班吉。”凯蒂说。她又走过来，但我走开了。

“你一定是哪里惹了他。”母亲说，“你怎么就不能不去惹他，也好让我少操点心。把箱子给他，你走吧，别惹他了。”

凯蒂把箱子拿过来，放在地上，打开。里面装满了星星。我不动，它们也不动。我一动，它们就闪烁起来，亮晶晶的。我不哭了。

可是凯蒂走了，我又哭起来。

“班吉明。”母亲说，“过来。”我走到门口。“说你呢，班吉明。”母亲说。

“这回又是怎么回事。”父亲说，“你要去哪儿。”

“把他带下楼，找人来看着，杰森。”母亲说，“你知道我病了还这样。”

我们出去了，父亲把门关上。

“T. P.。”他说。

“先生。”T. P. 在楼下说。

“班吉下楼来了。”父亲说，“跟T. P. 走吧。”

我走向浴室门口。我能听到淌水的声音。

“班吉。”T. P. 在楼下说。

我能听到淌水的声音。我在听着。

“班吉。”T. P. 在楼下说。

我听着淌水的声音。

我听不到水声了，凯蒂打开门。

“什么事，班吉。”她说。她看着我，我走过去，她把我搂在怀里。

“你看不是又找到凯蒂了吗。”她说，“你是不是以为凯蒂跑了。”凯蒂身上有树的气息。

我们去了凯蒂的屋子。她坐在镜子前。她停手看着我。

“什么事，班吉。到底怎么了，班吉。”她说，“你别哭。凯蒂不会走的。你看我不是在这儿吗。”她说。她拿起瓶子，把塞子拔了，凑到我鼻子前。“香香的。很好闻。很舒服。”

我走开了，嘴里还在吵着，她手拿瓶子，看着我。

“哦。”她说。她把瓶子放下，走到我面前，伸手抱住我。“你就是要这样吧。你心里想跟凯蒂讲，可是讲不出来。你想讲，可是讲不出来。是不是。凯蒂当然不会了。凯蒂当然不会了。等一下，等我把衣服穿好。”

凯蒂穿好衣服，又拿起瓶子，于是我们一起到了下面厨房里。

“迪尔西。”凯蒂说，“班吉有礼物给你。”她弯下腰来，把瓶子塞到我手里。“马上拿出去给迪尔西。”凯蒂把我的手拉出来，迪尔西接过瓶子。

“好吧，我来宣布吧。”迪尔西说，“瞧瞧，我这宝宝给了我一瓶香水呢。瞧瞧呀，罗斯克斯。”

凯蒂身上有树的气息。“我们自己不喜欢香水。”凯蒂说。

她身上有树的气息。

“得了吧。”迪尔西说，“你也老大不小了，怎么还要别人陪着睡。你都大男孩了。都十三了。你自己睡毛莱舅舅的屋子都行了。”迪尔西说。

毛莱舅舅病了。他的眼睛病了，嘴巴也是。威尔什用盘子把晚饭端到他屋子里。

“毛莱说，他要毙了那臭流氓。”父亲说，“我都跟他说了，那么先别跟帕特森说。”他喝了口酒。

“杰森。”母亲说。

“毙了谁，爸爸。”昆廷说，“毛莱舅舅干吗要毙了他啊。”

“因为他连个小小玩笑都开不起。”父亲说。

“杰森。”母亲说，“你怎么能这样。要是毛莱中了埋伏，被人开枪打死，你都会坐那儿一动不动看着的。”

“那么毛莱最好别去中埋伏啊。”父亲说。

“毙谁啊，爸爸。”昆廷说，“毛莱舅舅究竟是要毙谁啊。”

“谁也不毙。”父亲说，“我都没手枪。”

母亲哭了起来。“你嫌毛莱在我们家白吃白喝，怎么不拿出个男人样，当面跟他说。好意思当着孩子的面嘲笑他，背后说他坏话。”

“我当然不会嫌弃了。”父亲说，“我对毛莱钦佩还来不及。有毛莱舅舅在那里，我这种族优越感就油然而生。你就是拿一对良马来换毛莱，我都不换。你知道为什么吗，昆廷。”

“不知道，爸。”昆廷说。

“Et ego arcadia，我忘记拉丁文的‘干草’怎么说了。”父亲说，“好了，好了。”他说，“开个玩笑罢了。”他喝了一杯，把杯子放下，手放在妈的肩膀上。

“这可不是开玩笑。”母亲说，“我们家的人出身一点不比你差。毛莱只不过是病了。”

“那是。”父亲说，“身体不好可把人生全给概括了。我们在病中出生，在病中成人，最后在病中腐朽。威尔什。”

“先生。”威尔什在我的椅子后面说。

“把这细颈瓶拿去装满。”

“把迪尔西叫过来，带班吉去睡觉。”母亲说。

“你现在都是个大男孩了。”迪尔西说，“凯蒂都懒得再陪你睡。现在别哭了，去睡觉。”屋子走了，可是我没停住，屋子又回来了，迪尔西来了，坐在床边，看着我。

“能不能乖点，别哭了好不好。”迪尔西说，“好不好。要不你等一下吧。”

她走了。门口什么也没有。然后凯蒂出现在门口。

“别哭。”凯蒂说，“我来了。”

我安静了下来，迪尔西掀开被子，凯蒂睡到被子和毯子之间。她浴衣没脱。

“好了。”她说，“我来了。”迪尔西拿了一条毯子，盖在她身上，又给她掖好。

“他立马会睡着。”迪尔西说，“我把你房间的灯留着不关。”

“好吧。”凯蒂说。她把头凑到枕头上，挨着我的头。“晚安，迪尔西。”

“晚安，亲爱的。”迪尔西说。屋子黑了。凯蒂身上有树的气息。

我们抬着头，看着她在树上。

“她看到什么了，威尔什。”弗洛尼低声说。

“嘘——”凯蒂在树上说。迪尔西说：

“你过来。”她从屋子拐角处绕过来。“你们怎么不听爸爸的话，上楼去，我一转身就偷偷溜走了。凯蒂和昆廷去哪里了。”

“我告诉过她不要爬树。”杰森说，“我会告她状的。”

“谁，爬哪棵树。”迪尔西说。她走了过来，朝树上看去。“凯蒂。”迪尔西说。树枝又抖起来了。

“你这个小鬼头。”迪尔西说，“给我下来。”

“嘘。”凯蒂说，“没听父亲说不要吵吗。”能看到她的双腿了，迪尔西伸出手，把她从树上抱下来。

“你是不是脑子坏了，咋让他们跑这里来。”迪尔西说。

“我拿她没辙啊。”威尔什说。

“你们都在这里干吗。”迪尔西说，“谁叫你们上屋子这来的。”

“是她。”弗洛尼说，“她叫我们来的。”

“谁告诉你们要听她的。”迪尔西说，“马上给我回家去。”弗洛尼和T. P. 往前走了。能听到他们还在走，不过已经看不见了。

“大半夜的跑这里来。”迪尔西说。她把我抱起来，到了厨房。

“我一不留神，你们就溜出来了。”迪尔西说，“早过了睡觉时间了。你们不是不知道。”

“嘘，迪尔西。”凯蒂说，“别这么大声。咱得悄悄的。”

“那你先闭嘴别说话。”迪尔西说，“昆廷去哪儿了。”

“因为今天晚上都得听我的，昆廷很不高兴。”凯蒂说，“他还拿着T. P. 的一瓶子萤火虫。”

“我看T. P. 没这萤火虫也行。”迪尔西说，“威尔什。你去找找昆廷。罗斯克斯说他看见昆廷朝牲口棚去了。”威尔什走开了。我们看不到他了。

“他们在里面什么也没做。”凯蒂说，“只是坐在椅子上看着。”

“他们的事不用你们烦。”迪尔西说。我们绕过厨房。

你现在想去哪儿，拉斯特说。你要回去再去看他们打球吗。我们去那边找过了。对了。等等。你在这等一会儿，我回去拿那个球去。我有个主意。

厨房里黑乎乎的。天上的树黑乎乎的。丹晃晃悠悠从台阶下头走出来，啃着我的脚脖子。我绕过厨房，月亮在那儿。丹懒懒地走过来，走到月光下。

“班吉。”T. P. 在屋子里说。

客厅窗边那开花的树不黑，可是那些茂密的树是黑的。月光下，草嗡嗡的。我的影子在草地上走。

“嘿，班吉。”T. P. 在屋里说，“你躲哪儿了，你溜掉了。我就知道。”

拉斯特回来了。等等，他说。过来。不要去那边。昆廷小姐和她的公子哥在荡秋千呢。你从这边走。回来这边，班吉。

树下黑黑的。丹不过来。它待在月光下。然后我看到了秋千，我哭了起来。

别待那里了，回来吧，班吉，拉斯特说。你知道昆廷小姐要生气的。

秋千上现在是两个人，然后变成一个人。凯蒂快步走了过来，黑暗中的一片白色。

“班吉。”她说，“你怎么溜掉的。威尔什在哪里。”

她伸手抱住我，我停住了，抓紧她的衣服，想把她拖走。

“怎么了，班吉。”她说。“怎么回事啊。T. P. 。”她叫道。

秋千上的那个人起身，走了过来，我哭了，拽着凯蒂的衣服。

“班吉。”凯蒂说，“这是查理。查理你不是认识吗。”

“那个黑小子跑哪儿了。”查理说，“怎么让他乱跑。”

“别哭了，班吉。”凯蒂说，“走开吧，查理。他不喜欢你。”查理走了，我不哭了。我拽着凯蒂的衣服。

“怎么了，班吉。”凯蒂说，“你不想让我留在这儿，跟查理待上一阵子么。”

“把那个黑小子叫来。”查理说。他回来了。我哭得更响了，拉着凯蒂的衣服。

“走开，查理。”凯蒂说。查理走了过来，把手放到凯蒂身上，我哭得更凶。更响了。

“不，不。”凯蒂说，“不。不。”

“他不会说的，”查理说，“凯蒂。”

“你疯了吧。”凯蒂说。她的呼吸急促起来。“他能看到的。别这样。别这样。”凯蒂挣扎着。他们两人呼吸都急促起来。“求你了！求你了。”凯蒂低声说。

“把他打发走。”查理说。

“我会的。”凯蒂说，“放开我！”

“你会把他送走吗。”查理说。

“会的。”凯蒂说，“放开我！”查理走了。“别哭了。”凯蒂说，“他走了。”我不哭了。我能听到她的声音，感觉到她的胸脯一起一伏。

“我只好送他回屋了。”她说。她抓着我的手。“我就来。”她低声说。

“等等。”查理说，“把那黑鬼叫来。”

“不用了。”凯蒂说，“我会回来的。走吧，班吉。”

“凯蒂。”查理压着嗓门说，声音还是很大。我们接着往前走。“你最好回来。你会回来的吧。”凯蒂和我跑了起来。“凯蒂。”查理说。我们跑到了月光下，向着厨房的方向跑。

“凯蒂。”查理说。

凯蒂和我跑着。我们跑上厨房的台阶，走到门廊，凯蒂在黑暗中跪了下来，抱着我。我能听到她呼吸，感觉到她胸部起伏。“我再也不要了。”她说，“我再也不要了，永远永远不会。班吉。班吉。”然后，她哭了，我也哭了，我们互相抱着。“别哭了。”她说，“别哭了。我再也不会了。”所以，我不哭了，凯蒂站起来，我们走进厨房，把灯打开，凯蒂拿过厨房肥皂，在洗碗池前洗自己的嘴，使劲地洗。凯蒂身上有树的气息。

我一直跟你们讲别去那儿，拉斯特说。他们坐在秋千上，快点。昆廷的手放在头发上。那个男的打着红领带。

你这个老疯子，昆廷说。我要告诉迪尔西，说你让他这样处处跟着我。我要让她好好抽你一顿。

“我哪能挡住他。”拉斯特说，“来这里吧，班吉。”

“谁说的，你明明挡得住他。”昆廷说，“你就是不肯试。你们两个都鬼鬼祟祟在跟踪我。姥姥难道是派你们来当探子盯我的。”她跳下秋千。“如果你们不马上把他带走，我就要让杰森抽你了。”

“我拿他没办法。”拉斯特说，“你要是觉得你行，那你试试。”

“闭上你的嘴。”昆廷说，“你还让不让他走啊。”

“得，让他留下来吧。”他说。他打着红领带。太阳晒在上面红红的。“瞧，杰克[1]。”他擦着了一根火柴，放到嘴里。然后，他把火柴从嘴里拿出来。火柴还在烧。“要不要试一下。”他说。我走了过去。“张开嘴。”他说。我张开嘴。昆廷伸手把火柴打掉了。

“去死吧你。”昆廷说，“你又想把他惹哭吗。你不知道他一哭起来一天都不得消停啊。我要向迪尔西告你的状。”她跑开了。

“小子，过来。”他说，“嘿。回来。我不会捉弄他的。”

昆廷接着往屋子前跑。她绕过了厨房。

“你就想瞎闹是不是，杰克，”他说，“是不是。”

“他又不知道你在说啥。”拉斯特说，“他又聋又哑。”

“是吗。”他说，“他这样多久了。”

“到今天已经三十三年了。”拉斯特说，“生来就是傻子一个。你是不是来演戏的。”

“怎么了。”他说。

“我不记得在这一带见过你。”拉斯特说。

“是的，那又怎么样。”他说。

“没怎样。”拉斯特说，“今晚我要去看呢。”

他看着我。

---

① 不知对方名字时随便称呼的一个名字。

“你是不是会用锯子弹曲子的那个，是不是。”拉斯特说。

“想知道的话，你拿两毛五分钱买张票就行了。”他说。他看着我。“为什么不把他关起来。”他说，“你把他带这里来干啥。”

“你这话跟我讲了也白讲。”拉斯特说，“我拿他根本没办法。我是来找我丢的硬币，找着了就去看晚上的演出。照现在这架势，怕是看不成了。”拉斯特看着地上。“你有没有多余的两毛五呢。”拉斯特说。

“没有，”他说，“我没有。”

“看来我非得把那一枚找到了。”拉斯特说。他把手放进口袋里。“你也不想买高尔夫球吧。”拉斯特说。

“什么样的球。”他说。

“高尔夫球。”拉斯特说，“我只要两毛五就行。”

“干什么。”他说，“我要这球干什么。”

“我也没指望你会要。”拉斯特说。“过来吧，蠢蛋。”他说，“过来这里，看他们怎么打那球的。给你。你可以拿去跟吉姆森草一起玩。”拉斯特把它捡起来，递给我。那东西很亮。

“你从哪儿弄来的这东西。”他说。他的领带照着太阳，红红的，他在走着。

“在这灌木下头找到的。”拉斯特说，“我还以为是我丢的那两毛五。”

他走过来拿住。

“没事。”拉斯特说，“他看好了还会还给你的。”

“艾格尼丝、梅布尔、贝姬。”[①]他说。他向屋子那边看过去。

“好了。”拉斯特说，“他肯定要还给你的。”

他把那东西给了我，我不哭了。

“昨天晚上是谁来找她的。”他说。

---

① 20世纪初流行的一种避孕套，每盒装三个，盒上标签写着：“三个快乐寡妇：艾格尼丝、梅布尔、贝姬。”

“我不知道。”拉斯特说，“他们每天晚上都来，她可以顺着那树爬下来。我不管这些闲事。”

“总不会谁都把这些闲事包住吧。”他说。他看了看屋子。接着他又跑过去，躺在秋千架上。“走开。”他说，“别来烦我。”

“来这里。”拉斯特说，“你闹够了没有。昆廷小姐告你状也该告够了吧。”

我们走到围栏，从缠绕在一起的花朵中间看过去。拉斯特在草地上找。

“我来这儿的时候硬币还在呢。”他说。我看到旗子在飘动，阳光斜照在开阔的草地上。

“马上她们就会过来的。”拉斯特说，“已经有些人过来，又走开了。来吧，帮我找一下。”

我们沿着围栏走。

“唉。”拉斯特说，“她们要是不想来，怎么才能把她们引到这儿来呢。等等。她们很快就来的。你看那边。她们来了。”

我沿着围栏走向大门口，那些女孩背着书包打那儿走过。“喂，班吉，”拉斯特说，“回这里来。”

你从大门后头看管啥用，T. P. 说。凯蒂小姐早就走了。都出嫁了，离开你了。你抱着门这样哭有啥用呢。她又听不到。

他要什么呀，T. P. 。母亲说。你能不能跟他玩玩，别让他闹呢。

他想去那边，从大门里往外看。T. P. 说。

嗯，这可不行，妈妈说。下雨了。你只要陪他一起玩，让他安静点儿。听到没，班吉明。

没法让他安静的，T. P. 说，他认为他到门口，就能看到凯蒂小姐回来。

瞎说，妈妈说。

我能听到她们说话。我出了门，听不见她们的声音了，我走到大门那边，女孩子们背着书包路过。她们看了我一下，扭过脸去，加快了步子。我想说话，可是她们走了，我沿着围栏走，想说话，可是她们步子加快了。接着，她们跑了起来，我们到了围栏角落，我没法再往前走了，我抓住围栏，看着围栏那边，想说话。

“喂，班吉。”T. P. 说，“你溜出来想干啥呢。不怕迪尔西抽你啊。”

“你从围栏这边叽叽歪歪的干吗。”T. P. 说，“你把这些孩子吓坏了。你瞧瞧她们，都走到马路对面去了。”

他怎么出来的，父亲说。杰森，你进来的时候，门没拴上吗？

当然没有，杰森说。这您又不是不知道，我还没有这么糊涂。您以为我想出这种事情吗。上帝知道，我们这个家已经糟得不能再糟了。这话我早该告诉您，一直想告诉您。我想您会把他送到杰克逊的。就怕还没去，就被伯吉斯太太开枪打死了。

住口，父亲说。

这话我早该告诉您，一直想告诉您。

我摸着铁门，门开着，我在暮色里抓着它。我没有哭，我努力克制自己，看着女孩们在暮色里走过。我没有哭。

“他在那儿。”

她们停住了。

“他出不来的。他不会伤到大家的。走吧。”

“我怕。我怕。我要到马路那边去。”

“他出不来的。”

我没有哭。

“别这么胆小鬼了。走吧。”

她们在暮色里过来了。我没哭，我抓着门。她们慢慢走了过来。

“我怕。”

“他不会伤害你的。我每天路过这里。他只是沿着围栏走。”

她们过来了。我打开门，她们停住了，转身就走。我想说，我抓住了她，想跟她说，她尖叫起来，我想说，可是那些明亮的形状开始静止了，我想出去。我想把它们从脸上抹掉，可是那明亮的形状又远去了。他们向山上走去，到了开始下坡的地方，我想喊叫。可是，我吸一口气，却不能呼出来，喊不出声，我努力不想滚下山，可是我还是从山顶掉了下去，掉进那些明亮的旋转着的形状中间。

在这儿，傻子，拉斯特说。这儿有一些。现在就别再哼唧了。

他们到了旗子前。他把旗子拿出来，他们打球，然后他又把旗子插了回去。

“先生。”拉斯特说。

他看了看四周。“什么事。”他说。

“要不要买高尔夫球。”拉斯特说。

“我们看看吧。”他说。他到了围栏前，拉斯特把球从围栏缝里递了过去。

“你从哪儿弄来的。”他说。

“捡的。”拉斯特说。

“我知道。”他说，“在那儿。从人家高尔夫球袋里捡的吧。”

“我在这边院子里捡的。”拉斯特说，“给我两毛五我就卖给你。”

“你凭什么说是你的。”他说。

“是我捡的啊。”拉斯特说。

“那你再去捡一个吧。”他说。他把球揣进口袋，就走了。

“我得去看今晚的演出。”拉斯特说。

“是么。”他说。他走到球台前。“让开，球童。”他说。他打了。

“我算见识了。”拉斯特说，“你看不到他们也吵，看到了也吵。就不能闭嘴呀。你这么天天闹大家都烦了，你知不知道。给你。你把你的吉姆森草也弄掉了。”他把草捡了起来，还给我。“给你摘根新的吧。你的这个都快折腾烂了。”我们站在围栏边，看着他们。

“那个白人很不好对付。”拉斯特说，“你亲眼看到了，我的球他说拿走就拿走了。”他们接着走。我们继续沿着围栏走。我们到了园子里，无法再往前了。我抓住围栏，从花缝中间看过去。他们走了。

“现在你没什么好闹的了吧。”拉斯特说，“别作声了。这下要轮到我来哼哼了。拿去。你干吗不把草拿好。一会儿找不到又要闹。”他给了我一枝花。“你又要去哪儿。”

我们的影子在草地上。影子比我们先碰到树。我的影子先到。接着我们到了，影子不见了。瓶子里有一朵花。我把另外一枝花插了进去。

“你现在都是大人了，”拉斯特说，“还拿瓶子里的两根草玩。等卡罗琳小姐死了，看他们怎么对付你。他们要把你送到杰克逊去，你也该去那儿的。杰森先生是这么说的。到了那儿，你可以跟别的傻子一起，成天抓住铁栅栏，哼个没完。你觉得怎么样。”

拉斯特挥手把花打掉了。“到了杰克逊，你再这么叫唤，他们就会这么对付你。”

我想把花捡起来。拉斯特把它们捡了起来，它们不见了。我哭了起来。

“你就这么号吧。”拉斯特说，“号吧。你想找个由头来哭是不是？那好。凯蒂。”他低声说，“凯蒂！号吧。凯蒂！”

“拉斯特。”迪尔西在厨房里说。那两朵花回来了。

“嘘。”拉斯特说，“在这儿呢。瞧瞧。收拾得跟开始一个样。别叫了。”

“喂，拉斯特。”迪尔西说。

“姥姥，什么事。”拉斯特说，“我们来了。你闹够了没有。起来。”他扯了一下我的胳膊，我站了起来。我们走出了树林。我们的影子不见了。

“嘘。”拉斯特说，“瞧瞧，这些人在看着你呢。别作声了。”

“你把他带过来。”迪尔西说。她走下台阶。

“这回又怎么惹着他了。”她说。

“根本没惹他，”拉斯特说，“他说哭就哭了。”

“是你惹的。”迪尔西说，“你一定是怎么惹他了。你们去哪儿了。”

“在那边杉树下。”拉斯特说。

“你把小昆廷惹毛了。”迪尔西说，“你就不能别带他去见她么。你又不是不晓得，她在那儿是不想看到班吉的。”

“你花在他身上的时间倒不少，就跟对我一样了。”拉斯特说，“他又不是我舅。”

“别跟我顶嘴啊，黑小子。”迪尔西说。

“我真没惹他。”拉斯特说，“他在那里玩，说哭就哭起来了。”

“你碰了他的‘坟地’没。”迪尔西说。

“我没碰过他的‘坟地’。”拉斯特说。

“不要骗我，小子。”迪尔西说。我们上了台阶，进了厨房。迪尔西打开炉门，拿了把椅子放在前面，我坐了下来。我不哭了。

你去惹她做什么，迪尔西说，干吗不让他少去那边。

他只是看看火，凯蒂说。母亲把他的新名字告诉他。我们不是故意惹她的。

我知道你没有惹，迪尔西说。他在屋子这头，她在屋子那头。你给我马上停住，别动我的东西。在我回来前别动我东西。

“你咋也不害臊，”迪尔西说，“拿他寻开心。”她把蛋糕放桌子上。

“我没拿他开心。”拉斯特说，“他在玩那狗尾巴草瓶子，然后说哭就哭了。你不是没听到。”

“你没碰他的花吗。”迪尔西说。

“我没碰他的‘坟地’。”拉斯特说，“他这些破东西我才懒得理。我只是找我的两毛五。”

“你丢了吧。”迪尔西说。她点着蛋糕上的蜡烛。有些蜡烛小小的。有的是大蜡烛切成的几截。“我不叫你收起来吗。你是不是想让我去找弗洛尼再要一个。”

“我得去看演出，不管班吉去不去。”拉斯特说，“我不能白天晚上都跟着他。”

“他要你干啥你就得干啥，黑小子。”迪尔西说，“听见没有？”

“我一直这样做的啊。”拉斯特说，“我不是一直听他的么。是不是，班吉。”

“那你继续保持。”迪尔西说，“把他带到这儿，让他哭，还去惹她。你们都去吃蛋糕吧，快点，要不杰森来了。我可不想他为这蛋糕跟我闹，这还是我自己掏腰包买的。我要是在这里烤，他会把拿进厨房的鸡蛋都数一遍。你能不能别惹他了，要不甭想去看晚上的演出。”

迪尔西走了。

“你连吹蜡烛都不会。”拉斯特说，“看我怎么吹。”他俯下身鼓起腮帮子。蜡烛没了。我哭了起来。“别哭。”拉斯特说，“来。你看着火，我来切蛋糕。”

我能听见钟的嘀嗒声，我能听到凯蒂站在我身后，我能听到屋顶的声音。还在下雨，凯蒂说。我讨厌下雨。我讨厌一切。然后她把头靠在我两膝间，她哭了，抱着我，我也哭了。然后我又看着火，那明亮而平滑的形状又不见了。我能听到钟、屋顶还有凯蒂的声音。

我吃了些蛋糕。拉斯特伸手过来，又拿了一块。我能听到他吃蛋糕的声音。我看着火。

一根长铁丝从我肩膀上方掠过，伸向炉门，接着火不见了。我哭了起来。“你现在又在号什么号。”拉斯特说，“你看那儿。”火还在。

我不哭了。“你就不能坐一会，看看火，听姥姥话，别哭了行不行。”拉斯特说，“你该为自己感到害臊。给。再吃点蛋糕。”

“你又怎么着他了。”迪尔西说，“你就不能别去惹他么。”

“我就是想让他别嚷嚷，吵着卡罗琳小姐。”拉斯特说，“不知为什么他又来了。”

“我知道怎么回事。”迪尔西说，“等威尔什回来，我让他拿棍子抽你一顿。你就是欠揍。一整天下来都这样子。你带他去沟边没有。”

“没。”拉斯特说，“就按你说的，我们一整天都在这院子里。”

他的手又伸过来，想再拿一块蛋糕。迪尔西打了他的手。“再伸过来，我拿这把剁肉刀给你剁了。”迪尔西说，“我敢说他一块都没吃到。”

“他吃了。”拉斯特说，“他吃的是我两倍。不信你自个儿问他是不是。”

“你再伸手试试。”迪尔西说，“你倒是试试。”

这就对了，迪尔西说。我估计接下来轮到我哭了。估计毛莱也要让我哭一下了。

他已经改名班吉了，凯蒂说。

这怎么说的，迪尔西说。他出生时取的名字还没用够呢，是不是。

班吉明是《圣经》上来的，凯蒂说。比毛莱这名字好。

这怎么说的，迪尔西说。

妈妈给改的，凯蒂说。

怪了，迪尔西说。改名字管个啥用。不过也害不了他。改个名字，也转不了运。我的名字从我记事以前就是迪尔西，等人都把我忘了我还是迪尔西。

等人都忘了你，又怎么知道迪尔西呢，凯蒂说。

亲爱的，都在生命册[①]上记着呢。白纸黑字写着的。

---

①《圣经·启示录》中记载，人受审判时，名字都记录在“生命册”上。

你会念吗，凯蒂说。

不需要，迪尔西说。他们会给我念的。我只要说到就行。

那根长铁丝弹了一下我的肩膀，火不见了。我哭了起来。迪尔西和拉斯特打起来了。

“我看见你了。”迪尔西说，“哦，我看见你了。”她把拉斯特从角落里拖出来，晃荡着他。“还说没惹他，是不是。你就等着，看你爸回来咋收拾你。要是我还跟过去一样年轻，我准保把你收拾个半死。我得把你锁地窖里，你晚上别指望看演出去。我说到做到。”

“哎哟，姥姥。”拉斯特说，“哎哟，姥姥。”

我把手伸到刚才有火的地方。

“拉住他。”迪尔西说，“拉回来。”

我的手猛往回缩，放到嘴里，迪尔西拉住我了。我叫了起来，但还是能听见钟的声音。迪尔西伸手过来，打拉斯特的头。我哭得越来越响了。

“拿苏打粉来。”迪尔西说。她把我的手从嘴里拽出来。我哭得更响了，我想把手放回嘴里，不过迪尔西抓住不放。我哭得更响了。她撒了些苏打粉在我的手上。

“你在储藏室找找，把钉子上的破布撕一块下来。”她说，“嘘，别哭了。你不想让你妈再生病是不是。来，看看火。迪尔西马上就能让你的手不痛了。看看火吧。”她打开炉门。我看了看火，可是我手痛个不停，我哭个不停。我的手想缩到嘴里，但迪尔西抓着不放。

她用布把我的手包住。母亲说：

“这回又是怎么回事。我生个病都不得安宁。两个成了年的黑人都照顾不过来，还要我下床来照看他。”

“他现在没事了。”迪尔西说，“他会停住的。他只不过是手烫了一点点。”

“你们两个成了年的黑人都照顾不了吗，非要这么号着叫着带到屋子里来。”母亲说，“你是故意让他这么闹的，因为你知道我病了。”她走过来站在我身边。“别哭了。”她说，“马上停住。这个蛋糕你给他吃了没有。”

“我买的。”迪尔西说，“可不是拿杰森储藏室里的东西做的。我给他过生日呢。”

“你想拿这种便宜的商店蛋糕毒死他么。”母亲说，“你是不是就这个打算呢。我一分钟都不得消停。”

“您上楼躺着去吧。”迪尔西说，“过一阵子他不痛了，也就不哭了。去吧。”

“把他丢这儿，让你们变着法子再来折腾是不是。”母亲说，“我怎么能躺在那里，听他在下头号啕大哭。班吉明。快别哭了。”

“那也没别的地方带他去啊。”迪尔西说，“我们过去的房间现在也没了。也不能让他在外头院子里哭，让所有邻居都听见。”

“我知道，我知道。”母亲说，“这都是我的错。我是活不久了，这样你和杰森两个人都会过得好点。”她哭了起来。

“您也别哭了。”迪尔西说，“您这样身子会垮掉的。您还是上楼去吧。我让拉斯特带他去书房玩，等我做好了晚饭再来带他。”

迪尔西和母亲走了出去。

“嘘。”拉斯特说，“你别哭了。不然我把你那只手也烫一烫。你现在不痛了。好了别哭了。”

“给你。”迪尔西说，“马上停住。”她把拖鞋给我，我停住了。“带他去书房。”她说，“要是我再听到他哭，我就自个儿来抽你一顿。”

我们去了书房。拉斯特开了灯。窗户变黑了，墙上高处有个黑黑的地方，我去摸了一下。看上去像门，其实不是。

我背后，火又升上来了，我走到炉火前，坐在地板上，拿着拖鞋。

火苗升得更高了。照到了母亲的椅子垫上。

“别哭了。”拉斯特说，“你咋就没个消停时候。我把火给你点着了，你看都不看。”

你的名字叫班吉，凯蒂说。你听到没有。班吉。班吉。

别跟他说这个，母亲说。带他上这儿来。

凯蒂手放我胳膊下把我抱起来。

起来，毛——我是说班吉，她说。

别这么抱他，母亲说。就不能把他领过来吗。这一点都想不到吗。

我抱得动的。凯蒂说："我抱他上去吧，迪尔西。"

“还是别了吧，你这小家伙。”迪尔西说，“你这么点大，拖只跳蚤都费劲。你走吧，听杰森先生话，别嚷了。”

楼梯顶上有灯亮着。父亲在那里，穿着长袖衬衫，样子像是在说“嘘”。凯蒂低声说：

“母亲病了吗。”

威尔什把我放了下来，我们走进母亲的房间。房间里生了火。火苗的影子在墙壁上一上一下。镜子里也有火。我能闻到生病的气味。这气味是从母亲头上搭着的一块布上发出来的。她的头发散在枕头上。火没有照到她这头发上，可是照到了她的手，她的戒指在跳动。

“来吧，跟妈妈说晚安。”凯蒂说。我们去睡觉了。镜子里的火没了。父亲从床上爬起来，把我抱起，母亲把手放在我头上。

“现在什么时候了。”母亲说。她的眼睛闭着。

“差十分钟七点。”父亲说。

“现在让他睡觉太早了。”母亲说，“他天一亮就会醒，像今天这样，我是一天也熬不了了。”

“又这么说了。”父亲说。他摸了摸母亲的脸。

“我知道我不过是你的负担。”母亲说，“但我是不久的人了。我一走，就不用再烦你了。”

“别说了。”父亲说，“我带他下楼待一会儿。”他抱起我。“走吧，老伙计。我们下楼待一会儿。昆廷学习的时候，咱得安静一会，快点。”

凯蒂走了过去，把脸埋到床上，母亲的手伸到了火光里。她的戒指在凯蒂背上跳动着。

妈妈病了，父亲说。迪尔西带你们睡去。昆廷去哪儿了。

威尔什去找了。迪尔西说。

父亲站在那里，看着我们走了过去。我们可以听到母亲在房间里的声音。凯蒂说：“嘘。”杰森还在爬楼梯。他双手插在兜里。

“你们今晚都得乖点。”父亲说，“安静些，别吵着妈妈。”

“我们会安静的。”凯蒂说，“你也得静下来了，杰森。”她说。我们踮着脚走着。

我们能听到屋顶的声音。我也能看到镜子里的火了。凯蒂又把我抱起来了。

“咱们走吧。”她说，“然后你就能接着看火了。别哭了，快点。”

“坎迪斯。”母亲说。

“别哭了，班吉。”凯蒂说，“妈妈要看你一下。要像个乖孩子。等下咱就回来。班吉。”

凯蒂把我放下来，我不哭了。

“让他待在这儿，妈妈。等他看火看够了，你再跟他讲。”

“坎迪斯。”母亲说。凯蒂弯下身，把我抱起来。我们摇摇摆摆站不稳。“坎迪斯。”母亲说。

“别哭。”凯蒂说，“你还能看到它的。别哭了。”

“把他带过来。”母亲说，“他太大了，你抱不动的。就别逞能了。你会伤到背的。我们家的女人身材都很好。你非要把自己弄得像个洗衣婆子才开心么。”

“他不是太重。”凯蒂说，“我抱得动。”

“哎，那么我就是不想让人抱他。”母亲说，“都五岁了。别，别。别放我膝盖上。让他站着。”

“你抱着，他就不哭了。”凯蒂说。“别哭了。”她说，“你马上就可以回去。给。这是你的垫子。看到没。”

“别这样，坎迪斯。”母亲说。

“让他看看，他就安静了。”凯蒂说，“你稍微起来点儿，我把垫子抽出来。你瞧，班吉。瞧！”

我看着它，不哭了。

“你也太惯着他了。”母亲说，“你和你爸都是这样。你不知道，最后倒霉的是我。姥娘把杰森宠坏了，花了两年时间才变过来，我现在这身子，要是班吉明也这样，我可应付不了。”

“你不用管他。”凯蒂说，“我来照顾他好了。是不是啊班吉。”

“坎迪斯。”母亲说，“我不告诉你了吗，别这样叫他。你父亲给你取那个愚蠢的绰号，就已经够烦人的了，我可不想你们也用绰号来叫他。绰号很粗俗。只有那些平头老百姓才用。班吉明。”她说。

“看着我。”母亲说。

“班吉明。”她说。她用手捧住我的脸，扭过来对着她的脸。

“班吉明。”她说，“把那垫子拿走，坎迪斯。”

“他会哭的。”凯蒂说。

“听我的，把那垫子拿走。”母亲说，“他得学着听话。”

垫子拿走了。

“别哭，班吉。”凯蒂说。

“你去那边坐下。”母亲说，“班吉明。”她捧着我的脸，对着她的脸。

“别哭了。”她说，“别哭了！”

但我并没有停，母亲把我抱在怀里，哭了起来，我也在哭。然后，垫子回来了，凯蒂举到母亲的头上方。她扶母亲到椅子上，母亲躺下来，靠着红黄两色的垫子哭着。

“别哭了，妈。”凯蒂说，“你上楼躺着吧，要不然又不舒服了。我去找迪尔西。”她带我到火的前面，我看着那些明亮而平滑的形状。我能听到火与屋顶的声音。

父亲把我抱起来。他身上有雨的气味。

“别哭，班吉。”他说，“你今天乖不乖啊。”

凯蒂和杰森在镜子里打架。

“怎么了，凯蒂。”父亲说。

他们接着打架。杰森哭了起来。

“凯蒂。”父亲说。杰森在哭。他不打了，但我们能看到凯蒂还在镜子里打，父亲把我放下来，也走到镜子里打了起来。他举起凯蒂。她还在打。杰森躺在地板上，在哭。他手里拿着剪刀。父亲拉着凯蒂。

“他把班吉的娃娃全给剪了。”凯蒂说，“我要把他的肚子剪开。”

“坎迪斯。”父亲说。

“我会的。”凯蒂说，“我会的。”她还在乱打着。父亲拉着她。她踢着杰森。杰森滚进了角落，不在镜子里了。父亲把凯蒂带到火前面来。他们全都不在镜子里了。只有火还在。火就像在一扇门里。

“别打了。”父亲说，“你们是想让母亲在她屋子里更难受吗。”

凯蒂停住了。“他把毛——班吉和我做的所有娃娃都给剪了。”凯蒂说，“他故意这样害人。”

“我不是故意的。”杰森说。他坐起来，哭着。“我不知道娃娃是他的。我还以为只是些废纸。”

“你怎么会不知道。”凯蒂说，“你就是故意的。”

“别哭。”父亲说。“杰森。”他说。

“我明天再给你做。”凯蒂说，“我们会做好多好多。还有，你可以看看垫子。”

杰森进来了。

我一直叫你们别作声的，拉斯特说。

又怎么了，杰森说。

“他就是在瞎闹。”拉斯特说，“他今天一天都这样。”

“那你干吗不让他自己待着。”杰森说，“你要是哄不了他，就把他带到厨房去。我们大家可没法像妈那样，安安静静待自己屋里。”

“姥姥说，晚饭没有做好，不能让他到厨房来。”拉斯特说。

“那就跟他玩啊，别让他这么吵了。”杰森说，“我忙了一天，回到家，怎么像进了个疯人院似的。”他打开报纸看了起来。

你可以看看火看看镜子看看垫子，凯蒂说。你现在不用非等到吃晚饭的时候才能看垫子了。我们能听到屋顶的声音。我们也能听到杰森在墙外大哭。

迪尔西说：“你过来吧，杰森。你没惹他吧，有没有。”

“没惹。”拉斯特说。

“昆廷在哪儿。”迪尔西说，“晚饭快好了。”

“我不知道。”拉斯特说，“我没见到她。”

迪尔西走了。“昆廷。”她在门厅里叫道。“昆廷。晚饭好了。”

我们可以听到屋顶的声音。昆廷身上也有雨的气味。

杰森做什么了，他说。

他剪了班吉所有的娃娃，凯蒂说。

妈妈说不要叫他班吉，昆廷说。他坐在我们旁边的小地毯上。但愿别下雨，他说。啥也干不成。

你跟人打架没有，凯蒂说。有没有。

没什么，昆廷说。

不过你这样子看得出来打过，凯蒂说。爸爸会看到的。

无所谓，昆廷说。但愿别下雨。

昆廷说："迪尔西不是说晚饭好了吗。"

"是啊。"拉斯特说。杰森看着昆廷。然后，他又看起报纸来了。昆廷进来了。"她说就快好了。"拉斯特说。昆廷跳到母亲的椅子上。拉斯特说，

"杰森先生。"

"什么事。"杰森说。

"给我两毛五吧。"拉斯特说。

"干吗用。"杰森说。

"想去看晚上的演出。"拉斯特说。

"我还以为迪尔西找弗洛尼给了你两毛五呢。"杰森说。

"她是给了。"拉斯特说，"我给弄丢了。我和班吉找这两毛五找了一整天了。你可以问他。"

"你找他借一个啊。"杰森说，"我的一分一毫可都要干活挣的。"他看他的报纸。昆廷看着火。火照在她的眼睛里，照在她嘴上。她的嘴红红的。

"我一直不让他去那边。"拉斯特说。

"闭上你的嘴。"昆廷说。杰森看着她。

"我不跟你说了吗，再让我看见你跟那戏子一起，瞧我怎么收拾你。"他说。昆廷看着火。"我讲话你听到没有。"杰森说。

"听到啦。"昆廷说，"那你怎么不这么做呀。"

"你就不担心吗。"杰森说。

"我不担心。"昆廷说。杰森接着看报纸。

我能听见屋顶的声音，父亲侧过脸来看着昆廷。

喂，他说。谁赢了。

“都没赢。”昆廷说，“他们把我们拉住了。老师们。”

“是谁打的？”父亲说，“你说不说。”

“没什么大不了的。”昆廷说，“他个子跟我一样高。”

“那就好。”父亲说，“你能不能说说是为什么打起来的。”

“没什么。”昆廷说，“他说，他要在她课桌里放只蛤蟆，就算这样她也不敢抽他。”

“哦。”父亲说，“她。然后呢。”

“是的，爸。”昆廷说，“然后我就揍他了。”

我们能听到屋顶和火的声音，门外抽抽搭搭的。

“这十一月里哪来的蛤蟆。”父亲说。

“我也不知道，爸。”昆廷说。

我们能听到他们的声音。

“杰森。”父亲说。我们可以听到杰森的声音。

“杰森。”父亲说，“进来，别哭了。”

我们可以听到屋顶、火还有杰森的声音。

“快别哭了。”父亲说，“你是不是要我拿鞭子抽你。”父亲把杰森抱起来，放到他边上的椅子上。杰森抽着鼻子。我能听到火与屋顶的声音。杰森抽鼻子抽得更响了。

“我再说一次。”父亲说。我能听到火与屋顶的声音。

迪尔西说，好了。来，你们都来吃晚饭。

威尔什身上有雨的气味，也有狗的气味。我能听到火与屋顶的声音。

我们能听到凯蒂快步走过的声音。父亲和母亲看着门口。凯蒂快步从门口晃过去。她没有抬头看。她飞快地走着。

“坎迪斯。”母亲说。凯蒂停下脚步。

“哎，妈妈。”她说。

“好了，卡罗琳。”父亲说。

“过来。”母亲说。

“好了，卡罗琳。”父亲说，“由着她好了。”

凯蒂走到门口，站在那里，看着父亲和母亲。她突然看着我，然后看别的地方了。我哭了。我哭声越来越响，我站了起来。凯蒂走进来，背对着墙，看着我。我哭着走到她跟前，她退到墙上靠着，我看到了她的眼睛，我哭得更响了，拉着她的裙子。她伸出手，可是我拉起她的裙子。她哭了。

威尔什说，你的名字现在叫班吉明。你知道你这班吉明的名字怎么来的吗。他们要把你变成个蓝牙龈[1]的小子。妈说，过去你爷爷也换了黑人的名字，他后来成牧师了，大家看到他，他也是蓝牙龈了。过去也不是蓝牙龈的。怀孩子的人月圆时候看到他的眼睛，孩子生下来，也是蓝牙龈。有天晚上，十几个蓝牙龈的孩子在他家附近玩，他就给玩没了，再没回来。捕负鼠的人在林子里找到他，身上肉都给吃光了。你知道谁吃的吗？是那伙蓝牙龈的孩子。

我们在门厅里。凯蒂还在看着我。她手放在嘴上，我看到她的眼睛，我哭了。我们上了楼梯。她又停了下来，靠在墙上，看着我，我哭了，她接着走，我跟着，她退到墙上靠着，看着我。她打开房间的门，可是我拉着她的裙子，我们到了洗手间，她靠着门，看着我。然后，她抬起胳膊挡住脸，我推她，一边哭着。

你又怎么折腾他了，杰森说。就不能别去惹他了么。

我碰都没碰他，拉斯特说。他一整天都这样子。他欠抽呢。

得送他到杰克逊去，昆廷说。在这屋子里过，谁受得了。

小姐，你要是不喜欢最好搬出去，杰森说。

---

① 黑人迷信，称蓝牙龈的孩子咬人有毒，此说多用来吓唬孩子。

我是要搬，昆廷说。不用你操心。

威尔什说："你往后挪挪，我把腿烤干。"他把我往后推了推。"你现在可别跟我吼了。你还能看得见。你看看火就可以了。不用像我这样，雨里来雨里去的。你生下来就这么走运，却身在福中不知福。"他在火前面仰躺下来。

"你知道你班吉明这名字怎么来的。"威尔什说，"你妈妈太为你自豪了。这是我妈说的。"

"你在那儿别动，让我把腿烤干。"威尔什说，"不然的话，你知道我会怎么办。我会把你屁股的皮给扒掉。"

我能听到火、屋顶和威尔什的声音。

威尔什迅速起身，腿猛地蜷回去。父亲说："没事，威尔什。"

"今晚我来喂他。"凯蒂说，"有时候威尔什喂他他就哭。"

"把这盘子拿上去。"迪尔西说，"还有，快点回来喂班吉。"

"你要不要凯蒂来喂你。"凯蒂说。

他就不能不把那脏拖鞋放在桌子上吗，昆廷说。你干吗不在厨房喂他。现在我就像是跟猪在一起吃饭。

你要是不喜欢我们吃饭的样子，那就别上桌子，杰森说。

罗斯克斯身上冒着热气。他坐在炉子前。炉门开着，罗斯克斯把脚放在里面。碗里冒着热气。凯蒂小心地把勺子放到我嘴里。碗里面有个黑点。

好了，好了，迪尔西说。他不会再来烦你了。

碗里的东西到了黑点下头。接着，碗空了。拿走了。"他今天晚上很饿。"凯蒂说。碗回来了。我看不到黑点了。后来我又能看到了。"他今天晚上实在是饿坏了。"凯蒂说，"你看他吃了多少。"

他会的，昆廷说。你们就是派他来盯我的梢。我恨这个家。我迟早会跑掉。

罗斯克斯说:“这雨会下一整夜。”

你这样跑也不是一天两天了，到了吃饭时间就又跑回来，杰森说。

你看我会不会真跑掉，昆廷说。

“那我就不知道该怎么办了。”迪尔西说，“我现在大腿根痛得厉害，想动一下都难。一晚上在这楼梯上爬上爬下的。”

哦，我一点都不觉得吃惊，杰森说。你做出什么事来我都不吃惊。

昆廷把餐巾扔到桌上。

别多嘴了，杰森，迪尔西说。她走过去，伸出手搂住昆廷。坐下，亲爱的，迪尔西说。有的事错也不在你，他怎么怪罪起你来了，也不害臊。

“她又生闷气了是不。”罗斯克斯说。

“别胡说。”迪尔西说。

昆廷把迪尔西推开。她看着杰森。她的嘴唇红红的。她拿起一杯水，胳膊往后一挥，眼睛看着杰森。迪尔西抓住了她的胳膊。她们打了起来。玻璃杯子在桌子上摔碎了，水淌在桌子上。昆廷跑了起来。

“母亲又病了。”凯蒂说。

“一定是病了。”迪尔西说，“这种鬼天气，谁能不生病。小子，你打算什么时候吃完啊。”

去死吧你，昆廷说。你这该死的东西。我们能听到她在楼梯上跑。我们去了书房。

凯蒂把坐垫给我，我可以看着坐垫、镜子还有炉火。

“昆廷在学习，我们得保持安静。”父亲说，“你在干什么，杰森。”

“没什么。”杰森说。

“不管干什么，还是到这里来吧。”父亲说。

杰森从角落里走了出来。

“你在嚼什么。”父亲说。

“没什么。”杰森说。

“他又在嚼纸了。”凯蒂说。

“过来，杰森。”父亲说。

杰森把那东西扔进火里。它发出嘶嘶声，舒展开，变成了黑色。接着又成了灰色。接着就不见了。凯蒂、父亲和杰森都坐在母亲的椅子上。杰森的眼睛肿肿的，闭着，嘴在动，好像是在品尝什么东西。凯蒂的头靠在父亲的肩膀上。她的头发像火，眼睛里也有点点火光，我也过去了，父亲也把我抱到椅子上，凯蒂抱住我。她身上有树的气味。

她身上有树的气味。角落里一片漆黑，可是我能看到窗口。我蹲在那里，拿着拖鞋。我看不到它，可我的手能看到它，我能听到夜晚来到了，我的手看到了拖鞋，可是我自己看不见，可是我的手能看见拖鞋，我蹲在那儿，倾听着夜的到来。

你在这儿呢，拉斯特说。你看我这里有什么。他给我看。你知道我从哪儿弄的吗。昆廷小姐给我的。我就知道他们是没法把我挡在外面的。你跑这儿来干什么。我还以为你不再往外溜了呢。你这一整天哼哼唧唧还不够吗，还要躲这空屋子来，叽里咕噜个没完。来睡觉吧，也好让我在演出开场前赶过去。我不能一晚上陪你耍。等那喇叭一吹，我可就要去了。

我们没去我们的房间。

“这是我们发麻疹时住的屋子。”凯蒂说，“为什么今天晚上让我们睡这儿。”

“你管睡哪儿呢。”迪尔西说。她关上门，坐下来，开始给我脱衣服。杰森哭了起来。“别哭。”迪尔西说。

“我想跟姥娘睡。”杰森说。

“她病了。”凯蒂说，“等她好了你就能跟她睡了。行不行啊，迪尔西。”

“别说话了。”迪尔西说。杰森停住了。

“我们的睡衣都在这儿，别的也全都在。”凯蒂说，“跟搬家一样。”

“你最好穿上。”迪尔西说，“把杰森扣子解开。”

凯蒂把杰森的扣子解开了。他哭了起来。

“你想找抽哇。”迪尔西说。杰森停住了。

昆廷，母亲在门厅里说。

什么事，昆廷在墙外说。我们听到母亲把门锁上了。她往我们的门里看了下，走了进来，在床边弯下腰，亲了下我的额头。

等他睡着了，你去问下迪尔西介不介意给我灌一瓶热水，母亲说。跟她说，要是她不乐意，我就自己想办法。跟她说我就是问问。

好的，拉斯特说。来吧。把裤子脱了。

昆廷和威尔什进来了。昆廷的脸转开了。“你哭什么哭。”凯蒂说。

“嘘。”迪尔西说，“你们都把衣服脱了，马上。你可以回家了，威尔什。”

我脱了衣服，看了看自己，开始哭起来了。别哭，拉斯特说。找这些也是白找。它们不在了。你这样哭个没完，以后就不给你过生日了。他给我穿上睡袍。我不哭了，接着拉斯特也不说了，头转向窗户。然后，他走到窗前，向外张望。他回来了，抓住我的胳膊。她来了，他说。别出声。我们走到窗前往外看。那东西从昆廷窗口爬出来，爬上了树。我们看着树在摇动。摇晃的地方往下移动着，然后那东西出来了，我们看着它从草丛里走了。后来就看不见了。来吧，拉斯特说。好了。听到喇叭没有。你上床去，等我的脚不抖了再说。

屋里有两张床。昆廷上了另外一张。他面对着墙。迪尔西把杰森放到他床上了。凯蒂脱了衣服。

“你看看你的衬裤。”迪尔西说，“你最好别给你妈看到。”

“我都已经告她一状了。”杰森说。

“我知道你准会。”迪尔西说。

“看你有什么好果子吃。”凯蒂说，“叛徒。”

“我有什么果子吃的。”杰森说。

“你们怎么不把睡衣穿上。”迪尔西说。她走过去帮凯蒂脱了胸衣和衬裤。“你看看你。”迪尔西说。她把衬裤卷了卷，用它擦凯蒂的屁股。“全湿透了。”她说，“不过今晚你也没法洗澡了。穿上吧。”她帮凯蒂把睡衣穿上，凯蒂爬上床，迪尔西走到门口，手放在灯开关上。“你们都别吵了，听到没有。”她说。

“好吧。”凯蒂说，“母亲今晚不来了。”她说，“所以，大家还得听我的。”

“是的。”迪尔西说，“快睡觉吧。”

“母亲病了。”凯蒂说，“她和姥娘都病了。”

“嘘。”迪尔西说，“你还不快睡。”

房间黑了，只有门口亮着。接着门口也黑了。凯蒂说：“别吵了，毛莱。”她把手放在我身上。我于是一直没出声。我们能听到各自呼吸的声音。我们能听到黑暗的声音。

黑暗走了，父亲看着我们。他看着昆廷和杰森，然后来亲了亲凯蒂，摸了摸我的头。

“母亲病得厉害吗。”凯蒂说。

“没有。”父亲说，“你会照顾好毛莱吗。”

“会的。”凯蒂说。

父亲走到门口，又看了看我们。然后，黑暗回来了，他黑色的影子站在门里，然后门又变成了黑色。凯蒂抱着我，我能听到所有人的呼吸声，听到黑暗的声音，还有我能闻到气味的什么东西的声音。接着我能看到那些窗户，就和平常一样，就算树在那儿发出嗡嗡声。然后，黑暗开始化作那些平滑、明亮的形状，凯蒂说我已经睡着了，我也能看到。

1910年6月2日[①]

窗框的阴影出现在窗帘上的时候，约莫七八点钟，我又回到了时间里，又在听表了。表是爷爷的，父亲把它给我的时候说我把它给你了，你要把它当成所有希望和欲望的坟墓。你要通过它，认识到所有人类体验的reducto absurdum[②]——这认识让人痛苦但不可或缺。它不符合他和他父亲的需要，也未必满足你的需要。我把它给你，不是要你记住时间，而是让你不时地忘掉它，不至于把力气全用在企图征服时间上。他说，人类和时间战斗从未胜过。这些战斗甚至从未发生。战场只不过昭示了人类自己的愚蠢和绝望，而所谓的胜利，不过是哲人和傻子的幻觉。

它靠着衣领盒子，我躺着，听着。是在聆听。我想不会有人刻意去听钟表的声音。也没有这个必要，你可以长时间无视这个声音，可是一秒的嘀嗒，就足以把你未曾听过的那些时间从脑海里全都调集出来。这时间排成队列，绵延不绝，渐渐消逝。如父亲说的那样，在那

---

① 此章节的“现在”时间为1910年6月2日，昆廷回忆中的一些时间、事件或人物包括：凯蒂嫁给赫伯特·赫德和婚礼前几天的场景，时间段在1910年4月23—25日；1909年8月左右，凯蒂和埃姆斯发生关系，失贞，此后昆廷和埃姆斯交锋，昆廷和父亲有一次关于自杀的长谈；1901—1906年间，昆廷和邻居家小女孩娜塔莉玩性游戏，这也是昆廷和凯蒂的性启蒙时期；在1900年左右，“姥娘”去世。（Ross & Polk，42—43）

② 正确的拉丁文应为reductio ad absurdum，意思是归谬法。

漫长而孤寂的光辉里，你或许能看到耶稣在行走，还有那好心的圣弗朗西斯[①]，虽然他从来没有妹妹，口中却说着死神小妹。

隔着墙壁，我能听到什里夫的床的弹簧在响，还有他的拖鞋拖过地板的哧哧声。我起身走到梳妆台前，手从上面掠过，摸到表，将它翻过来，表面朝下，又回去睡了。但是，窗框的阴影还在，我现在几乎能据此判断时间，能精确到分钟，所以我得转过去背对着它，当它投射在身上，痒痒的，我感觉自己像过去的动物一样在后脑长了眼睛。你养成的无聊习惯往往让你后悔。父亲这样说。说基督不是钉死的：是被小小齿轮那么一分钟一分钟的嘀嗒慢慢给累死的。耶稣没有妹妹。

当我知道自己看不见，我就开始琢磨到什么时间了。父亲说，老是考虑一个杜撰的表盘上指针的位置，是心理功能的一种病态。一种排泄，父亲说，就像出汗。我嘴里说着好吧。还琢磨。不停地琢磨。

若是阴天，我会看着窗户，思考他说的无聊习惯具体所指。想着这天气如果持续下去，对于新伦敦[②]那儿的人来说倒是不错。难道不是吗？这是新娘结婚的好月份，声音响彻 在她从镜子里直接跑出来，从那一堆香气里出来。玫瑰。玫瑰。杰森·里士满·康普森先生和夫人宣布女儿结婚。玫瑰。不像山茱萸和马利筋这般贞洁无瑕。我说我犯了乱伦，父亲，我说。玫瑰。狡猾而安详。如果你上了一年哈佛，但没看过划船比赛，那学校就该退钱。让杰森去吧。让杰森去哈佛待一年。

什里夫站在门口，在装自己的硬领，他的眼镜亮晶晶的，如有玫瑰色，就好像他脸上的光泽洗到了上面一样。“你今天上午又要逃礼拜吗？”[③]

“有这么晚吗？”

---

① 阿西西的圣弗朗西斯，圣方济各会创始人，据说死前曾说：“欢迎死神妹妹的到来。”

② 康涅狄格州一镇，哈佛耶鲁两所学校划船比赛在此举行。

③ 在一些教会创办的私立大学（包括哈佛），学生每天要去学校礼拜堂做礼拜。

他看了看手表。“再过两分钟就要敲钟了。”

“我不知道这么晚了。”他仍然看着手表，嘴动了起来。“我得赶紧了。我不能再逃。院长上周告诉我——”他把表放回口袋里。接着我就不说话了。

“你最好提上裤子赶紧跑。”他说。他走了出去。

我起身忙碌，隔着墙听到他的声音。他走进客厅，走向门口。

“你准备好了没？”

“还没有。你快走吧。我能赶过去的。”

他走了出去。门关上了。他沿着走廊走了过去。接着，我又听到表的声音。我停下来，到窗前把帘子拉开，看着大家跑向礼拜堂，同样的人对付着同样甩动的大衣袖子，同样的书和摆动的领子奔涌而过，如同潮水中的碎渣，还有斯波德。把什里夫说成我丈夫。得，别理他，什里夫说，他是不是傻到去追这些肮脏的小荡妇，跟别人有什么关系。在南方，是处男的会感到羞耻。男孩。男人。他们都撒谎。因为对女孩来说，贞洁不贞洁关系没那么大，父亲说。他说贞洁这说法是男人发明的，而不是女人。父亲说，它就好比死亡：只是一种舍此即彼的状态，可是信不信它并不重要，他说。他说这一切的悲哀也正是这个：不仅仅是贞洁问题。我说，为什么是我，而不是她不贞。他说这也可悲；没什么东西重要到值得去改变。什里夫说，他是不是傻到去追这些肮脏的小荡妇，我说你有妹妹吗？有没有？有没有？

斯波德在他们中间，就像一只乌龟，行走在撒满枯树叶的街上，他的领子翻到了耳朵上，依然还那么不慌不忙地走着。他来自南卡罗来纳，四年级。他们俱乐部老吹嘘，说他从来不跑着去小礼拜堂，从来不准时到，但是也从来没落下一次，另外也从来没把衬衫、袜子穿戴齐整了去小礼拜堂上课。大约到十点钟，他会走进汤普森咖啡馆，要上两杯咖啡，坐下来，趁等咖啡晾凉的时间，从口袋里拿出袜子，脱了鞋，把袜子穿上。到中午，你会看到他和其他人一样，衬衫穿好了，领子也装上了。别人都跑着打旁边经过，可是他从不会加快脚步。过了一会儿，四方院子里就空无一人了。

一只麻雀斜向穿过阳光，落到窗台上，歪着脑袋看我。它的眼睛又圆又亮。它先用一只眼睛看我，然后嗖地一转头！另一只眼睛在看我了。它的喉咙抽动着，速度比任何脉搏都要快。整点报时的钟响了。麻雀不再转头了，直直地一只眼睛看我，直到那钟的尾音消失，仿佛也一直在聆听。接着，它展翅从窗台上飞走了。

最后一次敲钟的尾音过了好一会儿才消失。它长久地留在空中，与其说让人听，不如说是在让人感觉。像那绵长将熄的光辉之中，耶稣和圣弗朗西斯谈论他妹妹时响过且仍然不绝于耳的所有钟声一样。因为，如果只是下地狱，如果这便是一了百了，那该有多好。结束了。如果一切自我了断。那儿只有她和我，没有其他人。如果我们能做点可怕的事来，让他们都吓得逃离地狱，只剩下我们俩。我犯了乱伦我说父亲那是我不是道尔顿·埃姆斯　当他把枪放　道尔顿·埃姆斯。道尔顿·埃姆斯。他把枪放在我手里，我没有动手。我就是为着这个原因没去动手。他会下地狱，她会，我也会。道尔顿·埃姆斯。道尔顿·埃姆斯。道尔顿·埃姆斯。如果我们能做出点可怕的事来父亲说这也很可悲人做不出那么可怕的事情他们根本做不出可怕的事情他们甚至今天看来可怕的事第二天就想不起来了然后我说，你可以逃避一切啊他说，啊是吗。我会向下看，看着我那喃喃自语的尸骨看着那深深的河水，河水像风一样，如同风做的屋顶，很久以后，他们甚至无法分辨哪里是尸骨，哪里是孤寂的未受污损的河沙。直到**有一天**，主说**起来吧**只有铁熨斗能浮起来。这时重要的不是你意识到什么都帮不了你——宗教，骄傲，任何东西——而是你意识到自己不需要任何帮助。道尔顿·埃姆斯。道尔顿·埃姆斯。道尔顿·埃姆斯。如果我是他的母亲，躺着摊开手脚抬起身子笑着，搂着他的父亲，我的手半挡着，眼睛看着，看着他在获得生命之前就已经死去。*突然间，她站在门口了*

我走到梳妆台前，拿起那只反扣着的表。我将表的玻璃罩子在梳妆台一角磕碎手接住那玻璃碴儿放到烟灰缸里将指针扭掉放入烟灰缸。表接着嘀嘀嗒嗒。我把表正过来看，空白的表盘，后面的小轮子不知已经发生的变故仍在嘀嗒作响。耶稣在加利利水面行走，华盛顿不说谎。父亲从圣路易斯博览会上带回一只表坠送给杰森：小小的观剧望远镜，你眯上一只眼睛往里看，能看见一座摩天大楼，一座蜘蛛织网一样辐射开的摩天轮，还有针头大小的尼亚加拉大瀑布。表盘上有处红污点。看见它时我的拇指开始疼痛。我把表放下来，到了什里夫的房间，拿了些碘酒，涂在伤口上。我用毛巾把剩下的玻璃碴儿从梳妆台边上扫掉了。

我拿出两套内衣、袜子、衬衫、硬领和领带，放进箱子里。我把我的一切都放进去了，除了我的一件新外套一件旧外套，两双鞋子，两顶帽子，还有我的书。我把书拿进起居室堆在桌子上，我从家里带来的还有　*父亲说，过去人们是看一个人的藏书判断他是不是绅士，而今是看没归还的书来判断*　我把箱子锁上，写上地址。一刻钟的钟声响了起来。我停下来听，直到余音消散。

我洗了澡刮了胡子。水让我的手指又痛了，所以我又涂了些碘酒。我穿上新外套，戴上表将另外一只箱子装好把一些零碎物件我的剃须刀还有牙刷等放入手提包，将箱子钥匙卷进一张纸里放入信封，写上父亲地址，写了两张条子，然后封入信封。

阴影还没有完全离开门口的台阶。我在门口停住，看着阴影移动。它以几乎无法觉察的速度移动，缓慢地退回门里，把屋子里的阴影赶了回去。*可是我听见的时候，她已经在跑了。我还不知道怎么回事，在镜子里她已经在奔跑了。跑得很快裙后摆都飘了起来缠到她的手臂*

上她像一片云跑出了镜子，她的面纱旋动着发出长长的闪光她的鞋跟声音清脆步子快捷她用另外一只手将裙子按在肩膀上，跑出了镜子那玫瑰玫瑰的气息那在伊甸园上方发出的声音。然后，她穿过门廊我听不到她鞋跟的声音了，接着在月光下就像一片云，面纱飘动的影子从草地上掠过，进入那吼声里。她跑着，裙子飘到身后，手抓着婚纱，跑向那吼声中，T. P. 在露水里沙士汽水好哎班吉在箱子下头嚷嚷。父亲一起一伏的胸前挂着个V形银胸甲。

什里夫说："嗯，你还没……这究竟是去参加婚礼还是葬礼？"

"我没去成。"我说。

"你这一通梳洗打扮，去得成才怪。怎么回事？你以为今天是星期天？"

"我想偶尔穿一回新买的正装，不会有警察来抓我吧。"我说。

"我在想着广场上那些学生。他们会认为你去了哈佛。你是不是傲得课也懒得去上了？"

"我先吃点东西吧。"台阶上的阴影消失了。我走进阳光里，又找到了我的影子。我沿着台阶走下去，影子紧随身后。半小时过去了。接着，钟声停了，余音慢慢消散。

执事也不在邮局里。我把两个信封贴上邮票，一封寄给父亲，什里夫的那封信我放在衣裳口袋里，然后我想起上次是在哪里看到执事了。那一天是阵亡战士纪念日，他穿着G. A. R. [①]军装，走在游行队伍中间。如果你多等一会儿，无论是在哪个角落，你总会看到他出现在某个游行队伍里。前一次是在哥伦布或加里波第或其他什么人的诞辰纪念日。他在"清道夫"组，戴着烟囱帽，拿着一面两英寸的意大利国旗，在扫帚铲子之间抽着雪茄。不过，最后一次，一定是穿G. A. R.

① Grand Army of the Republic，"共和国大军"，即美国内战期间的北方军队。

军装的那次，因为什里夫说：

“瞧瞧。看你爷爷把这老黑鬼给收拾的。”

“是的，”我说，“现在他天天去参加各种游行都成。要不是我祖父，他得像白人一样去干活。”

我哪儿都没见他。但我连个能召之即来的靠干活吃饭的黑人都没见过，更不要说吃国家闲饭的黑人了。一辆汽车开过来。我进城去了帕克餐馆吃了顿丰盛的早餐。吃饭的时候，我听到了时钟打点。但是我想需要用起码一个小时才能忘记时间。人类开始进入机械式时间推算的过程比历史都要长。

吃完早饭我买了一支雪茄。那女孩说，五毛钱一支的雪茄最好，所以我买了一支，点着，走到街上。我站在那里，抽了几口，然后拿在手里，向着角落走去。我穿过一家珠宝钟表店的橱窗，不过及时把目光挪开了。在拐角处，两个擦皮鞋的缠住了我，一边一个，声音刺耳，沙哑，像是乌鸦。我把雪茄给了其中的一个，另外一个我给了一枚五分钱硬币。他们这才不再缠我了。拿雪茄的那个想把雪茄卖给同伴，换他那五分钱。

有个时钟，在阳光下高高挂着，我在想怎么回事，为什么心里什么都不想做的时候，身体却还要骗我们去不自觉地做。我能感觉到后颈上肌肉的动作，接着又听到了口袋里表的嘀嗒，过了一会儿，所有声音我都避而不听，只留下口袋里的表，嘀嘀嗒嗒。我在街上转过身，走到橱窗前。店里那人在窗后的桌子前忙活着。有些谢顶了。一只眼睛戴着放大镜，那是一个嵌进他面孔的金属管。我走了进去。

整个地方到处都是嘀嗒声，就如同九月草地里的蟋蟀，我能听到他头顶上一口大钟的声音。他抬起头，眼睛大而模糊，简直要从镜片后冲出来。我把自己的表拿出来递给他。

“我把表弄坏了。”

他把表拿在手里翻看。“的确。肯定是踩到了。”

“是的，先生。我把它从梳妆台碰了下来，黑灯瞎火地又踩了一脚。不过它还在走。”

他把后盖撬开，眯着眼睛看。“好像没事。不过，我得查查才能说得准。我下午看看吧。”

“那我迟点再回来拿。”我说，“能不能请问一下，这橱窗里哪只表走得准？”

他把我的表放在掌心，抬起头看着我，那双眼睛又大又模糊，从镜片上方鼓了出来。

“我跟一个家伙打过赌，”我说，“另外，我早上忘了戴眼镜。”

“嗯，好吧。”他说。他放下表，从凳子上略起身，目光越过柜台看过去。然后，他又抬头看看墙上。“是二十——”

“不要告诉我，”我说，“拜托了，先生。就请说说有没有一个是准的。”

他又看了看我。他坐回凳子上，把放大镜推到额头上。他的眼睛周围留下了一个红圈，镜子一拿开，一张脸显得赤裸裸的。“今天是什么庆祝活动？”他问，“划船比赛下周才有，不是吗？”

“不是的，先生。我这只是一次私人的庆祝活动。是过个生日。有哪只表比较准么？”

“没有，不过那是因为没有对好。如果你想买一只的话——”

“我不买，先生。我不需要手表。我们客厅里有钟。我要表的话，把这只修好就行了。”

我伸出手。

“最好还是现在丢下来。”

“我回头再拿过来。”他把表给我。我把它放进口袋里。在别的表的嘀嗒声中，我这表的声音终于听不见了。“非常感谢你。但愿没占你太多时间。”

“没事。你准备好了拿来就行。你那庆祝活动最好推迟一下，等我们赢了船赛再说。”

“好的，先生。我看这样最好。”

我走了出去，把那些嘀嗒声关在门后。我回头看了看橱窗。他在柜台后看着我。橱窗有十二三只表，十二三种不同的时刻，每只都带着同样的坚决和互相矛盾的确信，就和我这只连指针都没有的表一样。互相矛盾。我能听到我的表在走，在口袋里嘀嗒，哪怕没人能看见，哪怕看了也是白看。

所以我就告诉自己，就用这表的时间吧。父亲说，钟表杀死时间。他说，只要那小小的齿轮在转动，让时间嘀嘀嗒嗒流逝，那么时间就是死的，只有在钟表停转的时候，时间才会活过来。指针伸展着，略略上翘，如同迎风侧飞的海鸥。心中装满旧日的苦水，如同新月装满雨水一样，黑鬼们说的[①]。珠宝钟表店老板又忙了起来，弓腰站在台子前，金属管嵌在脸上。他梳着中分头，发缝线一直伸向秃斑，那里如同十二月排干了的沼泽。

我看到街对面的五金店。真没听说熨斗还有论磅卖的。

“你大概是要买裁缝用的曲柄熨斗吧。”店员说，“它们十磅重。”只不过它们比我想象的要大。我买了两个六磅重的小熨斗，因为它们包起来就像两只鞋子。两个加在一起也够沉的，不过我又想到父亲说的人类经验的reducto absurdum了，想着当初申请哈佛，似乎到头来只有这么一个机会。也许要等到明年，或许得在学校里待两年，才能学会怎样把这事办妥。

但在空气中这么拎着真够沉的。来了一辆电车。我上去了。我没

① 据黑人的传说，新月如果是月弯的两角朝上，则是“装水”，次日有雨。如果两角朝下，则是“放水”，次日天晴。

有看到前面的牌子。车里坐满了人，多半是成功人士模样，一个个手拿报纸在看。唯一的空座，是在一个黑鬼边上。他戴着圆顶礼帽，鞋擦得亮亮的，手里拿着熄掉的半截雪茄。我过去常认为，一个南方人应该时刻对黑人保持警醒。我以为北方人会指望他这样。我第一次到东边来的时候一直在想你得把他们想成有色人种而非黑鬼，如果不是因为我碰巧和很多黑人一起长大，我可能要浪费很多时间，遇到许多麻烦才会认识到，其实不管黑人白人，最好的办法是按照他们自己的想法去对待他们，然后别再去烦他们。那时候我意识到，黑人其实更应该是一种行为方式而不是人的类型；他们不过是周围白人的一种相反的镜像而已。但我一开始以为我会非常怀念周围成群侍奉的黑人，因为我想北方人会是这么认为的，可是直到那天早晨在弗吉尼亚的时候，我才知道自己是多么想念罗斯克斯和迪尔西。火车停下来，我醒了，掀开帘子往外看。我的那节车厢挡在路口，有两道白色的围栏顺坡而下，然后像一截牛角一般，向两边分开，向下延伸，有个黑人坐在骡子上，在僵硬的车辙中间，等着火车移开。他在那里等了多久我不知道，但他跨坐在骡子上，头上包着一块毯子，像一尊雕塑，和那围栏、道路还有那山融为一体，甚至像是从山体上雕刻出来的。这景象如同一个招牌，上面写着：欢迎回到老家。他没有鞍，脚悬着，几乎垂到地上。骡子看上去像一只兔子。我把窗玻璃推了上去。

“嘿，大叔，”我说，“是这么讲吗？”

“先生说啥哩？”他看着我，然后他解开了毛毯布，从耳朵上面拿开。

“圣诞礼物！”我说。

“说来就来哩，老板。还真被你抢先了，是不。”[1]

---

① 南方习俗，圣诞节期间，谁先喊“圣诞礼物”，就算谁赢，对方要给他礼物，但最后未必真给。

“这次我放你一马。”我从小吊床里把裤子抽出来，拿出一个两毛五硬币。“不过下次小心了。新年后两天我回来还路过这里，到时你可注意点儿。”我把硬币扔到窗外。“给自己买点圣诞老爷爷的礼物吧。”

“好的，先生。”他说。他跳了下来，捡起硬币在腿上擦了擦。“谢啦，小少爷。谢啦。”然后火车开始动了。我从窗口探出头，在冷冷的空气里，回头看着。他站在那憔悴得像兔子的骡子旁边，一对身影寒酸可怜，一动不动，不慌不忙。火车拐过弯，引擎喷出短促粗重的气流，他们就这样平稳地离开了我的视野，身上仍带着那种寒酸和那种永恒的忍耐，还有那种平静安详：其中既有孩子般的一贯的笨拙又有与之矛盾的可靠这两者的混合照料和保护他们它无需理由地爱它一直掠夺他们它逃避责任和义务那方式太直露都称不上奸诈被偷盗被避让却只有那种对胜利者的坦诚自发的敬慕一如一位绅士对任何在公平竞争中打败他的人的敬慕，对于白人的古怪行为他们也满怀好感且姑息到底如同祖父母对待任性淘气的孩童。这样的品质，我都给淡忘了。这一整天，火车蜿蜒穿过迎面而来的山口沿着悬崖峭壁这中间车的运动不过是凝滞的排气声车轮的呻吟声还有无休无止伫立的山峰慢慢退向沉重的天边，我这时候想家了，想到了那荒凉的车站那些泥巴那些黑人那些在广场上摩肩接踵慢慢走动的乡亲，想念玩具猴子玩具马车袋装糖果还有翘出来的焰火筒，我会像放学钟声响起时那样，体内骚动起来。

钟敲过三下，我才会去数。我数到六十，然后放下一根手指，同时在想着其他的十四根等着放下的手指，或者是十三根十二根八根七根，突然间我意识到四周鸦雀无声了，大家的思想也都凝固了，如同不敢眨的眼睛，我这时候会说：“老师？”“你叫昆廷，是不是？”劳拉小姐会说。然后接着沉默还有那残酷的一动不动的思想还有在沉静里伸出的一只只手。“告诉昆廷是谁发现了密西西比河，亨利。”“德索托。”然后，大家就不再那么聚精会神，一会儿我怕自己数慢了，于是数快了点，弯下一根手指，一会儿我又怕数快了于是又慢下来，接着又怕慢于是又加快。总之到敲钟的时候我总无法出来，而放了学的那几十双脚已经在动，在感受着磨损的地面了。日子好像一块玻璃遭到轻柔、尖锐的一击。我的体内开始动起来，我坐着一动不动。坐着不动地动着。我的肚子为你而动。突然间，她站在门口了。班吉。吼叫。便雅悯我老年所生的儿子[①]吼叫着。凯蒂！凯蒂！

我要逃跑。他开始哭了，她过去抚摩着他。别哭了。我不会走的。别哭了。他安静了下来。“迪尔西。”

只要他想他就能闻出你要跟他说的话。不用听，也不用说话。

他们给他改的名字，他能闻到吗？他能闻到厄运吗？

要是不想让他转运，改名字做什么？来点运气对他也没什么坏处。

要不是为了给他转运那为什么给他改名呢？

汽车停了，发动，又停了。我看着窗户下路过的那些人的头顶，上面戴着漂白过还未变色的新草帽。现在车上来了些妇女，提着赶集的篮子，还有穿着工装的男人上来，人数渐渐超过那些穿着锃亮皮鞋套着硬领的乘客了。

那黑人碰到了我的膝盖。“借个光。”他说。我把腿往边上挪了挪，让他过去。我们的车子沿着一段空白的墙在走，哐当哐当的声音传回到车厢来，传向膝盖上放着篮子的妇女还有一个戴着脏兮兮的帽子帽饰带上别着个烟斗的男人。我可以闻到水的气息，墙的一段空隙处我看到了一片水光和两个桅杆，还有一只在空中一动不动的海鸥，仿佛在那桅杆之间系了根看不见的绳子。我抬起手隔着外套摸了摸我写的那些信。车停下来的时候我下了车。

---

① 参见《圣经·创世记》21:7:“又说，谁能预先对亚伯拉罕说撒拉要乳养婴孩呢？因为在他年老的时候，我给他生了一个儿子。”“班吉明”旧式译法为“便雅悯”。

吊桥打开了，让一只帆船经过。帆船是被一只拖船推着，拖船拖着一溜烟，在帆船后面一路推着，而帆船就好像自己在动一样。一个赤膊的汉子在前甲板上绕着一段绳子。他的身子被晒成了烟草色。另外还有个戴着草帽把头全部盖住的男人在掌着舵。船过了桥，顶着光秃秃的桅杆往前移动，如同光天化日之下的鬼影，三只海鸥悬在船尾上方，如同玩具，栖在一条看不见的线上。

等吊桥重新合上后，我走到了另外一侧，靠着船库上方的栏杆。浮桥空着，门也都关了。船员在这个傍晚时分刚刚回港，正在前头休息。桥的阴影，层层的栏杆，还有我自己斜靠在水面上的影子——我很容易就骗过了它，让它和我须臾不离。至少有五十英尺吧，真希望我有什么东西，能把这影子留在水面上，定住，直到它也淹死，两个熨斗，影子如同两只包住的鞋子，躺在水面上。黑人说溺水者的影子会在水里一直守候着他。它会闪闪发光，如同呼吸，浮子也慢如呼吸，那些残渣半浸半浮，向着大海、向着那些海的大小洞穴荡漾而去。排出的水等于什么的什么。所有人类经验的Reducto absurdum，两个六磅重的熨斗重量超过一个裁缝的曲柄熨斗。要给迪尔西知道了，她会说作孽啊这么浪费。姥娘死的时候班吉就知道。他哭了。他闻到了。他闻到了。

拖船顺流回来了，船后面，水被豁开变成翻滚的长筒，最终以航道的回波搅起了浮子，浮子随翻滚的圆筒上下颠簸发出噼啪的声音，然后随着一阵长长的刺耳的声音，门卷了回去，出现了两个人，抬着一艘双桨赛艇。他们把它放到水里，过了一阵子，布兰德[①]出现了，手里拿着双桨。他穿着法兰绒裤子，灰色夹克，戴着硬草帽。不知是他还是他母亲从什么地方听人说牛津的学生穿法兰绒裤子戴硬顶帽划船，

① 杰拉德·布兰德，昆廷同学，肯塔基人。

于是他们三月初给杰拉德买了条双桨赛艇，穿着法兰绒裤子戴着硬顶帽下河了。船库的人威胁说要叫警察了，可是他照下不误。他的母亲开着一辆租的汽车过来了，身上穿着皮毛大衣，样子像北极探险的，她看着他在时速二十五英里的风中离去，边上一连片像脏兮兮的绵羊一样的浮冰。从那时起我一直认为，上帝不仅是个绅士、运动员，还是个肯塔基人。他开走之后，他的母亲把车掉了个头，又回到河边，和他平行地开着，车打到低速挡。他们说这两人就像从没有见过面一般，一个像国王，一个像王后，都不会互相对视，只是在这马萨诸塞州里，平行地移动着，如同两颗行星。

他上了船，划走了。他现在划得很好了。他也该这样。他们说，他母亲想让他放弃划船，去做点班上其他同学不会做或是不愿意做的事情，但这一回他倒是执拗得很，如果可以称之为执拗的话。他坐在船上，神情里透出王子般的无聊，黄黄的鬈发，淡紫色的眼睛，长长的睫毛，一身纽约定做的装束，而他妈妈跟我们讲述着杰拉德的马、杰拉德的黑用人、杰拉德的女人。她把杰拉德送到康桥这里来上学的时候，肯塔基州的丈夫和父亲们一定都非常高兴。她在城里有套公寓，杰拉德也有一套，他在学校里还有宿舍。她同意杰拉德与我交往，因为作为生在梅森——迪克逊线[①]以南的人，至少我身上显出了一种阴差阳错的高贵感，另外还有几个家乡符合她的地理要求（最低限度）的人，也获准与杰拉德交往。至少是原谅吧。或曰姑息。可是自从她晚上一点见到从小礼拜堂出来的斯波德之后他就说她不可能是什么名门望族的太太因为名门望族的太太不会这个时候出来她一直无法原谅斯波德有五个名字包括一个当今英国公爵的名字。我敢肯定她自我安慰的办法是认定斯波德是某个蒙高尔特或是莫特马尔家族的不肖子弟跟

---

① 南北战争期间南北分界线。

一个看门人的女儿生的。这很有可能，哪怕这是她捏造的。斯波德是游手好闲的世界冠军，天马行空无所顾忌。

小船现在成了一个黑点，双桨在阳光下交错闪着光，仿佛船身在跟他一道边前进边眨眼睛。你有妹妹吗？没有，但她们都是贱货。你有过妹妹吗？她曾经是。贱货。那时不是贱货 她突然间站到门口 道尔顿·埃姆斯。道尔顿·埃姆斯。道尔顿牌衬衫。我一直以为它们是卡其布，军用卡其布，后来才发现它们是厚实的中国绸缎或是上等法兰绒因为它们把他的脸衬得这么褐黄把他的眼睛衬得那么蓝。道尔顿·埃姆斯。只不过少了一点文雅。像是演戏道具。不过是纸做的，摸摸便知。哦。石棉。不是真用青铜做的啊。但是不会在家里见他。

记住凯蒂也是个女人。她也得做女人该做的事。

那你为什么不带他到家里来，凯蒂？为什么你要像那些黑人家的女人一样在牧场在沟里在阴暗的林子里偷偷摸摸犯贱呢？

过了一段时间，我也听了手表一段时间了，我能隔着外套感到那信的咯吱声，靠着栏杆，我靠着栏杆，看着自己的影子，看自己如何蒙骗这影子。我沿着栏杆走着，可是我的外套太黑，我都可以在上面擦手，看着自己的影子，看自己如何蒙骗它。我把它带到码头的影子里。然后我往东走。

哈佛我的哈佛男孩我的哈佛哈佛 那个她在运动会上遇到的满脸粉刺挂着彩色奖章的小子。偷偷沿着围栏过来吹着口哨想像轰小狗一样把她轰走。因为他们没法把他轰到餐厅来母亲相信他一定是有某种魔力一旦和凯蒂单独在一起一定会把魔力施展在她身上。不过任何一个流氓 他躺在窗户下的盒子边上号叫着 只要能开辆轿车过来胸前扣眼里插朵花就成。哈佛。昆廷这位是赫伯特。我的哈佛男友。赫伯特会当个大哥哥的他已经答应了杰森，替他在银行找份差事。

像个搞推销的似的虚情假意。咧着嘴满口白牙却是皮笑肉不笑。

我在上头听说过他。满口白牙却是皮笑肉不笑。你想开车吗？

进来吧昆廷。

你来开。

这是她的车你不为你小妹感到自豪吗她是城里第一个自己有车的赫伯特送的礼物。路易斯每天早晨给她上课你没收到我的信吗　杰森·里士满·康普森先生和夫人兹宣布小女坎迪斯将于一九一〇年四月二十五日在密西西比杰斐逊与西德尼·赫伯特·赫德先生结婚。八月一日后在寒舍宴客地址为印第安纳州南湾市某某大道某某号。什里夫说，你不打算打开吗？三天了。三次了。杰森·里士满·康普森先生和夫人　年轻的洛钦瓦尔骑马离开西方也太快了点，是不是？[①]

我来自南方。你很逗，是不是。

哦是的，我知道是在乡下什么地方。

你很逗，是不是。你应该去马戏团。

我是去了。我就是因为给大象身上浇水洗跳蚤才把这眼睛弄坏。三次了。这些乡下姑娘。这些人猜不透的，是不是。嗯，反正拜伦的愿望从未实现过，感谢上帝。[②]　不过打人别打眼镜　你到底还打不打开？它躺在桌子上后，桌子每个角落点上一支蜡烛再祭上用玷污过的粉色裤袜捆着的两朵假花。打人别打眼镜。

乡下人可怜巴巴的很多人从来没见过汽车前面围着好多人按喇叭啊坎迪斯是这儿么　她都不愿意看我　他们会让开的　都不愿意看我　要是你把谁给撞伤了你父亲不会高兴的我敢说你父亲一定会说再买辆车子吧我都有点后悔让你把车子开到这儿来赫伯特当然我是很喜

---

① 参见沃尔特·司各特爵士所著《马米恩》，过去很多小学课本中曾收录。在长诗的第五章，主人公洛钦瓦尔在心上人艾伦即将嫁给一个“情场无兴致战场也无勇气”的人时，出现在婚宴上，将新娘带上马，一起离去。

② 传说拜伦和其同母异父妹妹奥古斯塔·蕾有乱伦关系，昆廷此处否认，但很多学者倾向于认为确有此事。

欢这样有马车不过我想出去的时候康普森先生总是让这些黑佬在车上忙这忙那的我还不至于那么胆大包天去打扰他老是说罗斯克斯随时待命可是我知道这话是什么意思我知道很多时候人们做出承诺只不过是为着自己良心的平静你会不会这么对我的小女儿呢赫伯特但是我知道你不会的赫伯特你把我们都给宠死了昆廷我是不是跟你写信说过等杰森上了高中后他会安排他进自己的银行杰森做个银行职员应该是顶呱呱的我这些孩子也就杰森讲究实际有点头脑这得感谢我他这是从我们家这边遗传过来的其他的都是康普森家的遗传　杰森提供做浆糊的面粉。他们在后面露台上做风筝卖五分钱一个，他和帕特森家的孩子。杰森负责收钱。

这车厢里没有黑人，还没有晒黄的草帽从窗户下面经过。去哈佛。我们已经卖掉了班吉的　他躺在窗下的地上，吼叫着。我们已经卖掉了班吉的牧场，好让昆廷上哈佛　是你弟弟。你的小弟弟。

你该买辆车有车的好处说不完你不觉得吗昆廷我一见着就叫他昆廷因为凯蒂不知讲过他多少回了。

干吗不呢我希望我的几个儿子不止是朋友是的坎迪斯和昆廷比朋友还亲近　父亲，我犯下了　你没有弟弟妹妹哥哥姐姐这多可惜啊　没妹妹没妹妹没有妹妹　别问昆廷他和康普森先生看到我身体结实些下来到桌子前都像是受到了侮辱似的我现在是胆大等婚事都办好了我还得吃亏的你把我小女儿带走了。我的小妹　尚未[1]　妈要是我能说　妈

除非我按着性子向您求婚否则康普森先生是不会来追我这车的。

哎哟哟赫伯特啊坎迪斯你听到没有　她看都不看我一下　脸色倒是平和就是梗着脖子不回头看我　你也不用吃醋了他不过是在奉承一

---

① 参见《圣经·雅歌》8:8："我们有一小妹，她的两乳尚未长成。人来提亲的日子，我们当为她怎样办理。"

个老女人罢了要是换作成了年出了嫁的女儿我不相信他会这么说。

您怎么能这么讲您看上去还像个姑娘呢比坎迪斯还要年轻呢 您这脸色多鲜嫩就像姑娘一样 一张谴责的流着泪的脸樟脑的气味泪水的气味一个声音一直在轻轻哭着在那暮光色的门后那暮光色的金银花的香味。把空箱子从阁楼楼梯上拖下来声音就像棺材弗伦奇·利克[1]。盐块地没有死亡

有的戴着还没晒黄的帽子有的没戴帽子。三年之内，我不能戴帽子[2]。我不能戴。过去不能。等我死了都不是哈佛人了还能不能戴帽子呢。父亲说最优秀的思想就好比死藤蔓攀附着残败的砖。那就不是哈佛了。总之对我不是了。又来了。比先前还要悲伤。又来了。最大的悲伤。又来了。

斯波德穿了衬衫，看来是到时间了。当我再次看到先前被我骗下水的影子时我如果不小心踩在这坏不掉的影子上。但是，没有妹妹。我不会这么做的。我不想让人盯我女儿的梢 我不会同意的。

你让我怎么管他们你总是让他们不尊重我不尊重我的想法瞧不起我的娘家人就因为我娘家你就教孩子不尊重我吗这可都是我的孩子我自己吃苦生下来带大的孩子 用坚硬的鞋跟把影子的骨头踩进水泥地里接着我听到了表的声音，我又隔着外套碰了碰两封信。

我不会让你或是昆廷或是任何人去盯我女儿的梢，不管你觉得她做了什么

我去盯梢是有原因的这一点你至少同意吧

我不同意不同意。我知道你不同意不是我故意说话尖刻我觉得女

---

① 印第安纳南部的度假胜地，20世纪初很多有贵族背景的人家来这里。康普森太太带凯蒂来这里，希望她能钓得金龟婿，她果然在这里遇到了赫德。弗伦奇·利克（French Lick）让昆廷想起了猎人用来引诱猎物的大盐块（salt lick）。这种大盐块能让鹿毫无防备地舔着不动，猎人极易下手。

② 哈佛四年级学生才可以戴帽子。

人相互之间就不尊重对自己也不尊重

可是她为什么要做这种事呢　钟声响起来的时候踩上了自己的影子，不过钟报的是一刻钟。哪里都看不到执事的影子。以为我会　以为可能

她的意思不是说女人都这样做事而是因为她爱凯蒂

街灯顺坡而下然后又升起来向着城区延伸　我走在阴影的肚子上。伸手都能超过它。感觉父亲在身后在那令人不安的夏天和八月的黑暗里那街灯　父亲和我保护女人不让她们互相伤害也不让她们自我伤害我们家的女人　女人就是这样对人总也不会增长见识我们男人就擅长她们只是生来就有现成的滋生猜疑的能力时不时地开花结果而且常常猜对她们和邪恶有种亲和力邪恶自身缺少的她们会给弥补上会本能地把这邪恶拉过来披在身上就如同人睡着的时候不自觉地把被子往身上拉给自己大脑施肥给邪恶做预备直到邪恶最终达到了目的姑不论当初有无目的　他是跟几个新生一起来的。他游行的兴致还没过，一过来就给我敬礼，是那种派头十足的高级军官式的礼。

"我想找你谈谈。"我说，步子停了下来。

"跟我谈谈？好吧。回见了，伙计们。"他说，步子也停下来，转过身，"很高兴和你聊天。"果然是执事味很足。谈谈你认识的那些天生的心理学家吧。他们说，他四十年来，从来没有在开学初接人的时候错过一班火车，另外他对人看上一眼就能判定他是不是南方人。他从不会搞错，他只要听你讲过一次话，就能判断出你是哪个州的人。他每次去火车站接人都穿同样的制服，一种《汤姆叔叔的小屋》式的服装，上头补丁什么的一应俱全。

"是的，先生。走这儿了，小公子，咱来了，"把你的包接过来，"来，来，小伙子，到这儿来，把这些包拿上。"这时候小山似的一大堆行李便会慢慢挪动过来，后头露出那个约莫十五岁的白人男孩，执

事设法又把一只包添到他身上，引着他往前走。“小心，小心，可别给俺碰坏了。是的，先生，小公子，你把房间号报给俺黑大叔，你一到，保准东西早就凉凉地在屋子里等着你啦。”

从这时起直到他把你彻底征服之前，他总是在你屋子里进进出出，无处不在絮絮叨叨，好在随着衣裳的改善，他的言谈举止也渐渐北方化，最后把你敲竹杠敲够了，也把你制服了，他就开始对你直呼其名，叫你昆廷啥的，等你下次见到他，他已经穿上了一件别人不要的布鲁克斯西服，戴上一顶帽子，上面绕着我忘了是普林斯顿俱乐部还是哪里的饰带，这也是别人给的不过他颇为得意颇为坚信这是亚伯·林肯军饰带上裁下来的。多年前，他从老家刚到大学那会儿，有人散布传言，说他是从哪个神学院毕业的。等他明白了怎么回事之后，十分喜欢，自己都开始讲这个故事，到最后一定是他自己都信了。总之他常给人滔滔不绝废话连篇地讲他读本科时的奇闻轶事，如数家珍地说到很多作古的教授，对他们直呼其名，但通常是张冠李戴。不过对于一茬一茬无知而寂寞的大一新生而言，他还算是个不错的向导、朋友，他虽然喜欢耍这些小伎俩，做人如此虚伪，不过在天堂的鼻孔里，他也不会比其他人更臭气冲天。

“三四天没看到你了，”他摆出一种沉着的军人气质，盯着我说，“你病了？”

“不，我没事。应该说是在忙吧。不过我见过你。”

“啊？”

“前几天在游行的时候。”

“哦，那个啊。是的，我参加了。我其实并不喜欢这种事，不过小伙子们希望我跟他们一起去，毕竟是老兵嘛。女士们希望所有的老兵都能参加，知道吧。所以我恭敬不如从命了。”

“哥伦布日你也去了，”我说，“是受了基督教妇女戒酒会的邀请吧，我估计。”

“这？我那是为我女婿去的。他希望在市政府谋份差事。环卫工。我跟他讲，你跟扫帚睡觉去算了。你看见我了，是吗？”

“不错，两次都看到了。”

“我的意思是说，穿着制服。我样子好不好看？”

“很不错。你看起来比他们都帅。他们真该提拔你当将军的，执事。”

他摸了摸我的手臂，轻轻地，那手上有黑人那种操劳、温柔的特质。“听着。俺这不是跟外人说的话。俺不介意跟你讲，因为总归来说，咱们也不是外人。”他身子朝我侧过来一点，语速很快，眼睛不看我。“俺放出长线了呢。等到明年瞧瞧。等着瞧吧。你就看我到时候在哪里游行吧。俺就不跟你讲俺怎么操作这个内幕了；俺说啊，你就等着瞧吧，孩子。”他现在看着我了，轻轻拍了拍我的肩膀，踮着鞋后跟轻轻摇晃着，向我点着头。“是的，先生。俺三年前转成了民主党，这可没白转。俺女婿找到市里的差事；俺就——是的，先生。要是转成民主党能让混球去工作……至于俺：从两天前算起，过一年后你就在那旮旯站着看吧。”

“但愿如此。你有这个发展是应该的，执事。这事让我去想一想——”这会儿我从口袋里拿出信。“明天把它拿到我房间里交给什里夫。他会给你点东西的。不过注意了，明天再给。”

他接过信，仔细地看了看。“封起来了。”

“是的。都写里面了，不过明天才能看。”

“嗯。”他说。他嘴噘着，端详着信封。“有东西给俺，你说的？”

“是的。我给你做的一件礼物。”

他现在看着我了，在阳光下，那信封在他黑黑的手上分外洁白。他的目光柔和，褐色，似乎没有虹膜，突然间从这身花里胡哨的白人制服、政治话题、哈佛做派后面，看到了罗斯克斯在盯着我，羞怯、神秘、口齿不清、充满忧伤。“你不是要捉弄俺黑大叔吧，是不是？”

“你知道我不会的。哪个南方人捉弄过你？”

“你说得对。大伙儿都不错。可是跟他们生活在一起不成。”

“你究竟试过没有？”我说。但罗斯克斯又不见了。他又恢复到他老早以来一直训练自己在世人面前扮演的模样来，故作气派，虚头巴脑，刻意掩饰自己的粗俗。

“一切如你所愿，我的孩子。”

“等到明天，记住。”

“当然，”他说，“我理解，我的孩子。嗯——”

“我希望——”我说。他低头看着我，样子慈祥、深沉。突然，我伸出手，他带着从市政府和军旅梦想里来的派头，跟我严肃地握手。“你是个好人，执事。我希望……你帮了很多年轻小伙子，方方面面。”

“我一直想好好对待大伙儿，”他说，“我不会小肚鸡肠跟人分什么彼此。一个人对我来说就是一个人，不管我是跟他在哪里认识的。”

“我希望你今后还一直这样好人缘。”

“年轻小伙子。我跟他们合得来。他们也不会忘记我。”他说，拿着信封挥了挥。他把信放进口袋，扣紧了大衣。“是的，先生，”他说，“我好朋友不少。”

钟声又响了，是半小时钟声。我站在我影子的肚子上，在这阳光下，在那些还瘦瘦小小的树叶边上，听着有节奏的宁静的钟声。有节奏、平静、安宁，即便在女人做新娘的好月份，这钟声都带着浓浓的秋意。躺在窗下的地上号叫着　他看了她一眼就知道了。从婴孩的口中[①]。街灯　钟声停了。我回到邮局，把我的影子向人行道上踩去。顺

①《马太福音》21:16：“经上说，你从婴孩和吃奶的口中，完全了赞美的话。你们没有念过吗？”

坡而下然后升起来向城区延伸如同灯笼一个高过一个一溜挂在墙上。父亲说因为她爱凯蒂所以她是通过人们的缺点来爱他们的。毛莱舅舅在炉火前叉着腿一只手得从火前拿开好匆匆举杯庆贺圣诞。杰森跑着，他的手插在口袋里，倒了下来像捆住的鸡鸭一样躺在那里，直到威尔什扶他起来。你跑的时候把手插在兜里干啥不然你也会倒吗　在摇篮里转着脑袋转着把后脑勺转平了。凯蒂告诉杰森和威尔什说毛莱舅舅不工作是因为小时候他就这么在摇篮里摇头的。

什里夫从人行道上走了过来，摇摇晃晃，模样臃肿而认真，在舞动的树叶之下，他的眼镜反着光，像两个小池塘。

“我给执事留了个条子，说有东西要给他。我今天下午可能不在，所以你等到明天再让他拿东西，行不行？”

“好吧。”他看着我。“喂，你今天是要干吗？穿得这么整整齐齐，逛来逛去，就像印度寡妇等着殉夫。你上午去上了心理学课没有？”

“我现在什么也不做。一切都得等到明天再说。”

“你拿的是什么？”

“没什么。一双鞋子，鞋底才装一半。明天再给他，听见没有？”

“当然可以。行啊。哦，对了，你今天早晨从桌子上拿了一封信没有？”

“没有。”

“放在桌子上的。塞米勒米斯[①]寄来的。司机十点钟之前送来的。”

“好吧。我回头去拿。不知道她这回又有什么要求。”

“要你再参加一次乐队演奏吧，我猜。咚咚嗒嗒杰拉德啦啦。‘鼓敲响点，昆廷’。上帝啊，我真高兴我不是个绅士。”他接着走了，胸前喂奶似的抱着一本书，体型有点臃肿，肥硕而专注。那些街灯　你

① 传说中的亚述王后，此处指布兰德太太。

这么想是不是因为我们祖先中出过州长，还出了三位将军，而母亲家族没有

任何活人都比死人强不过活人也好死人也好都不比其他的活人死人好多少 不过在母亲心目中已经没法挽回了。完了。完了。这么说的话我们都中毒了 你把罪和道德混为一谈了女人不会这么做你母亲想的是道德到底是不是罪她根本没有想到。

杰森我得离开你跟其他人一起过吧我把小杰森带走带到没有人认识我们的地方好让他有机会长大成人把所有这些忘掉其他几个孩子都不爱我从来都不爱任何人都有康普森家这种自私这种虚张声势只有杰森我能诚心相待而不用害怕。

废话杰森没事我只是在想等你身体好转了你和凯蒂不如去弗伦奇·利克走走。

把杰森留在这儿跟你和这帮子老黑在一起么

她会忘记他，然后所有这些话都会销声匿迹 盐块地没有死亡

也许我可以帮她找个人家 盐块地没有死亡

电车开过来停住。半小时的报时钟还在响着。我上了车，车继续往前开，把那半点的报时钟声抹掉了。不对，是三刻钟。这么说，只剩十分钟了。离开哈佛 你妈妈的梦想为此把班吉的牧场卖了

我造了什么孽啊，生下这种孩子生下班吉明惩罚就够大了现在她也不听我的不听亲妈的我为她吃了多少苦梦想过筹划过牺牲过我都到了死荫的幽谷[①]可是她哪一回睁开眼睛能无私地看看我有时候我看着她都不相信这是我亲生的除了杰森他从来没让我伤过心从一开始把他抱在怀里我那时候就知道他会成为我的喜乐我的救赎我想生下班吉明是惩罚我过去犯下的罪我想生他是惩罚我不顾自己的尊严嫁给一个我自

①《圣经·诗篇》23:4："我虽行过死荫的幽谷，也必怕遭害。"

以为是高攀的男人我没有抱怨我也因此爱班吉明超过了所有的孩子因为我这是尽自己本分不过杰森总是让我揪心可是现在我也看到我的苦还没吃够我发觉我除了自己的罪还要为你的罪受罚你们都造了什么孽你们这些高高在上不可一世的人给我添了多少罪可是你也是要承担的你总是为你自己家的人找借口只有杰森会做错事因为他更像是我们巴斯康家的而不是康普森家的你自己的女儿我的小女儿我的宝贝女儿她也不见得好多少我小时候很不幸我不过是巴斯康家的人我从小的家教告诉我女人要么守妇道要么不守别无中间道路可是我从来没有梦想过但我把她抱在怀里的时候我的女儿会放纵到这地步你难道不知道吗我一看她的眼睛就明白了你或许以为她会告诉你可是她就不说她鬼鬼祟祟你不了解她我知道她干的那些好事可是我死都不会告诉你就是这样了你就接着批评杰森好了接着骂我派他去监视她就像这是什么大罪一样由着你自己的女儿我难道不知道你不爱杰森别人怎么说他坏话你都信你是的你并没像挖苦毛莱一样挖苦他现在你这些孩子把我都害成这样了你还能拿我怎样等我一走杰森没人爱他保护他不受这些伤害我每天都看着他害怕他身上也出现你们康普森家的遗传而他姐姐偷偷溜出去见那个你叫什么的来着可是你都没有见过他一面那你要不要我去看看这都是为了你好保护你可是一个家的种要坏掉谁能挡得住你都根本不让我去试试我们只是袖手旁观由着她把你的姓氏糟蹋把你子女呼吸的空气都给玷污杰森你得让我走我受不了啦让我带上杰森你带别的孩子他们都不是我的骨血就跟陌生人一样没有我的一点遗传我害怕他们我能带上杰森去找个没人认识我们的地方我会双膝跪下祷告乞求上帝洗净我的罪好让杰森逃脱这个诅咒把其他那几个的存在都忘掉

如果刚才那是三刻钟，那现在就不到十分钟了。一辆电车刚离开，人们已经在等下一辆。我问，但那人也不知道中午之前会不会还有车出发，因为你会以为这种都市区间车比较多呢。所以，下一班是一辆无轨电车。我上去了。你可以感觉到中午了。我在想是不是连地下深处的矿工都能感觉到。所以车要鸣笛：因为车上有人浑身汗臭，如果离这些臭汗足够远，那就听不到鸣笛了，八分钟你就到波士顿远离这些汗臭了。父亲说：人是其不幸的总和。有朝一日，你会觉得不幸自己会疲倦，但到了那时候，时间就成了你的不幸，父亲说。一只海鸥停在系在空中的一根看不见的线上。你会把你受挫的象征带入永恒。然后翅膀渐渐大了父亲说只有这样才能弹奏竖琴。

每次车子停下来我都能听到表的声音，可是并不常停他们已经在吃饭了　谁要弹奏　在吃着吃饭这差事在你体内也有空间空间和时间混淆肚子说中午了头脑说吃饭的时刻到了　也罢我想现在什么时间不过时间不时间又能怎样。人们在下车。这无轨电车已经不再经常停了，去吃饭的人多了车子空了下来。

接着就过了。我下了车，站在自己的影子里，过了一会儿一辆车来了我上了车回到都市区间车站。有一辆车准备离开，我找到一个靠窗的座位车开动了我看着它疲倦地开出去经过退潮时露出的沙洲然后是树林。间或我会看到河流，我在想如果天气这样，杰拉德的小艇在下午前阳光中闪闪发亮在庄严地前行，那么新伦敦那儿该多好啊，我又在想那老夫人十点钟之前送一张条子给我，她到底想得到什么。是杰拉德什么相片吧我是其中之一　道尔顿·埃姆斯　哦　石棉　昆廷开枪打了　背景。有女孩的什么背景。女人总是　他的声音盖过了那些数落声那些声音响起在　和邪恶亲近，认定女人都不可信，可是有些男人太天真，无法保全自己。平凡的女孩。远房表亲、家族世交，不过是稍微认识，但我们贵族人家却当成了一种血缘上的义务。她坐在那里当着她们的面告诉我们，杰拉德真该感到羞耻他的相貌继承了家族特征男人不需要这些，没有更好，可是女人要是没这相貌那就完了。跟我们用一种得意而赞许的口气　昆廷射中了赫伯特他射中了他的声音从凯蒂屋子的地面上传来　讲述杰拉德的那些女人。“他十七岁那年我有一天对他说：‘真要命你这嘴巴生的，安在女人脸上多好。’”你们猜猜　黄昏的窗帘随着苹果树的香味飘进来她的头枕着黄昏她的手抱在脑后睡袍袖口宽大如羽翼那声音响起在伊甸园上方衣服放在床上在苹果上方她那鼻子旁　他怎么说的？注意，他那时候才十七岁。“母亲，”他说，“往往就是这样。”他坐在那儿，气派地从眼睫毛后面看着她们中间的两三个人。她们的目光如燕，飞向他的睫毛。什里夫说，他一直都这德性　你会照顾班吉和父亲吗

你最好少提班吉和父亲你什么时候替他们想过呢凯蒂

答应我

你不用担心他们你这回挺顺利

答应我我病了你要答应我不知道这笑话是谁发明的，他一直认为布兰德夫人保养得很好他还说她在调教杰拉德好让他以后能钓到一位公爵夫人。她称什里夫为加拿大胖小伙她两次在不跟我商量的情况下给我换室友，一次是让我搬出去另外一次是

暮色中，他打开门。他的脸看起来像个南瓜饼。

“嗯，我来好意道个别。残酷的命运女神可能拆散我们，但我绝不会爱上别人。永远不会。”

“你说什么呢？”

“我说残酷的命运女神身上裹着八码长的杏色丝绸身上金银比战舰上划桨奴隶的镣铐还重，她也是咱们这位了不起的前南方同盟派道遥大公子唯一的拥有者和经营者。”然后他告诉我，她如何跑到舍监那里安排把他搬出去，舍监却显出了下层人民那种倔强劲儿来，坚持先征求什里夫的意见。然后，她又建议他马上去把什里夫找来征求意见，他也不答应，所以从此之后，她对什里夫就不客气了。“我本来坚持原则不批评女性的，”什里夫说，“但在各州和领地之内再没比这个女的

更贱的了。”现在托人亲手交送的信放在桌子上，就像命令，有着兰花一样的香气和色泽，但愿她知道我从窗下走过知晓此事而没有　尊敬的夫人至今无缘拜读大函，但预先乞请海涵不论今日昨日明日或任何时间　我记得下一个故事是说杰拉德如何把他的黑用人推下楼黑人央求进入神学院读书好与杰拉德少爷一起，他跟在马车边上一路跑到车站杰拉德少爷离开之时他是如何如何热泪盈眶。我等着听另外那个故事说那锯木厂做事的丈夫来到厨房门口手里拿了猎枪杰拉德走了过去把枪一折为二然后递回给那人自己用丝手帕擦擦手把丝手帕扔到炉子里这个故事我只听说过两次

子弹穿过去射中了他　我看见你进来所以我找了个机会就过来了心想我们不妨认识一下一起抽根雪茄

谢了我不抽烟

不抽跟我们那时候真不一样了我点一支介意吗

请便

谢谢我已经听说了不少我猜你母亲不会介意我把火柴放屏风后面吧会不会听说过你的不少情况在利克那边坎迪斯总说你让我都吃醋了我跟自己说这个昆廷究竟是谁我得见见这畜生长什么样子因为这小姑娘我一见钟情我也不介意这么跟你说但我没想到她张口闭口说的都是她哥她总是说你就好像你是世界上唯一的男人如果有这样的世界她丈夫也不在里面你会不会改变主意来抽一支吧

我不抽烟

那我也就不勉强了不过这烟挺不错的一百支二十五块呢还是批发价我有朋友在哈瓦那我猜那儿变化挺大我一直想着自己去一趟可是从没去成都连轴转忙了十年了学期中间我无法离开银行过去你知道啦人的习惯会变会把上大学时看重的一些原则也丢掉跟我说说哈佛那边现在怎么样

我是不会跟父母讲的，如果你是这个意思的话。

不跟他们讲不讲哦你说的就是这个是不是你要知道我才懒得去管你是讲还是不讲明白吧遇到这种事很不幸可也不是什么刑事案件我不是第一个也不会是最后一个我只是很不幸或许你会幸运一些

你在撒谎

冷静点吧你不说我不会勉强我没有恶意但恕我直言你还年轻所以把这种事情当成多大件事再过五年你看看

欺骗行为我只知道有一种看法我想在哈佛也学不到新的思路。

我们这就跟戏剧里说台词似的你要是进剧社一定很不错你说得不错没有必要告诉他们过去的就让它过去吧没有必要让这种小事妨碍我们的关系我喜欢你昆廷我也喜欢你的相貌你不像其他那些土老帽我很高兴我们能这样一见如故我答应过你妈说要为杰森做点什么可是我也想拉你一把杰森到这里来发展也不差可是你这样的年轻人缩在这个角落里是不会有多大出息的

谢谢你不过你最好还是把杰森留着他对你比我更合适

对那件事我感到抱歉不过我小时候没有你妈妈这样的人来调教学习如何为人处世她要是知道了会伤心的是的所以你说得也对没有必要去当然坎迪斯也包括在内

我是说母亲和父亲

看这儿看看我你跟我较劲能撑多久

可是你要是也在学校里学会了如何干架那我不用撑多久现在你试试看我能撑多久吧

你这该死的小东西你这话是什么意思

试试你就知道了

我的天这雪茄要是你妈不巧看到壁炉架上被雪茄烧出这个印她会怎么说你听我说昆廷我们要做这种事我们两个都会后悔我喜欢你一看到就

喜欢心想这小子不管是什么人一定很不错不然坎迪斯不会这么喜欢听着我是见过世面的人都闯了十年了过了这些时间很多事情没那么重要了你到时候也会明白过来的我们俩为这事合计合计吧毕竟都是老哈佛的人我猜这地方我现在已经不了解了这是世界上年轻人去的最好的地方我以后也会把儿子送来让他们有比我更好的机会等等别这么快就走这事我们讨论讨论年轻人总是想法多我都支持在学校的时候有这些想法也不坏塑造性格对学校传统也好可是等他走上社会那就得不择手段了因为他会发现其他人也都一个样这儿的一切都他妈见鬼去了我们握握手让过去的事情过去吧也免得你妈操心记住她的身体也不好来伸手过来你看崭新得就跟修道院出来的一样什么污点什么皱纹都没有拿着吧

你这臭钱见鬼去吧

别这样拿着吧我现在也是这个家的一员了你明白吧我知道年轻人私事多去掏老头子口袋总是难上加难我怎么会知道因为我是过来人啊这还是不久前的事可是现在我要结婚用度不小尤其是在我们那边这些你就别傻了听着等有机会我们好好谈谈我想告诉你镇上有个小寡妇

我也听说过，把你的臭钱拿走吧

就当是我借给你的行不行一眨眼就到五十了

手别碰我雪茄你从壁炉架上拿走

那你就说出去啊见鬼去好了看你有什么好果子吃看你他妈傻不傻我都给安排得铁板钉钉了就算有个加拉哈德[①]式的二愣弟弟也不能怎样你妈妈跟我说过你家人都这么自以为是进来吧进来亲爱的昆廷和我刚认识我们在聊哈佛的事呢你要不要我来她离不开她老相好了对不对

赫伯特出去一下我想跟昆廷谈谈

---

① 亚瑟王神话中品格高贵、重视风度和荣誉的骑士。

进来吧进来我们一起聊聊相互认识认识我刚告诉昆廷

出去吧赫伯特出去一下子也好

也罢我猜你和老哥还想再见见呢

你最好把那雪茄从壁炉架上拿走

好吧小伙子那我就先撤了让她们暂时再摆布一阵子吧等到后天就没事啦到时候就要乖乖听老相好的啦是不是来给咱亲一个亲爱的

哦，得了，留到后天再说吧

到时我可要连本带息一起要的哟可别让昆廷胡来省得他自己收不了场顺便说一句我有没有跟昆廷讲一个男人养鹦鹉的故事呢故事结局很惨的你让我想起了这事来你自己想想吧就此告辞后会有期啦

嗯

嗯

你最近忙啥

啥也没忙

你又管我闲事了你去年夏天还没管够吗

凯蒂你发烧了　你病了你怎么病了

我只是病了。我不能求人。

他的声音穿过

别嫁这个流氓凯蒂

在眼前的风景之外时不时能看到河上的波光扑过来，过了正午到了午后。现在大概早过正午了，只不过我们已经过了他一脸庄严划船逆流而上的地方。在神或众神面前。众神。这么说更好一点。到了波士顿马萨诸塞州这种地方神都成群结队，什么都不是了。或许只有吃了亏的丈夫不去对他顶礼膜拜。湿湿的船桨眨着眼眨着明亮的眼，又如女性的手掌挥动。马屁精。除了丈夫都是些马屁精，连上帝他都会不理睬的。那个流氓，凯蒂　河流闪着光，绕过一个急转弯，流向远方。

我病了你要答应

病了你怎么病的

我只是病了我不能求人可是你要答应我你会

如果他们需要照顾是因为你的原因你怎么病了　在窗户下，我们能听到我们的车开动了向车站出发，去接8点10分的火车。去接这些堂亲表亲。赫德家亲戚[①]。赫德家来宾人头攒动，但却没有理发师。修指甲的姑娘。过去我们养过一匹纯种马。不错是放马厩养，不过放在皮马鞍下就成了一匹劣马[②]。昆廷穿过凯蒂房间的地板击中了他们所有人的声音

车停了下来。我下了车，走进自己影子的中央。有路穿过车轨。木头做的候车亭里，有个老人在拿着纸袋子吃东西，然后车子也听不见了。路伸进树林，照说应该有荫凉，可是新英格兰六月的树荫未必比家乡四月的更浓。我能看到一个烟囱。我转过身，背向着它，把自己的影子狠狠踩入尘土里。我体内有些东西十分可怕晚上有些时候我都能看到它对着我咧嘴笑我可以透过他们透过他们的脸看到它对我咧嘴狞笑它现在不在了我病了

凯蒂

不要碰我不过要答应我

如果你病了，你不能

我能的一结婚就好了就没关系了别让他们送他去杰克逊答应我

我答应你凯蒂凯蒂

不要碰我不要碰我

---

① 此处描述的赫德（Head），其姓氏也是“人头”的意思。

② manicure（修指甲）中的“cure”音节让昆廷联想起了劣马（cur），此马曾将昆廷摔下来，将其腿摔断。

那东西什么样子凯蒂

什么东西

对着你狞笑的那个东西透过他们对你狞笑的东西

我还能看到烟囱。那边应该就是水面了，向着大海向着那些平静的洞窟涌去。它们会平静地滚落，他说起来吧，只有熨斗会起来。威尔什和我找了一整天，我们没带任何午餐，到了十二点我就饿了。我一直饿到了一点钟，突然我就把饥饿忘了我都不饿了。街灯顺坡而下接着听到了车子下坡的声音。椅子扶手平坦凉爽光滑在我的额上印出椅子印来苹果树斜靠在我头发上在伊甸园上方衣服在鼻子边上　你发烧了我昨天就摸到了就像挨在炉子边上一样。

不要碰我。

凯蒂你要是病了就别结婚。那流氓

我必须找人嫁了。接着他们告诉我说骨头还会断

终于，我看不到烟囱了。路沿着墙延伸。树从墙外斜伸过来，上面洒满阳光。石头凉凉的。挨在边上走，能感觉到一些凉意。不过我们那儿乡下和这里有所不同。就是从这里走走就能感觉出一些不同。有一种外表沉静但内里狂暴的繁殖力，看上去甚至能满足人的食欲。在你周围流动着，却不去呵护、哺育那些光秃秃的石头。像是暂时给树林间涂抹一些青翠，甚至衬出远方的澄蓝，可是对于那强势的喷火女妖却无能为力。告诉我说我的骨头还要断我心里已经在喊哎哟哎哟哎哟了我也开始出汗。我才无所谓我知道断腿是什么滋味不管多难受也算不得什么我不过是要在家多待一阵子不过如此我的下巴肌肉麻木了我的嘴巴在说等等等一分钟我流着汗咬着牙在叫哎哟哎哟哎哟父亲说让那匹马见鬼去吧让马见鬼去吧。等等，是我的错。他每天早晨都到围栏这儿来拿着篮子走向厨房顺着围栏拖着一根棍子我一瘸一拐走到窗口腿上还裹着石膏这些东西我躺下来等着他手里拿着一个煤块迪

尔西说你会把自个儿毁了你怎么这么糊涂你腿断这才几天哩。等等我很快就会习惯等一阵子我就会

这空气连声音都传不过来了，仿佛空气传声音传得太久，都已精疲力竭。在这样的黑暗里，狗的声音都比火车传得远呢。还有一些人的声音。黑人的。路易斯·哈彻尔拿着号角和那只老马灯，但从来不用。我说:“路易斯，你这马灯上次是什么时候擦的?”

“俺上次擦它有那么一阵子了。你还记得上次那儿发大水把那些人冲走的事儿不？俺那天还擦了。俺老婆子和俺那天晚上把火给生了起来，她说:‘路易斯，要是大水到俺们这儿了那你可咋办呢?’我就说了:‘倒也是哩。我想还是把马灯擦擦吧。’所以那天晚上俺就擦了。”

“洪水远着呢，在宾夕法尼亚那边，”我说，“不大可能冲这么远跑这里来。”

“你是这么说的，”路易斯说，“水么，甭管在宾夕法尼亚还是在杰克逊这儿，一样的深，一样的湿，俺估计。说这里不会发大水的那帮伙计，不也是漂到了屋顶爬上了屋梁。”

“你和玛莎那天晚上出去没有?”

“俺们刚好出来了。俺把马灯擦干净了，俺和她就在墓地边的小山丘上待了一宿。要是还有啥更高的地方跑，俺们一准儿会跑去的。”

“你这马灯从那以后就没擦过了。”

“不用擦俺擦它干啥?”

“你的意思是要等下次发大水再来擦?”

“上回大水可不就多亏了它。”

“哈，你还真行，路易斯大叔。”我说。

“是的，先生。你有你的办法俺有俺的办法。要是发了大水只要把马灯擦擦就平安无事，俺才懒得去争呢。”

“路易斯大叔打着灯照路，就啥负鼠也捉不到呢。”威尔什说。

“俺在这一片捕负鼠的时候，人家还往你爹头上抹煤油灭虱子蛋呢，小子。”路易斯说，“还抓虱子。”

“这倒是实在话，”威尔什说，“我估计路易斯大叔抓的负鼠在这里比谁都多呢。”

“可不是，”路易斯说，“没错，俺有足够的光照负鼠的。还没听哪只负鼠发牢骚说光不足。是不是。喂喂。接着哼哪，死狗。”我们就坐在枯树叶里，树叶在低语，带着我们等候中缓慢的呼吸声，带着大地还有这个没风的十月的缓慢呼吸声，马灯刺鼻的臭味污浊了清爽的空气，我们听着狗的声音，听着路易斯说话的回声慢慢逝去。他从不提高嗓门，可是在这样一个宁静的夜晚，我们从前面的门廊上都能听见。他在呼唤着狗的时候他的声音就好比他斜挎在肩上从来不用的号角，只是他的声音更清晰，更柔和，仿佛这声音是黑暗和沉静的一部分，从它里面盘绕出来。又盘绕回去。呜——哦。呜——哦。呜——哦。得找个人把婚结了

过去谈的人多吗凯蒂

我认识人不多你会不会照顾班吉和父亲

你不知道怀的是谁的他知道吗

不要碰我你会照顾班吉和父亲吗

还没到桥那儿我就感觉到水流了。这座桥是灰色石桥，长满地衣，四处斑斑点点布满经年累月积存的潮渍，菌类植物悄悄从中间长了起来。桥下河水清澈，流淌在桥影之下，在桥墩周围喃喃切切，时不时打起旋来，映照出旋转的天空，而后渐渐消散。凯蒂那个

我得找个人把婚结了　威尔什跟我说过有个人把自己废了。他走进树林，坐在沟里，用剃刀干的。一把破剃刀割下之后往身后抛去，这动作使得一股鲜血向后喷溅，却无回旋。但不应该是这个问题。不是割掉就没问题了。要是从来就没有过，我就可以说哦那玩意啊中国

人才这样，我又不认识中国人。父亲说，那是因为你还是童男，你难道不明白吗？女人从来就不会有童贞。纯洁是一种消极的状态，与天性相违。是你的天性在伤害你不是凯蒂，我说这些都只是空话，他说童贞不童贞不也是空话，我就说你不懂的。你不可能知道，他说没错。到了这一刻我们已经意识到悲剧是个二手货。

桥影落处，我能一眼向下看得很深，但却见不到底。如果你把一片树叶放到水里，放久了，叶纤维会烂掉，那细细的纤维会悠悠荡漾，像梦一般。不管过去这些纤维如何纠结牵连，不管过去它们与骨一般的叶脉如何亲近，现在，它们已不再互相接触了。或许**他会说起来**吧，那时候眼睛会浮起来，从那寂静之处，从那睡眠之中看着神的荣耀。再过一会儿熨斗也会浮起来。我把它们藏在桥头处，然后走回去，靠在栏杆上。

我看不到河底，可是目力所及，能清楚看见水的流动，接着我又看到一道阴影，如一支粗重的箭，射进流水。蜉蝣在桥下的水面上掠过，在桥的影子里进进出出。*人死之后，如果只有一个地狱多好啊：那纯净的火焰，还有我们两个超越了死亡的人。倘能如此那时你就只有我那时就只有我那么我们两个人在那纯净的火焰之后在那指指戳戳和那骇人的恐怖之中* 箭头更显粗大了，但仍一动不动，突然间一条鳟鱼在水下翩然跃起，舔走了一只蜉蝣，其动作之大，姿态之美，如同一只卷起花生米吃的大象。漩涡顺流而下，渐渐消失，接着我又看到了那箭头，直直插入水流中，随着水流轻轻晃动，在那水面之上，它们有时斜飞，有时定住。*只有你和我，在一片纯净的火焰包围之下，在那指指戳戳和骇人的恐怖之中。*

在晃动的阴影里，鳟鱼定在那里，静止着，姿态优美。三个男孩拿着钓鱼竿上了桥，我们一起靠着栏杆看着下面的鳟鱼。他们认识这条鱼。这鱼是社区的名流。

“他们抓这条鳟鱼都抓二十五年了。波士顿有家商店，说谁钓着这条鱼，他们就奖一根价值二十五块钱的鱼竿。”

“那你们几个怎么不把它给钓上来呢？就不想要二十五块的钓鱼竿？”

“想啊。”他们说。他们倚着栏杆，看着下面的鳟鱼。“我当然想。”一个男孩说。

“我不要鱼竿，”第二个说，“我要现钱。”

“没准他们不给现钱呢，”先前那男孩说，“我敢打赌，他就会给你鱼竿。”

“那我得了鱼竿也要卖掉。”

“卖不到二十五块钱的。”

“那就卖多少算多少呗。我用这个钓鱼竿钓的鱼，也不会少于二十五块钱的鱼竿。”然后他们开始讨论拿了二十五块钱会去干什么。他们七嘴八舌一起在说，一个个坚持己见，互不相让，且毫无耐心，硬是把一件虚无缥缈的事说得有些模棱两可，接着是有鼻子有眼，再接着简直就成铁板钉钉的事实了。人一旦把自己的欲念化作言语，往往就会这样做。

“我要买马车。”第二个说。

“你不买才怪呢。”别人说。

“我真能买到的。我知道在哪里能买到二十五块钱的马车。我认识那人。”

“是谁？”

“是谁无所谓。反正我出二十块就能买。”

“那可不，”有人说，“他纯粹在胡编。吹牛皮罢了。”

“你觉得是吹？”那男孩说。他们继续嘲笑他，但他不再争辩了。他靠着栏杆，看着已经被他消费了的鳟鱼，全然露出了成人般的习性，以不发一语来显示优越，借此让自己去相信一切。突然间，另外两个人话语中的恶毒和抵触没有了，仿佛对他们来说，他真钓上了鱼，买着了马车，他们也加入到他的习性里来了。我估计，我们人类虽然常用各样话语来作弄自己欺骗他人，但至少在一点上是一致的，那就是相信沉默的智慧。一时间我都感觉到另外两个人脑筋飞转，在考虑如何对付第一个男孩，如何把他的马车抢下来了。

“你那鱼竿根本卖不了二十五，”第一个说，“我敢打赌，卖不上这个价。”

“他还没钓到那鳟鱼呢。”第三个男孩突然说，然后两个人都叫了起来，

“是啊，我怎么跟你说来着？那人叫什么名字？有种就说出来啊。要不然就是根本没这个人。”

“啊，闭嘴，”第二个男孩说，“瞧，看这儿，鱼又过来了。”他们倚着栏杆，一动不动，样子相同，鱼竿斜在阳光下，样子也相同。鳟鱼不慌不忙游上来，如同一道阴影，在荡漾的水波里越来越显眼，小小的漩涡顺流而下，渐渐消逝。“乖乖。”第一个男孩低声说。

“我们也不想钓它了，”他说，“我们只想看那些波士顿人来，看他们手气怎样。”

“这池子里就它这么一条鱼吗？”

“是的。它把别的鱼都赶跑了。这一带钓鱼最好的地方在下面大漩涡那里。”

“不是，不是那儿，”第二个男孩说，“比奇洛磨坊那里比这儿好上一倍。”就这样为哪里钓鱼最好他们又争了一会儿，然后突然沉默下来，看鳟鱼再次游上来，破碎的漩涡吸下了一小片天空。我问最近的镇子多远。他们告诉了我。

“不过最近的电车路线在那边，”第二个男孩指着马路上说，“你要

去哪儿?"

"不去哪儿。随便走走。"

"你是从大学来的?"

"是的。镇上有工厂没有?"

"工厂?"他们看着我。

"没有。"第二个男孩说。那儿没有。他们看着我的衣服。"你要找工作?"

"比奇洛磨坊怎样?"第三个男孩说,"它就是工厂。"

"工个屁厂。他是说正儿八经的工厂。"

"有汽笛的,"我说,"我还没有听到一点钟的汽笛响呢。"

"哦,"第二个男孩说,"在那边一神教教堂尖塔上不有个钟么。你看看这钟就能知道时间。你那表链上没挂表?"

"我今天早上把它弄坏了。"我给他们看了我的手表。他们神情严肃地打量着。

"它还在走,"第二个男孩说,"像这样的表得多少钱啊?"

"是个礼物,"我说,"是我高中毕业那年我父亲送的。"

"你是加拿大人?"第三个男孩说。他的头发是红色的。

"加拿大?"

"你跟他们讲话不一样,"第二个说,"我听过他们讲话。他讲话就跟剧团里的人一样。"

"啥来着,"第三个说,"就不怕他揍你?"

"揍我?"

"你说他说话像黑人。"

"得了,别扯了,"第二个说,"过了那坡,你就可以看到教堂尖塔了。"

我谢了他们。"那我祝你们好运。别去管下面那个老家伙就是了。

随它去才好。”

“那鱼谁也逮不着。”第一个男孩说。他们靠着栏杆，俯视着河水，三根鱼竿斜在阳光下，如同三根黄色火焰组成的线。我走在自己的影子上，再一次将它踩进斑驳的树荫里。路转了个弯，从河边渐渐升高。翻过山，然后蜿蜒而下，带着人的目光和思想向前，带向一个安安静静的绿色隧道下面，带到树顶上方那方形的钟楼和圆眼睛一般的钟面上，不过那儿路应该还很远。我坐在路边。路边野草高及脚踝，一片繁茂。路上的阴影静静的，仿佛是用模具定住一般，阳光斜射下来，样子如一支支铅笔。不过那只是一辆火车，过了一会儿，那影子消失在树林后，只留下一段悠长的声音。接着我就能听到我手表的声音了，还有火车远去的声音，仿佛来自别的地方，别的月份或者别的某一年的暑天。火车在那静止的海鸥下方疾驰而过，一切都疾驰而过。除了杰拉德。他应该还是那么神气，兀自在那儿划着，划到正午，划进下午，在那绵长而明亮的空气里，飘飘欲仙，升到让人昏昏欲睡的终极状态，在那里只剩下他，一个人在保持着那神奇的静止状态，在平稳地、有节奏地划着，一前一后，划入那慵懒怠惰的日子里，世界在阳光下在他们的影子里，显得那么渺小。凯蒂那个流氓那个流氓凯蒂

他们的声音从山那边过来了，三根细细的钓鱼竿，如同三条平衡线，上面流动着火焰。他们看着我路过，脚步没有放慢。

“嗯，”我说，“怎么没看到你们钓到它呀。”

“我们试都没去试，”第一个男孩说，“那鱼是钓不上来的。”

“钟在那儿，”第二个男孩指着说，“你走近一些就能看到时间。”

“是的，”我说，“好吧。”我站了起来。“你们都去城里？”

“我们要去大漩涡那里钓鲢子。”第一个男孩说。

“大漩涡那儿钓不到鱼。”第二个男孩说。

“我想你是不是要去磨坊那儿啊，那么多人在扑水，多少鱼也给吓

跑了。”

“大漩涡那儿钓不到鱼。”

“我们要是不动身那就什么鱼也钓不到了。”第三个说。

“我搞不懂，你咋老说大漩涡呢，”第二个说，“你在那儿啥也钓不着。”

“那你别去好了，”第一个说，“我又没拿绳子拴着你。”

“我们去磨坊那儿游泳吧。”第三个男孩说。

“我要去大漩涡钓鱼，”第一个男孩说，“你自己随便。”

“喂，你说你是什么时候听说有人在那儿钓着鱼的？”第二个男孩跟第三个说。

“我们去磨坊那儿游泳吧。”第三个男孩说。钟楼渐渐沉到树丛后面去了，钟面圆圆的，距离尚远。我们在斑驳的树荫里继续走。我们到了一个果园，四处都是粉红和白色。到处都是蜜蜂；我们都已经能听到那嗡嗡声了。

“我们去磨坊那儿游泳吧。”第三个男孩说。果园边上岔出一条小道。第三个男孩放慢了脚步，接着停下来。第一个男孩接着往前走，斑斑点点的阳光顺着钓鱼竿，从他肩膀上滑过，滑到他的衬衫上来。“走吧。”第三个男孩说。第二个男孩也停住了。你为什么非要找人嫁了不可凯蒂

你非要我说吗你是不是觉得我说了就不会

“我们去磨坊吧，”他说，“走吧。”

第一个男孩接着往前走。他光脚走着，步子没有声音，落脚轻柔，如叶子落在薄尘之上。果园里蜜蜂的声音如同风刚吹起来，又仿佛有人施了法术，把一个声音压在了“渐强”之下，将其定住。小道顺墙壁弯了过去，一路落英缤纷，向前延伸着，渐渐消失到树丛中。阳光无孔不入，影影绰绰地斜照到路上。黄蝴蝶沿着树荫翩翩飞舞，闪烁

着，如点点阳光。

“你想去大漩涡那儿干吗？”第二个男孩说，“你想钓鱼的话，在磨坊钓就是了。”

“算了吧，你让他去吧。”第三个说。他们看着第一个男孩走开。阳光斑驳地洒落在他往前移动的肩膀上，又在他的鱼竿上闪烁着，如同黄色的蚂蚁。

“肯尼。”第二个男孩说。跟父亲说吧行不行我会说的我便是我的父亲是我生养繁殖我发明了他创造了他跟他说吧不是为了他会说我没有然后你和我因为我们子嗣众多

“好了，走吧。”第三个男孩说，“他们都在水里玩了。”他们看着第一个男孩。“是啊，”他们突然说，“那你就去吧，乖宝宝。他要是去游泳头会湿掉，回去有顿好打。”他们走上小道接着往前走，黄色的蝴蝶沿着树荫，在他们周围斜飞着。

这是因为我不相信别的什么了或许会有点别的也或许什么也没有那么我就　你会发现你认识到自己的这种处境即便是不公也无所谓　他没去注意我，他戴着破帽子，僵着脖子，脸稍稍扭过去。

“你为什么不跟他们一起去游泳？”我说。那个流氓凯蒂

你是想找他打一架是不是

他说谎成性还是个流氓凯蒂他打牌的时候作弊被赶出了俱乐部成孤家寡人了期中考试作弊被学校开除了

那又怎么样我又不跟他打牌的

“你更喜欢的是钓鱼而不是游泳是不是？”我说。蜜蜂的声音渐渐低下去了，还继续着，仿佛它不会转入沉静，而只是我们之间的沉静如水一般涨了起来。道路又拐了个弯，接上了一条街道，街两边是荫凉的草坪和白色的房子。凯蒂那个流氓你替班吉和父亲想想别想着我

我还能想别的什么我还想过别的什么　那男孩从街上转弯走了。

他爬上一道尖桩围栏也不回头来看，接着过了草坪到了一棵树前把钓鱼竿放下来爬到树杈上坐在那儿，背对着路，那斑驳的阳光终于在他的白衬衫上停住了。别的我想过没有我连哭都哭不起来了我去年死了我告诉过你我死了可是我当时不知道我这话什么意思我不知道自己在说什么　在家里八月底的有些日子就像这样，空气稀薄而炽烈，仿佛有一种忧伤，一种怀旧，一种熟悉。人是这种季节变换的总和，父亲说的。人是凡此种种之总和。人生不过是一道各样特征皆有杂质的难题，在百般沉闷中，我们被动地迈向永恒不变的虚无：一边是灰尘，一边是欲望，二者僵持不下。但现在我知道我死了，我告诉你

那么你嫁人又是何必你听着我们可以走开你班吉还有我我们一起去一个没人认识我们的地方　白马拉着马车，他的脚划着薄薄的尘土；蛛网一般的轮子发出细小而干涩的吱吱嘎嘎声。榆树。不：ellum[①]。Ellum。

那用什么钱呢用学费的钱啊用卖牧场供你上哈佛的钱你不明白吗你得把书念完你要是不念完他就一无所有了

把牧场卖了　他的白衬衫在树杈处一动不动。车轮如同蛛网。在沉重的马车下，马蹄轻快，如女子刺绣的穿针引线，一点点在缩小，却不见动静，如同一个被人踩着迅速从舞台上拖走的跑步机。街道又拐了个弯。我能看到那白色钟楼了，还有那笨拙而武断的圆钟面。把牧场卖了

听人说如果父亲不把酒戒掉他活不了一年了可是他戒不掉自从我自从去年然后他们就把班吉送到杰克逊去我不能哭我甚至一分钟都哭不了她站在门口接着他在拉她的裙子在吼他的声音如同波浪在四壁上捶击着她在尖叫着靠着墙样子越来越小那白色的脸那眼睛如同大拇指

① 昆廷在纠正自己对“elm”（榆树）一词的发音。在新英格兰乡下，“elm”的发音为“ellum”。

抠了进去直到他后来把她从屋子里推了出来他的声音来回捶击着仿佛声音的惯性无法让其停止仿佛它无法消失在沉默里吼叫着

打开门时，铃声响了，但只响了一次，声音尖利、清脆、细小，那铃干干净净但毫不起眼地挂在门上方的一个地方，仿佛是制作时就估算并锻造好了，每次都发出这么一声清脆的小小的声音，好让铃经久耐用，免得每敲一次接着要花费太多的沉静才能让钟恢复元气。门开的时候暖暖的烘烤香味扑面而来。一个脏脏的小孩，眼睛如同玩具熊，扎着两根漆皮一般乌黑的辫子。

“你好，小妹妹。”屋子里温暖而空旷，小姑娘的脸看起来如同一杯冲入咖啡的牛奶。“这儿有人吗？”

但她只是看着我，直到有门打开，有位女士走了进来。柜台上方摆着一排排看起来脆脆的点心，她的脸干干净净的灰灰的，那干干净净的灰脑袋上头发稀稀疏疏束得紧紧的，她戴着干干净净的灰框眼镜，那副眼镜如同悬浮着，移了过来，像在走钢丝，又像店堂里的收钱箱[①]。她看上去就像一位图书管理员。像是一个灰蒙蒙的架子上摆放着的什么东西，井井有条自以为是却又脱离现实，安安静静在风干着，如同一缕见过深仇大恨的空气。

“我想买两个面包，夫人。”

她从柜台下拿出一张裁成四方形的报纸，放在柜台上，拿出两个圆面包来。小女孩看着面包，一双眼睛安安静静的，眨也不眨一下，仿佛一杯淡咖啡上一动不动浮在上面的葡萄干，老犹的国土老意的家乡[②]。看着面包，干干净净的灰色的手，左边食指上戴着一只大金戒指，被发青的指关节固定住了。

---

① 当时一些收钱箱会悬在柜台上方的线索上，收银员可以让其滑动来变换其位置。

② 美国国歌中有“自由者的国土，勇士的家乡”一句歌词，昆廷这里将其改作“老犹的国土老意的家乡”，因为面包店老板娘和小姑娘的脸分别有犹太人和意大利人的特色。

“这面包都是您自己烤的，夫人？”

“先生？”她说。就这口气。先生？就跟在舞台上一样。先生？“五分。还要什么别的吗？”

“不要了，夫人。我不用了。这位女士想要点什么。”她个头不高，没法探头从柜台上头看，所以她走到柜台头上看小姑娘。

“你带她来这儿的？”

“不，夫人。我进来的时候她就已经在这儿了。”

“你这个小可怜虫。”她说。她从柜台后出来，可是她没有碰那小女孩。“你口袋里有什么没有？”

“她没有口袋，”我说，“她什么也没干。她只是站在这里，等着你。”

“为什么没有响铃呢？”她瞪着我。她就差没几根树枝条子，身后没个写着2×2=5的黑板了。“她会藏在她衣服下面，谁都不知道的。你，小孩。你怎么进来的？”

小女孩什么也没说。她看着那女人，然后向我投过来阴郁的一瞥，然后又看着那女人。“这帮外国佬，”女人说，“她进来的时候怎么连铃都没响？”

“我开门的时候她进来的，”我说，“铃就响了一次，给我们俩一起响的。再说她从这儿也够不着什么。还有，我想她不会乱拿的。是不是，小妹妹？”小女孩看着我，面容神秘，满腹心思的样子。“你要买什么？面包？”

她把攥紧的拳头伸过来。打开拳头，里面有个五分钱硬币，潮湿而肮脏，湿漉漉的灰都陷到了她的肉里。硬币潮潮的，暖暖的。我都能闻到那淡淡的金属味。

“能不能来一块五分钱的面包，夫人？”

那女人从柜台下又拿出一张裁成方形的报纸，放在柜台上，包了一块面包。我把硬币放在柜台上，又多放了一枚硬币。“再来一块圆面包，夫人。”

她又从柜子里拿出一个圆面包来。“把那一包给我。”她说。我递给了她，她打开包装，把第三个圆面包包了进去，拿走了我给的两枚硬币，从围裙里拿出两枚铜币递给我。我把它们给了小女孩。她的手指把铜币紧紧抓住，那手指又热又湿，就像虫子。

“你要把圆面包给她吗？”那女人说。

“是的，夫人，”我说，“你做的面包，我想她一样喜欢闻。”

我拿起两包面包，把长条面包的那包给小姑娘。那浑身铁灰色的女人带着一种冷冷的、自以为是的神情，站在柜台后面看着我们。“你等一下。”她说。她到后间去了。门又打开，关上。小姑娘看着我，把那面包抱在胸前，贴着脏衣裳。

“你叫什么名字？”我说。她不再看着我了，可还是一动不动。她的呼吸似乎都停住了。那女人又回来了。她手上拿了个模样滑稽的东西。她拿在手里的样子，仿佛那东西是一只死去的宠物老鼠。

“给。”她说。小姑娘看着她。“拿去吧，”那女人说，用这东西捅了捅小姑娘，“只不过样子怪了点。估计你吃到嘴里感觉不到有什么不一样。拿去。还要我在这儿站一整天不成。”小姑娘接了过来，眼睛还在看着她。那女人在围裙上擦了擦手。“我得把那门铃修一修。”她说。她走到门口，猛地拉开门。小小的门铃响了一次，声音纤弱、清脆，都无法让人看到是从哪里冒出来的。我们走向门口，那女人回头看了看我们。

“谢谢你给的蛋糕。”我说。

“这些外国人，”她眼睛看着响过铃铛的那暗处说，“听我的，小伙子，别跟他们搅和到一块儿。”

“好的，夫人，”我说，“来吧，小妹妹。”我们走了出去。“谢谢你，夫人。”

她把门猛地关上，然后又猛地拉开，让那铃铛发出了小小的一声响。“外国佬。”她说，眼睛盯着铃铛。

我们接着走。“嗯，”我说，“要不要来点冰淇淋？”她吃着歪歪扭扭的蛋糕。“你喜欢吃冰淇淋吗？”她阴郁、安静地看了我一眼，嘴里还在咀嚼着。“来吧。”

我们来到了一家百货店，吃了一点冰淇淋。她不肯把面包放下来。“怎么不把面包放下来呢，吃就好好吃啊。”我说，想伸手把面包拿过来。可是她抱得紧紧的，嘴里狠狠嚼着冰淇淋，仿佛吃的不是冰淇淋而是太妃糖一般。被咬过的蛋糕放在桌子上。她一个劲儿地吃着冰淇淋，然后又开始吃蛋糕，眼睛四处看着周围的橱窗。我把我的冰淇淋吃完了，我们走了出去。

“你住哪个方向？”我说。

一辆马车，马拉的那种。不过皮博迪医生是个胖子。三百磅重。我们坐在马车上，上着坡，手抓在车上。孩子们。上坡这么抓着，还不如走路，走路还容易些。看过医生没有　看过没有　凯蒂

没有这个必要我现在也不能求人以后再说吧没事的无所谓的

因为女人总是这么弱不禁风总是这么神神秘秘父亲说。两次月圆之间周期性污秽排泄的微妙平衡。月亮他说圆圆的黄黄的她的臀部和大腿如同秋分时节的满月。出来从她们身体里流出来总是这样不过。黄色。如同在走路的脚掌底。接着要知道会有某个男人把所有这些神秘这些专横遮掩住。所有这一切她们藏在心里外面却温柔似蜜等人来让其在爱抚中释放。那液态的腐物如同淹死的动物漂浮在水面如同淡色的软塌塌的里头装着那玩意的安全套气味和金银花混在一起。

“你最好把面包拿回家，好不好？”

她看着我。她静静地、不停地嚼着。每过一会儿，就有一小团东

西从喉咙里咽下去。我打开我的纸包，给她拿了块圆面包。“再见。”我说。

我接着往前走。然后回头一看，她还在我身后。“你在前头这里住吗？”她没有说话。在我边上走着，差不多挨在我胳膊肘下，边走边吃。我们接着往前走。四周很安静，几乎没有人 气味和金银花混在一起她本该告诉我不要坐在台阶上听到她开门关门的声音暮光里门猛地摔上了班吉还在哭吃晚饭了她本该下楼来的接着又和金银花的气味混到一起了。我们到了街角。

“嗯，我得朝这个方向走了，”我说，“再见了。”她停了下来。她把剩下的一点蛋糕也吞了下去，接着开始吃圆面包，眼睛在那面包后向我看过来。“再见。”我说。我转身到了街上，继续往前走，可是到了下一个路口时我停了下来。

“你家在哪个方向？”我问，“这边？”我向街前方指过去。她只是看着我。“你住那边吗？我敢打赌，你住在火车站附近。是不是？”她只是看着我，表情平静而神秘，嘴里在嚼着。街道两边都空空的，树丛之间，只有些安静的草地和屋子，可是除了刚路过的地方之外，我们没看到一个人影。我们转身往回走。有两个男的，坐在一家商店前的椅子上。

“你们都认识这个小姑娘吗？她好像黏住我了，我也找不到她住的地方。”

他们把目光从我身上挪开，看着她。

“一定是新来的那些意大利人家的。”其中一个人说。他穿着铁锈色的燕尾服。“我见过她。你叫什么名字，小姑娘？”她阴郁地看了看他们，下巴还在不停动着。她喉咙吞咽着，嘴里还不停在嚼。

“可能她不会讲英语。”另一个说。

“她家人打发她出来买面包的，”我说，“她一定能说点什么吧。”

“你爸叫什么名字?”第一个说,“彼得?乔?还是叫约翰啥的?”她又咬了一口圆面包。

“我拿她怎么办?”我说,“她就这么跟着我。我得回波士顿去。”

“你是大学生?”

“是的,先生。而且我必须赶回去。”

“你顺着街往前走,把她交给安斯就行了。他肯定是在出租马车行里。他是警长。”

“我看也只能这样了。”我说,“我得给她想个什么办法。多谢。走吧,小姑娘。”

我们顺着大街往前,走在有荫凉的一边,对面房子的影子断断续续从街上慢慢伸过来。我们到了马车行。警长不在。有个男的坐在椅子上,椅子在宽而低矮的门前斜靠着,一阵阴冷的风从一排排的马厩中间吹过来,风中充满氨气味。那男人说,去邮局找吧。他也不认识小姑娘。

“这些外国佬。我也分不清。你带她去铁路那边他们住的地方吧,兴许她家人见了能把她领回去。”

我们去了邮局。邮局在街的另外一头。先前见的那个穿燕尾服的男人在打开报纸看。

“安斯刚开车出去,”他说,“我估计你最好还是往前走,过了车站,过了河边那些房子,那儿会有人认识她的。”

“那我也只得这样了,”我说,“走吧,小妹妹。”她把最后一点圆面包塞进嘴里咽了下去。“要不要再来一个?”我说。她看着我,嘴里咀嚼着,她的眼睛黑黑的,一眨也不眨,眼神友好。我把另外两个圆面包拿出来给了她一个,我自己咬起另外一个。我找了个人打听车站在哪里,他给我指了指。“走吧,小妹妹。”

我们到了车站,跨过河边的铁轨。河上有道桥,河边是一条街,街边是一排乱七八糟木框架的房子，沿着河一字排开，背对着河。这条街破归破，倒也别致，自有一番生机。一块未曾修剪过的草坪，四周围着残缺不全的尖桩围栏，有个不知猴年马月传下来的马车歪歪斜斜立在那里，中间还有一幢饱经风霜的屋子，从楼上的窗户里挂出了一件鲜艳的粉色衣服。

“这个像是你家吗？”我说。她从圆面包后面看着我。“是这个？”我用手指着说。她只是在嚼着，但在我看来，她的神情似是肯定了，或者说是默认，虽然这态度并不迫切。“这一个？”我说，“那回去吧。”我走进了破烂的大门。我回头看着她。“是这儿？”我说，“这像是你家吗？”

她迅速点了点头，看着我，啃着湿湿的、成了半圆形的面包。我们接着往前走。我们沿着一条小径走向破烂的台阶。小径是用破破烂烂规格不等的石板铺就，石缝间冒出了很多新长的草，粗硬如矛。屋子周围毫无动静，唯有那粉色的衣裳，纹丝不动地从楼上的窗户里挂下来。门上有一只瓷把手连着的门铃，牵着六英尺长的电线，我不去拉门铃，而是敲门。小女孩把最后的面包皮里朝外放在嘴前，嘴还在咀嚼着。

一个女人打开了门。她看着我，然后快速地用意大利语跟小姑娘说话，先是带着升调，接着顿了一下，接着是质询的语气，接着又跟小姑娘说起来，小姑娘拿着最后的一点面包皮，从那后面看着她，然后用脏脏的手把面包皮塞进嘴里。

“她说她住这里。”我说，“我在城里遇到她的。这是你的面包吗？”

“英语俺不懂。”女人说。她又跟那小姑娘说起来。小姑娘只是看着她。

“不住这儿？”我说。我指着女孩，指指她，又指指门。那女人摇了摇头。她说话很快。她到了门廊边，向路上指过去，嘴里不停说着。

我也猛点头。“你给我指指？”我说。我抓住她的手臂，另外一只手向路上指着。她说得很快，手在指着。“你给我指指。”我说，想把她从台阶上拉下来。

“Si[①]，si。”她说，身子往后退缩，一边手指了指。我又点了点头。

“谢谢。多谢多谢。”我下了台阶，走向门口，我没有跑，但是步子很快。我走到门口停了下来，看了她一会儿。面包皮没了，她又用那黑黑的、友好的眼神盯着我。那女人站在台阶上，看着我们。

“那我们走吧，”我说，“我们迟早会找到你家的。”

她在我胳膊下跟着走。我们接着往前。似乎所有的房子都空着。人影都看不到一个。空房子透出一种窒息感。当然这些房子不可能都没有人在里面。要是突然把外墙拆掉，会看到里面形形色色各种房间。女士，您的女儿，领回去吧。不，女士，看在上帝分上，是您女儿。她在我胳膊肘下一起走着，小辫子束得紧紧的看起来亮亮的，接着我们试过最后一幢屋子了，路沿着河拐了个弯，绕到墙后，看不见了。那女人从破门后走出来，头上裹着围巾，手抓着下巴下面。路继续弯曲向前，路上空无一人。我找到了一枚硬币，给了小姑娘。两毛五的硬币。“再见了，小妹妹。”我说。然后我跑了。

我跑得很快，头也没回。就在路拐弯处，我回头看了下。她站在路上，一个小小的人形，一块长条面包抓在肮脏的衣服前，她的眼睛静静的，黑黑的，眨也不眨，我接着跑。

路上岔出一条小巷。我跑进了巷子，过了一会儿我脚步慢下来，变成了快走。小巷子两边都是破房子——一些没有粉刷过的屋子，有更多那种颜色鲜艳耀眼的衣服挂在晾衣绳子上，还有一个后墙坍塌的

① 意大利语，意为“行”，“是”。

牲口棚，在果树之间默默腐烂着。那些果树没有修剪过，四周杂草丛生，粉色，白色，阳光在低语，蜜蜂在嗡嗡叫着。我回头一看。巷口空无一人。我步子更慢了，影子在我边上跟随着，影子的头，从那遮掩了围栏的杂草中慢慢经过。

小巷回到一个上了闩的栅门处，没入荒草，成了一道小径，静悄悄的，在那新长的草里时隐时现。我翻过栅门，进到一片林子，穿过林子，又遇到了一面墙，我沿着墙走着，影子现在到了我身后。墙上有爬山虎之类的植物，而在老家，墙边上应该都是些金银花。花香一阵阵袭来，尤其在黄昏和雨中，处处都有金银花香，仿佛没了这香味就缺了什么似的，仿佛事情还不够恼人似的。你干吗让他吻你

我没让他来吻是我让他看着我大发雷霆　你觉得怎样？我的手在她脸上打出的红手印如同手掌上开了盏灯她的眼睛亮了起来

我打你不是因为接吻。女孩子家都十五岁了胳膊还这么支在桌子上父亲说你吞咽的样子像是喉咙里卡了鱼刺你怎么回事啊凯蒂在桌子那头不看我。我打你是因为你吻的是吊儿郎当的镇上臭小子你还要不要这样要不要我猜你该说“牛绳”[①]我的红色手印从她脸上慢慢消了。我把她的头摁到草里你觉得怎样横七竖八的草戳着她的肉刺痛她摁她的头。说“牛绳”吧，说吧。

反正我也不会去亲娜塔莉[②]这样的脏姑娘　墙壁变作阴影了，接着我的阴影，我又骗了它一次。我已经忘记了沿着路拐弯的河流。我爬上墙。接着她看我跳下来，还把那面包抱在胸前。

我站在杂草里，我们互相盯了一会儿。

“你为什么不跟我说你住这边呢，小姑娘？”面包从已经残破的报

① 说“牛绳”是表示认输，源自西部牛仔竞技表演。表演中，牛仔会抛绳子套住小牛犊，然后迅速近前将其放倒。

② 昆廷家的邻居。

纸里伸了出来，现在需要一张新报纸来包了。“好吧，来，跟我说你家房子在哪儿。”不像娜塔莉那样肮脏的女孩。下雨了，我们能听到雨打在屋顶上的声音，如叹息声，传播在牲口棚那高亢而甜美的虚空里。

是那儿吗？碰了碰她

不是那儿

是那里？雨下得不是很大我们除了雨敲屋顶的声音就什么也听不到了那雨水的声音仿佛是我或者她血液的奔腾

她把我从梯子上推下来跑掉了把我留下凯蒂是不是

是那儿吗凯蒂跑掉让你受伤了是那儿吗

哦　她就在我胳膊下走着，她的头如黑漆皮，那从报纸里掉出来的面包

“你要是再不回家，你这面包就快掉光了。到时候看你妈怎么说你？”我打赌我能把你抱起来

你抱不动的我太重

凯蒂走了没有她去屋里没有你没法从我们屋子看到牲口棚你试过没有从那儿能不能看到牲口棚

这是她的错她推我然后跑了

我能把你抱起来

哦，她的血或者我的血　哦　我们在薄尘里走着，我们的脚步悄无声息，如同橡胶踩在薄尘上，铅笔一般的阳光打树丛里斜射下来。我又能感觉到那神秘的荫凉之下有水在急急地平静地流淌着。

“你住在远处，是不是。你还真聪明，走这么远自己到城里来。”就像坐着跳舞这样你坐着跳过舞没有[①]？我们可以听到雨声，婴儿床里有只老鼠，牲口棚里除了马空空的什么也没有。你怎么搂着跳舞的是

① 昆廷和邻家女孩玩的小孩之间的性游戏。

这样搂着的么

哦

我以前是这样搂着的你觉得我不够结实是不是

哦哦哦哦

我是拿着用像这样我的意思是说你听到我说的话没有我是说

哦哦哦哦

路继续延伸，安安静静，空无一人，阳光越来越斜了。她的小辫子硬硬的，末梢用深红色的布头扎着。她走的时候，包面包的报纸一角在一甩一甩的，面包那鼻子样的尖端赤裸裸露了出来。我停了下来。

“你看这里。你是不是在这条路上住啊？我们都差不多走了一英里了，一幢房子都没看到。”

她看着我，眼神阴郁、神秘而友好。

“你住哪里啊，小妹妹？你该不是住在城里吧？”

阳光断断续续时有时无，从阳光照不着的远处林子里，传来了鸟叫声。

“你爸会为你担心死的。你看，买了面包不直接回家，也不怕挨顿抽啊？”

鸟又发出了口哨一般的声音，眼睛却看不到它在哪里，那声音无聊而又深沉，没有高低变化，说停就停，如同被快刀斩断一般，然后又叫起来，那水的感觉又重现了，急急地平静地在那隐蔽的地方之上流淌，能感觉到但是眼看不到耳听不到。

“唉，要命呢，小妹妹。”还有一半的报纸在软塌塌地挂着。“现在也没啥用了。”我把它给撕掉丢在路旁。“走吧。我们只能回城里去了。我们沿着河走吧。”

我们离开了那条路。苔藓之间长着些小小的淡色的花儿，还有那看不见也听不到的水的感觉。我拿着用像这样我的意思是我过去这么

搂着她站在门口看着我们她的手叉在后腰

你推我，是你的错，我也很痛

我们坐下来跳舞我敢打赌凯蒂不会坐着跳舞

别这样住手

我不过是把你裙子后面的脏东西掸开

把你讨厌的老手拿开别来碰我是你的错是你把我推下来的我生你的气

我不在乎她看着我们一直气鼓鼓的她走开了

我们开始听见喊叫声扑水声；突然间我看到了一个褐色的身子亮了一下。

一直气鼓鼓的。我的衬衫湿了头发也湿了。雨砸到整个屋顶上能听到屋顶上很响的雨声我能看到娜塔莉在雨中从园子里跑过。把自己淋湿你得肺炎才好呢回家去吧你这母牛脸的死丫头。我使劲一跳跳进了猪打滚的泥巴里黄黄的泥巴齐腰深臭气熏天我接着跳来跳去后来倒下来在里头打滚 “听到有人在游泳吗，小妹妹？我自己都想去游呢。”如果我有时间的话。等我有了时间。我能听到手表的嘀嗒声了。泥巴比雨暖和可是气味实在难闻。我绕过去走到她前面的时候她把身子转了过去。你知道我在干什么？她转过身我绕到她前面雨渗到泥里渗进她的裙子让她的胸衣贴到身上那身上臭气冲天。我抱住了她我就是这么干的。她转过身去我绕到她前面。我跟你说吧，我拥抱了她。

我不在乎你干吗

你不在乎我要让你在乎我要让你他妈的在乎起来。她把我的手打开我用另外一只手把泥巴抹到她身上她那湿手打过来我都感觉不到痛我把泥巴从腿上抹掉抹在她身上湿湿的硬硬的正在转着的身体上听到她手指在抓我的脸可是我感觉不到痛这时候就是雨落在我嘴唇上也感觉甜甜的他们先是从水里看到了我们。他们的头和肩膀露在水面上。他们大叫着，有个人站了起来弓着腰蹲着一般走了过去，跳到了他们中间。他们模样像海狸，水在他们下巴周围拍打着，他们在喊叫。

“把那个女孩带走你带个女孩来干吗？滚开！”

“她不会伤害你们。我们只是想来看看你们。”

他们蹲在水里。然后头凑到一起，看着我们，突然一哄而散，全向我们跑来，手舀水向我们泼过来。我们速速撤退。

“小心点，小伙子们，她不会伤害各位的。”

“滚开吧，哈佛小子！”是第二个男孩，就是在桥上说要买马车的那个，“小子们，泼他们！”

“我们把他们扔进河里吧，”另外一个说，“一个丫头我才不怕呢。”

“泼他们！泼他们！”他们争先恐后奔向我们，向我们泼水。我们撤退。“滚开！”他们喊，“滚开！”

我们走了。他们在岸下面凑在一起，在那明亮的水面上，那光滑的脑袋一字排开。我们接着往前走。“不是我们去的地方啊，是不是。”太阳斜照下来，照在四处的青苔上，那光更低更斜了。“可怜的孩子，你还只是个小姑娘。”青苔中间长着小花儿，比我过去看到的更小。“你只是一个小姑娘。可怜的孩子。”一条小径，沿着河边蜿蜒向前。接着，水又静了下来，在幽暗之中急急地流淌。“不过是个小姑娘。可怜的小妹妹。”我们趴在湿湿的草地上喘着气雨水如同冰冷的子弹打在我们背上。你现在该在乎了吧是不是是不是

我的天，我们脏成了这样子起来吧。雨水打在我额头上额头痛了起来我的手一摸手都红了在雨里淋出一道道红印子。痛吗

能不痛吗你以为

我都想把你眼睛抠出来呢天啊我们真够臭的我们最好到小沟里去洗洗。“又到城里了，小妹妹。你得回家了。我得回学校去。你看天都

晚了。你回家吧，好不好?”但她只是用那阴郁、神秘而友好的目光看着我，那半裸露的面包抱在她的胸前。“面包湿了。我还以为我们撤得快没被泼到水呢。”我拿出手帕，想擦擦面包，可是一擦面包皮就往下掉，于是我停住了。“我们让它自己干吧。你这样拿。”她照我的样子拿着。面包像是被老鼠啃过一样。水慢慢慢慢涨了起来漫到那蹲着的脊背上那剥落的泥巴臭气往外冒雨啪嗒啪嗒砸下来砸出坑坑洼洼样子像热炉子上烧的油脂。我说过我要让你在乎的

我才不在乎你干吗呢

然后我们听到了跑动的声音，我们停住了，往后看了看见到他从小径上跑过来，斜斜的树影子从他腿上滑过。

“他在赶时间。我们还是——”然后，我又看到了另外一个上了些年纪的人，迈着沉重的步子在跑，抓着一根棍子，一个光膀子的男孩子，抓着裤子在跑。

“那是胡里奥。”小姑娘说，然后有个人向我扑来，我看到了那张意大利的脸和眼睛。我们一起倒在地上。他的手捶着我的脸，嘴里在说着什么，看架势像是要咬我几口，他们把他拖开，拉住，他的胸口一起一伏，手挥个不停，嘴里骂骂咧咧。他们抓住他的胳膊，他想踢我，但被他们往后拖走了。小女孩双手捧着面包，大哭了起来。赤膊的男孩飞也似的跑开，一蹦一跳地跑着，手里抓着裤子，有个人把我拉了起来，就在此时我看到另外一个赤裸的人，从小道安安静静的拐弯处跑过来，半道突然拐弯，跳进林子里，几件衣服硬硬的，如同木板，跟在后面。胡里奥还在挣扎着。把我拉起来的那人说:“好了，好了。我们总算抓住你了。”他穿着马甲，外套没穿。马甲上有个金属徽章。他的另外一只手里抓着一根长着树瘤但表面平滑的棍子。

“你是安斯，是不是?”我说，“我刚才在找你。这都是怎么回事?”

“我警告你，你的话都将成为法庭的证词。”他说，“你被捕了。”

“俺宰了这小子。”胡里奥说。他挣扎着。两个男人拉着他。小姑娘手里拿着面包，一直在哭。“你拐俺妹妹，”胡里奥说，“放手，伙计们。”

“拐他妹妹？”我说，“怎么，我一直是在——”

“闭嘴，”安斯说，“这话到时候你跟法官说去。”

“拐他妹妹？”我说。胡里奥挣脱开，又向我扑过来，可是警长上前去拉他，两个人扭到了一起，另外两个人再次过来，把他胳膊架住。安斯气喘吁吁地放开了他。

“你们这些该死的外国佬，”他说，“我都想把你也抓起来，治你袭击行凶的罪。”他转向我，“请问你是自己走呢，还是要我铐着你走？”

“那我还是自己走吧，”我说，“随便，反正拐他妹妹，我得找个人，把这事了结下，拐他妹妹，”我说，“拐他——”

“我可是警告过你了，”安斯说，“他要告你预谋袭击强奸。还有你，让那小姑娘别吵了。”

“哦。”我说。然后，我开始笑了。又有两个头发像石膏一样贴着头皮、眼睛圆圆的男孩从灌木后面出现了，扣着衬衫，衬衫的肩膀和胳膊都已经湿了，我想止住笑，可是我做不到。

“看着他，安斯，我想他疯了。”

“我得停——停住，”我说，“过——过一会儿就停住了。那一次我嘴里说啊啊啊，”我笑着说，“让我坐一会儿。”我坐了下来，他们看着我，小姑娘瘦瘦的脸对着我看，手里拿着那块像啃过一样的面包。小径下的水急急地、平静地流淌着。过了一会儿，我的笑止住了。可是我喉咙还忍不住要笑，如同肚子饿了的那种干呕感。

“好了，好了，”安斯说，“你还是收敛收敛吧。”

“是的。”我说，我努力紧缩着喉咙。我又看到一只黄色的蝴蝶，如同一片阳光散落下来。过了一会儿，我也不用紧缩喉咙了。我站了起来。“我好了。往哪儿走？”

我们沿着小径走，另外两个人盯着胡里奥、小女孩还有后面那几个男孩。小径沿着河流，延伸到了桥边。我们过了桥和铁路，人们走到门口看着我们，又有不少男孩子不知从什么地方冒了出来，等我们到了主街的时候，跟着我们的队伍已经很壮大了。药店前有一辆汽车，很大的那种，但我一时还没认出来，这时候布兰德夫人突然说，

“哎呀呀，这不昆廷吗！昆廷·康普森！”然后，我看见了后座上的杰拉德和斯波德，脖子抵着车座坐着。还有什里夫。还有两个女孩我不认识。

“昆廷·康普森！”布兰德女士说。

“下午好，”我脱了帽说，“我被捕了。对不起，我没收到你的条子。什里夫有没有告诉你？”

“被捕？”什里夫说。“说什么呢。”他说。他站起身子，跨过别人的脚，下了车子。他穿了我的一条法兰绒裤子，裤子像手套一般。我不记得我把这裤子落下了。我也不记得布兰德女士有几层下巴了。最漂亮的女孩和杰拉德坐在前面。她们隔着面纱看着我，那样子娇气而惊恐。“谁被捕了？”什里夫说，“怎么回事啊，先生？”

“杰拉德，”布兰德太太说，“把这些人打发走。你上这车子，昆廷。”

杰拉德下了车。斯波德没有动。

“这位警官，他干什么了？”他问，“打劫鸡舍了？”

“我可要警告你别妨碍公务，”安斯说，“你认识案犯？”

“认识，”什里夫说，“听着——”

“那你可以一起去法官那里。你是在妨碍公务。走吧。”他推了推我的胳膊。

“嗯，那就再会了，”我说，“我很高兴能见到你们各位。很抱歉不能奉陪了。”

“你，杰拉德。”布兰德夫人说。

“听着，警察。”杰拉德说。

“我警告你，你在妨碍司法人员执行公务，”安斯说，“如果有什么话要说，你可以去法官那里，指认案犯。”我们接着往前走。我和安斯走在前面，后面跟着一大帮人了。我能听到大家在跟我这几个熟人说到底怎么回事，斯波德在问问题，接着胡里奥愤怒地用意大利语说着什么，我回头看到那小姑娘站在路边，用那友善而又神秘的眼神看着我。

“给俺回家去，”胡里奥冲她喊着，“小心俺把你揍个半死。”

我们沿着街道往前，走到一小片草坪上，草坪上有个平房，砖砌的，镶白边，离街有段距离。我们沿着石径走到门口，除了我们几个，别的人都被安斯挡住，他要他们在门外等。我们走进去，屋子里光秃秃的，里头有隔夜的烟味。有个铁皮火炉，架在木头框子中间，框子里填着沙子，墙上挂着一张褪色的地图，还有张破旧的镇平面图。一张伤痕累累、堆满杂物的桌子后面有个男人，一头铁灰色的乱发，从钢框眼镜上方盯着我们。

“抓到人了，是不，安斯？”他问。

“抓到了，法官。”

他打开一本厚厚的蒙着灰的册子拉到跟前，把一支肮脏的钢笔在墨水瓶里蘸了蘸，墨水瓶里装的像是煤灰。

“听着，先生。”什里夫说。

“案犯姓名。”法官说。我告诉了他。他慢慢在册子上一笔一画记着，笔尖划出了刺耳的声音。

“听着，先生，”什里夫说，“我们认识这哥们。我们——”

“遵守法庭秩序。”安斯说。

“闭嘴，伙计，”斯波德说，“你就随他便吧。他横竖都会这样来的。”

“年龄。”法官说。我告诉了他。他记了下来，边写嘴边动着。“职业。”我告诉了他。“还是哈佛的学生？”他说。他抬头看了看我，脖子往下低了低，从眼镜上方看着我。他的眼睛清澈而寒冷，像山羊的眼睛。“你跑出来干啥，绑架儿童来了？”

“他们疯了，法官，”什里夫说，“谁要是说这小子搞绑架——”

胡里奥跳了起来。“疯了？”他说，“不是被俺当场抓了么？不是俺亲眼看到的么——”

“你在撒谎，”什里夫说，“你从来都——”

“肃静，肃静。”安斯提高嗓门说。

“你们几位给我闭嘴，”法官说，“要是他们不保持安静，就把他们赶出去，安斯。”他们安静了下来。法官看着什里夫，然后看看斯波德，然后看看杰拉德。“你认识这个年轻人？”他问斯波德。

“是的，法官大人，”斯波德说，“他只是个乡下小子，在我们那儿上学。他不会伤害人的。我想警官可能是弄错了。他的父亲还是公理会牧师呢。”

“嗯，”法官说，“你当时到底在干什么？”我告诉了他，他用那冷酷的淡色眼睛看着我。“你怎么说，安斯？”

“可能是吧，”安斯说，“他们这些要死的外国佬。”

“俺也是美国人，”胡里奥说，“文件俺都齐的。”

“小姑娘在哪儿？”

“他给叫回家了。”安斯说。

“她样子像吓着了吗？”

“胡里奥扑到案犯身上的时候她才吓到了。他们只是沿着河边在走，往城里方向走。有几个去游泳的孩子跟我们说了他们的去向。”

“是弄错了，法官，”斯波德说，“他这人天生有孩子缘也有狗缘。他也没办法。”

“嗯。”法官说。他向窗外看了看。我们看着他。我能听到胡里奥在抓头。乡绅回头看了看。

“哎，这位，小姑娘没受到什么伤害，你不满意么？”

“伤害暂时没有。”胡利奥阴沉着脸说。

“你放下工作去找她了没有？”

“当然。俺放下手里的活。俺跑着找。俺快跑死了。这儿也找，那儿也找，然后有人跟俺说这人给俺妹吃东西，俺妹就跟着跑了。”

“嗯，”法官说，“好吧，小子，胡里奥为你耽搁了工作，我想呢总该赔偿点什么吧。”

“好的，先生，”我说，“多少钱？”

“一美元，我估计。”

我给了胡里奥一美元。

“既然这样，”斯波德说，“如果就这么定了——我猜可以放他走了吧，法官大人？”

法官没有看他。“你追他追了多远？”

“两英里，至少。我找了两个小时才抓到他。”

“嗯。”法官说。他沉思了一会儿。我们看着他，直直的头发，眼镜低低地架在鼻子上。窗口照过来的方形黄光在地上慢慢往前移动，移到了墙边，顺着墙往上爬着。微尘在光里旋转着，光一道道斜照着。“六块。”

“六块？”什里夫说，“凭什么这样罚？”

“六块钱。”法官说。他朝什里夫看了看，然后又看着我。

“你听我说。”什里夫说。

“闭嘴，”斯波德说，“给他吧，伙计，我们离开这儿。女士们在等着我们呢。你有六块钱没有？”

“有的。”我说。我给了他六块钱。

“审理完结。”他说。

“你得拿张收据啊，”什里夫说，“这么多钱你也不拿张签字收据。”

法官不在乎地看了看什里夫。“审理完结。”他说，连声音都没有提高一点。

“真他妈见了鬼了——”什里夫说。

“走吧，”斯波德说，拉住他的胳膊，“再见了，法官。非常感激。”我们刚出门，又听胡里奥狠狠地在那里吵着，过了一会儿停了。斯波德看着我，那双褐色的眼睛带着些嘲弄，还有一些冷淡。“嗯，伙计，以后追小姑娘只能选波士顿了。”

“你这蠢蛋，”什里夫说，“你到底他妈想干吗呢，孤零零跑到这儿，跟这些意大利佬搅和到一起？”

“走吧，”斯波德说，“他们一定都不耐烦了。”

布兰德夫人在跟她们说话。这二位分别叫霍尔摩斯小姐和丹杰菲尔德小姐，我们一过来她们就不听布兰德夫人的了，而是带着那种娇气、好奇、惊恐的眼神看着我，她们的面纱翻了过来，搭在她们小小的白鼻子上，面纱之下，那眼珠子神神秘秘地瞟来瞟去。

“昆廷·康普森，”布兰德太太说，“要是你妈知道了看她怎么说。年轻小伙子遇上些不巧很正常，可是被一个乡下警察当场逮捕算什么事。他们说他是干什么事了，杰拉德？”

“没什么。”杰拉德说。

“胡说。什么事，你说说，斯波德？”

“说他试图绑架那个脏兮兮的小女孩，可是幸亏他们将他及时抓住了。”斯波德说。

“胡说。”布兰德太太说，可是她的声音不知怎的黯淡了下去，她朝我盯了一会儿。两个女孩一齐轻声地吸了口气。“胡说八道嘛，”布兰德夫人匆匆说道，“这些无知的下层北方佬才干这事儿。上车吧，昆廷。”

什里夫和我坐在两个小折叠座椅上。杰拉德用曲柄发动了车，我们上去，出发了。

“好了，昆廷，把这些傻事从头到尾跟我们说说吧。”布兰德夫人说。我把经过告诉给了他们，什里夫在小座椅上驼着背，气呼呼的，斯波德在登杰菲尔德边上，脖子抵着后座坐着。

“可笑的是，昆廷这么长时间一直把我们蒙在鼓里呢。”斯波德说，“我们一直以为他是模范青年，谁家女儿交给他都放心呢，这回好，干出这种天理不容的事情来，给警察抓了个现行。”

“少废话，斯波德。”布兰德太太说。我们开着车沿街一直往前走，过了桥，过了窗户上晾着粉色衣服的屋子。“你看你，这都是因为你不看我留的条子，也算你活该。你为什么不来拿条子呢？麦肯齐先生说他跟你讲了有你的条子。”

“是的，夫人。我是有这个打算，可我还没回屋呢。”

“你就让我们这么干等着，不知要等多久呢，幸亏麦肯齐先生跟我们说了。他说你还没回来，这样我们就多出了个位置，所以就把他叫上了。麦肯齐先生，反正你能来我们也高兴。”什里夫什么也没说。他叉着双臂，眼睛一直朝前瞪着，目光越过杰拉德的帽子。布兰德夫人说过，那是英国人开车时戴的那种帽子。我们过了那一幢房子，另外三个，还有那个院子，小姑娘倚门站着。她现在手里面包没了，脸上仿佛有一道一道的煤灰。我挥了挥手，可是她没什么反应，车经过的时候，她的头才慢慢扭了过来，眼睛一眨不眨，目光跟着我们的汽车。接着我们的车经过墙边，我们的影子在墙上飞驰而过，过了一会儿，我们经过一片旧报纸，它正躺在路边，我又要笑起来了。我感觉它就在喉咙里，我目光向树林里看去，看到下午的阳光斜照着，想着下午的事，想着鸟儿和那些游泳的男孩。可是我还是笑着，停不下来，接着我知道如果憋得太猛会哭起来，我想起过去想过的一件事：我不可能是处男。所有这些女人在树荫里行走，用那轻柔的姑娘嗓音喃喃低语，在那幽暗之处，那些话语，那些香水味，那些你能感觉但是看不到的眼睛，可是如果真这么容易，童贞也就不算什么，如果童贞不算什么，那我算什么，接着我听到布兰德太太说："昆廷？他病了吗，麦肯齐先生？"接着什里夫的胖手碰了碰我的膝盖，斯波德开始说起话来，我也听之任之，不去压抑自己了。

"如果那篮子挡住了他，麦肯齐先生，你把它搬你这边来。我买了一篮子酒，我想年轻人应该喝酒，只不过我的父亲，也就是杰拉德的外祖父"做过这事吗你做过这事吗在灰暗之中只有一点弱光她的双手扣在

"确实也是，我们是找到机会就会喝的，"斯波德说，"嘿，什里夫？"她的膝盖她的脸看着天空她脸上脖子上有金银花的气息

"啤酒也喝。"什里夫说。他的手又拍了拍我的膝盖。我又把膝盖挪了一下。 就像淡淡一层丁香色的涂料一说到他就会

"你不是个绅士。"斯波德说。 他横亘在我们之间直到她的身影在那黑暗中凸显出

"不，我是加拿大人。"什里夫说。 说起那船桨叶子眨眼一般带着他向前那帽子是英国人开车戴的一直在下面暗流涌动他们两个人形状混到了一起难解难分他当过兵杀过人

"我喜欢加拿大，"丹杰菲尔德小姐说，"我觉得加拿大很棒。"

"你喝过香水没有？"斯波德说。他一只手就可以把她架起来和她一起跑跑啊跑

“没喝过。”什里夫说。　双背兽跑着她和那眨眼一般的船桨模糊到了一起那只优波流斯的猪在跑着在中间交媾着凯蒂你和多少个人[①]

“我也没喝过。”斯波德说。　我不知道　太多了我这人骨子里很糟父亲我犯下了你们做过没有我们没有我们没有做过我们做过没有

“杰拉德的祖父在早饭之前，趁着露水还在，亲自去摘薄荷。他连老威尔基都不让碰你还记得吗杰拉德他总是亲自采亲自调制他的冰镇薄荷酒。他对这冰镇薄荷酒挑剔得不得了，就好像一个老小姐那样，配方脑子里都记着，完全按这配方调。他这配方只给过一个人，就是”　我们做过你怎么不知道呢如果你等一等我会告诉你感觉如何这是犯罪我们犯了大罪纸包不住火的你觉得包得住可是你等等　可怜的昆廷你从来没做过是不是　我把这感觉跟你说说吧我会告诉父亲到时候就成既成事实因为你爱父亲那这样我们就只能出走了在指指戳戳之下在那恐怖之中在那纯净的火焰里我要让你说我们做过了我比你力气大我要让你知道我们做过了尽管跟你做的是他们但实际上都是我听着我一直在骗你一直都是我你以为我在屋子里我克制着不去想那该死的金银花那秋千那雪松那神秘的起伏那屏住的喘息吸吮着那狂野的喘息**好的好的**好　“他自己从来不喝葡萄酒，可是他总是说一篮子你看的是什么书在杰拉德划船服里的那本说酒是绅士野餐必备用品”　你爱他们吗凯蒂你爱他们吗他们触摸我的时候我死了

突然间她站在那里接着他吼了起来拉扯她的裙子他们走到过道上了楼梯号叫着将她向楼梯上推去推到浴室门口让她背抵着浴室的门她的胳膊捂着脸吼叫着想把她推进浴室里她来餐厅吃饭的时候T. P. 在喂他吃饭他又哭了起来一开始只是低声呜咽她一碰到他他便号叫起来

---

① 莎士比亚《奥赛罗》中以“双背兽”喻指性交。优波流斯是古希腊神话中的牧猪人。当帕耳塞福涅被冥王普鲁托带走的时候，优波流斯的猪群一同消失在深渊里。在古希腊的繁殖仪式里，人们有时候还把猪丢进得墨忒耳和帕耳塞福涅的深渊里，作为一种纪念。

她站在那里她的眼神如同困在角落里的老鼠然后我跑进那灰色的暗夜里夜色中有雨水的气息各种花的香气湿湿的温暖的空气释放了出来蟋蟀在草丛里发出枯燥的锯一般的声音寂静如一个移动的小岛和我随行“神奇”在围栏那边看着我黑黑的如同搭在晾衣绳子上的一床被子我在想该死那黑鬼又没喂它我顺着坡跑了下去在那蟋蟀声形成的真空里如同呼气在镜子上经过她躺在水里她的头枕着沙洲水漫过她臀部水里有一点弱光她的裙子一半都被浸湿了在她两侧掀动着顺着水流的动作不知去向何方水一波接着一波我站在岸上我能闻见水栅栏上金银花的香味浓得如同在下金银花的蒙蒙细雨蟋蟀的鸣声之中你能感到肉体上有一种物质

班吉还在哭吗

我不知道是的我不知道

可怜的班吉

我坐在岸上草只有一点点湿不过我发觉鞋子湿掉了

别再泡水里啦你疯了吗

可是她没有动她的脸白白的模糊一片如果不是头发会和模糊一片的沙子混到一起

马上上来

她坐了起来她的裙子在身上摆动着滴着水她爬上岸她的衣服摆动着她坐了下来

你怎么不把衣服拧干想感冒吗

是的

水打着旋汩汩地漫过沙洲接着往前流淌流进黑暗流进柳林过了浅滩水泛着涟漪如同一块布静静地放置上面有一点光水也是一样

他航行过所有海洋跑过世界各地

然后她谈起他来她抱着湿湿的膝盖她的脸往后斜着在那灰色的光里有

金银花的气味母亲的屋子里有点光班吉屋里也是T. P. 正伺候他去睡觉

你爱他吗

她的手伸过来我没有动那手顺着我胳膊摸下来她抓住我的手放在她胸口她的心在怦怦跳

不不

是他强迫你的是他强迫你这样做的他比你力气大所以他就明天我会杀了他我发誓我会不用事先跟父亲说然后你和我别的人不用知道我们可以把我交学费的钱拿上我们可以把我的学籍取消凯蒂你恨他是不是是不是

她抓住我的手放在胸口她的心怦怦跳我转过身抓住她的胳膊

凯蒂你恨他是不是

她把我的手移到她喉咙那里她的心在怦怦跳动

可怜的昆廷

她的脸看着天空天空很低很低夜晚的气息和声音似乎都挤在一起散不出去如同在松松垮垮的帐篷之下特别是那金银花的气息混入了我的呼吸里在她的脸上喉咙上如同一层涂料她的血液在我手下跳动着我用另外一只胳膊支着那胳膊突然抽动起来我得用力喘息好从那浓浓的灰色的金银花味道当中吸入一点空气

是的，我恨他，为他我都想死我已经死了我因为他已经死了死了一次又一次每次都是这样

我抬起手我还能感觉到那些横七竖八的枝子和野草扎着手掌

可怜的昆廷

她向后仰过去用胳膊撑着手仍抱着膝盖

你从来没有做过是不是

做什么

就做我做过的那事啊

哦有的有的跟很多女孩做过

接着我哭了她的手又摸了摸我我靠着她湿湿的裙子哭了接着她身子仰着躺下来越过我的头看着天空我能看见她虹膜下的一道白边我打开刀子你还记得姥娘死的那天么你穿着衬裤坐在水里

记得

我把刀尖对着她的喉咙

只要一秒钟一秒钟就行然后我自己来我接着自己就来

行啊你刺你自己吧

刀长度是够了班吉现在也该哄上床了

是的

只要一秒钟我尽量不让你痛

行啊

你把眼睛闭上好么

不就像这样你得用点力扎进去

你把手放上面

可是她的眼睛没有动她的眼睛圆睁着越过我的头看着天空

凯蒂你还记得你把衬裤弄脏迪尔西怎么跟你唠叨的吗

别哭了

我不是哭凯蒂

你是扎还是不扎

你要不要我扎

扎啊

你把手放上面

不要哭可怜的昆廷

可是我停不住我的头靠着她湿湿的硬硬的胸部我能听到她的心在有力地跳动现在慢了一些不再那么怦怦跳了水在柳林中在黑暗里汩汩

有声金银花一浪一浪从空气中袭来我的胳膊肩膀都歪扭着压在身子下面

怎么回事你在干什么

她的肌肉紧了紧我坐了起来

是我的刀子我给弄掉了

她坐了起来

什么时候了

我不知道

她站起身来我在地上摸索着

我还是随它去了

到屋子里

我能感觉她站在那儿我能闻到她那潮湿的衣服感觉到她在那儿

它就在这里什么地方

随它去吧你明天还能来找走吧

等一下我会找到的

你是害怕

在这儿原来一直在这儿呢

是吗那走吧

我站起身跟着走我们上了坡蟋蟀在我们前面不出声了真好笑你就在那儿坐着怎么丢个东西居然要到处找还找不到呢

灰色它是灰色的带着露水斜斜地通向灰色的天空然后通向那远处的树

该死的金银花真希望那气味能消失

你过去不是喜欢这花吗

我们过了山峰接着走向树林她撞到了我又让开了一点沟如同灰草地上的一道黑色伤疤她又撞到了我她看了看我往边上让了点我们到了沟边

我们走这边吧

干什么啊

我来想想看你还能不能看到南希的骨头我好久都没想到来看了

沟上长满了藤萝和荆棘黑乎乎一片

它们当初就在这儿可是现在很难说能不能看到了是不是

别这样昆廷

来吧

沟越来越狭窄最终消失了她转向树林

别这样昆廷

凯蒂

我又到了她前面

凯蒂

别这样了

我抱住了她

我比你力气大

她一动不动身子僵硬不屈不从的样子可是没动

我不会跟你打的你自己停住吧最好停住

凯蒂别这样凯蒂

这对谁都没好处你难道不知道吗没好处你放开我

金银花的香味如蒙蒙细雨飘落我能听到蟋蟀围成一圈看着我们她往后退了绕开我走向树林

你回屋去吧不用来了

我接着往前走

你怎么不回屋去

该死的金银花

我们到了围栏前她从下面爬了过去我也爬了过去我从蹲姿站起时他从树林里走了出来走近那一片灰色里向着我们走来他身材高大挺拔甚至

像是没动那动作像是他在站着没动似的她向他走了过去

这位是昆廷我身上湿了浑身都湿了你要是不想可以不用和我

他们的影子合二为一她的头抬了起来高过他的头映照着天幕两人的头都抬高了

你要是不想就不用和我

然后就不再是两个头了黑暗中有潮湿的草和树叶的气息灰灰的光如蒙蒙细雨那金银花的香味一波一波湿湿地传来我能看到她的脸模模糊糊靠在他肩膀上他用一只胳膊搂住她仿佛她是个孩子他伸出手

很高兴认识你

我们握了握手然后我们站在那里她的影子高高的和他的影子合到了一起

你准备怎么办昆廷

步行一会儿我想我会穿过林子走上大路然后从镇上回来

我转身走了

晚安

昆廷

我停下脚步

你想要什么

林子里树蛙在呱呱叫着闻到空气中雨的气息它们的声音如同转不动的八音盒还有那金银花

来这儿吧

你想要什么

过来，昆廷

我走了回去她碰了碰我的肩膀她的影子向我俯下身来她的脸模模糊糊从他高大的影子上低下来我往后退了

小心

你回家去吧

我不困我去散散步

在沟边等我

我去散散步

我过一会儿就去你等着

不了我要穿过林子了

我没有回头看那些树蛙对我不理不睬灰色的光如树上的苔藓像是飘落的蒙蒙细雨在下而又下不大的感觉过了一会儿我转过身回到林子边一到那里就又开始闻到金银花的气味我能看见法院大楼上报时钟上的光还有城里的光广场映照在天幕下黝黑的柳树母亲房里亮着灯班吉房里也亮着灯我低身从围栏下钻过在灰色的牧场上跑了过去四周是蟋蟀的鸣叫金银花的味道越来越浓还有水的气味接着我能看到水了颜色如灰色的金银花我躺在岸上脸贴着地免得闻到金银花这样我就闻不到了我躺在那里感觉泥土透过我的衣服向我渗过来听着水声过了一会儿我的呼吸非常急促我躺在那儿想如果我的脸就这么不动我就不用这么急促地呼吸这样去闻了接着我脑子里就什么也不想了她沿着河岸走了过来停下脚步我没有动

天晚了你回家去吧

什么

天晚了你回家去吧

好吧

她的衣服在沙沙响我不动那响声就没有了

你听不听我的话回家去啊

我什么也没听见

凯蒂

是的我会的要是你想要我会给你的

我坐了起来她坐在地上手抱着膝盖

听我的回屋子去吧

是的你要我做什么都行什么都行是的

她甚至都没有看着我我抓住她的肩膀使劲摇晃

你闭嘴

我摇晃着她

你闭嘴你闭嘴

好的

她抬起脸然后我看到她都没有在看我我只能看到那道白边

起来

我拉起她她的脚有点跛我让她站了起来

走吧

你离开的时候班吉还在哭吗

走吧

我们过了小沟屋顶进入了我们眼帘接着是楼上的窗户

他现在睡着了

我得停下来把门关上她在那灰色的光里往前走着空气里带着雨意但又没有雨落下金银花从花园的围栏传来她走到了黑暗里接着我能听见她的脚步声了

凯蒂

我停在台阶上我能听见她的脚步声

凯蒂

我听到了她的脚步声我的手碰到了她的手那手不冷也不热不过她的衣服还是有点湿你现在爱他吗

她屏住了呼吸呼吸的时候速度也慢仿佛是远处的呼吸声

凯蒂你现在爱他吗

我不知道

外面那光灰灰的所有东西的影子都如同死了一般都像是在一潭死水里

我巴不得你现在死了

你要不要现在进来

你现在在想着他么

我不知道

告诉我你在想什么告诉我

别这样别这样昆廷

你闭嘴你闭嘴你听我说你闭嘴你闭嘴好不好

好了我不说了我们这样太吵了

我会杀了你的你听到没有

我们出去去秋千那儿吧不然你这么大叫大家都会听见的

我没在叫你是说我在叫吗

没有别说了不然我们会吵醒班吉的

你进屋去吧去吧

我会进去的别吵了我是个坏女人这是本性我也没办法

我们是遇到诅咒了不是我们自己的错是不是我们的错

别说了去吧睡觉去吧

你逼我也没用我们遇到诅咒了

最后我看到了他他去理发店往外看了看我走过去等着

我找了你两三天了

你想见我

我是打算见你

他飞快地卷着烟卷三下两下就卷好了他用大拇指擦着了火柴

我们没法在这儿说话我想我们还是找个地方见吧

我去你房间你还住宾馆吗

不行这样不大好你知道小溪上的那座桥吧就在那什么的后面

也行就这样吧

一点钟准时见

好的

我转身走开了

那多谢了

对了

我停下来回头看

她没事吗

他穿着卡其布衬衫看上去像是青铜做的

她现在有什么要我帮忙的吗

我一点钟准时到那儿

她听到我告诉T. P. 一点钟把“王子”上好鞍她一直看着我没怎么吃东西她也跟着我来了

你想做什么

没什么我想出去兜兜风不行吗

你像是要做什么事到底是什么

关你什么事臭婊子臭婊子

T. P. 已经把“王子”牵到了侧门口

我不想骑了还是走路吧

我沿着车道往前走出了大门拐进了小巷子之后我就跑了起来到桥之前我看到他靠在栏杆上马拴在林子里他扭头看了看然后转过身等我上了桥停住脚步他才抬起头来他手里拿着一片树皮正从上面一小片一小片撕着把那碎皮丢进栏杆下的水里

我是来叫你离开我们小镇的

他故意慢吞吞地撕下一片树皮小心翼翼地丢进水里看着它漂走

我说你必须离开小镇

他看着我

是她派你来的

我说你得走不是我父亲也不是别的任何人说的是我说的

听着你先别跟我说这些我想知道她好不好你们家的人是不是在跟她过不去

这事不用你操心

然后我听见自己说你得离开我要你日落之前离开

他撕了一片树皮扔进水里然后把树皮放栏杆上三下两下卷了一支烟随后把火柴也丢到栏杆下了

我不走你能拿我怎么样

我会杀了你的别以为我在你眼中只是个孩子我就不会

他的鼻孔里喷出两道烟那烟从他脸上飘过

你多大了

我开始发抖我的手在栏杆上我在想如果我这时候把手藏起来他会知道我为什么要藏

我要你今夜之前离开

听着伙计你叫什么名字班吉是那个傻子是不是

昆廷

是我嘴巴不由自主说出来的不是我心里要说的

昆廷

他小心地把烟灰从栏杆上拨下去慢条斯理一丝不苟地拨着仿佛是在削铅笔我的手不发抖了

听着为这事较真没好处不是你的错小伙子我不来也会有别人

你有妹妹吗有没有

没有不过都他妈一个德性

我用张开的手掌打向他我抑制住捏成拳头打向他的脸的冲动他的手的动作和我一样快那烟灰飞到栏杆下我用另外一只手打过去他也抓住了这时候烟灰还没落到水面上他就用同一只手抓住了我的两只手腕另外一只手闪到外套的腋下他后面阳光斜照下来一只鸟儿在阳光之外什么地方鸣唱我们互相看着那鸟在唱着他把我的手松开

听我说

他把树皮从栏杆上拿起来丢进水里树皮在流水里漂了上来被水流携裹着漂走他的手放在栏杆上松松地拿着手枪我们等着

你现在可打不着了

打不着吗

树皮在漂林子里很安静我又听见那只鸟在叫后来还有水流的声音枪抬了抬他瞄都没瞄那树皮就不见了接着碎片浮了出来在水面上散开他又击中了两片碎片大小不超过一块钱硬币

我看行了

他把左轮枪膛转开对着枪管子里吹了口气一缕青烟冒出来散在空中他又在三个空膛里上了子弹把枪递给我枪柄朝向我

你这是干什么我枪法比不过你

你说过你要做的事没这家伙不行我把它给你因为你看到它的威力了

你的枪见鬼去吧

我伸手打他他把我两只手腕都抓住了之后好久我还在挣扎着要打他接着我就像是通过彩色玻璃看他似的我能听见我自己的脉搏声接着我又看到了天空还有天边那些树枝太阳斜斜地从中间照过来他扶住我不让我倒下

你打我

我听不见

什么

是的你现在感觉怎样

好吧放开我

他放开我我靠在栏杆上

你没事吧

别烦我我没事

你一个人能回家吧

走吧别烦我了

你最好别走了骑我的马吧

不用了你走吧

你到时候把缰绳搭在鞍上放它自己走它会自己回马厩的

别烦我了走吧别烦我了

我靠在栏杆上看着流水我听到他在解缰绳然后骑走了过了一会儿我什么也听不见了除了哗哗的流水还有再次听到的鸟鸣我下了桥坐下来背靠着一棵树头倚在树上我闭上眼睛一片阳光飘过来照在我眼睛上我挨着树又挪了挪我又听见了鸟鸣和流水接着一切似乎都慢慢远去了我什么感觉也没有这么多日日夜夜以来那金银花的香味从暗夜里袭到我屋子里来让我无法入睡现在我反倒感觉好些了过了一会儿我意识到他没有打我他也是为着她的缘故撒谎了我像一个小姑娘似的晕倒了可是这个也无关紧要我坐在那里靠着树斑斑点点的阳光从我脸上拂过如同一根嫩枝上的黄叶子我听着流水脑子里什么也不想即便听到急急的马蹄声我还是坐在那里眼睛闭着听到马蹄在沙地上踩着发出嘶嘶声然后是跑动的脚步声她的手匆匆摸着

笨蛋笨蛋你伤着没有

我睁开眼睛她的手在我脸上摸着

我不知道你去哪个方向了听到枪声才明白我不知道在哪里我没有想到

他会没想到你自己溜走

没想到他居然会

她双手捧住我的脸把我的头往树上撞

停你给我停住

我抓住她的手腕

住手你给我住手

我知道他不会的我知道他不会的

她想把我的头往树上撞

我告诉他说以后再不搭理他了我告诉他

她想把手腕从我手里挣脱出来放开我

停手我比你力气大你停手

让我走我要抓住他要他放开我昆廷请放开我让我去

突然间她停了她的手腕软了下去

是的我会告诉他我会让他相信我随时都能让他

凯蒂

她没有拴“王子”这马要是想起来了随时都会回去的

随便什么时候他都会相信我

你爱他吗凯蒂

我什么

她看着我眼神突然显得空洞看上去如同雕塑的眼睛空白一片什么也看不见但平静安详

把你的手放我喉咙上

她拉着我的手平放在她喉咙上

现在说他的名字

道尔顿·埃姆斯。

我在那儿头一次感觉到了血的涌动刚劲有力加速跳动着

再说一次

她转脸向树林看过去太阳斜斜地在那里照下来有鸟在那里

再说一次

道尔顿·埃姆斯。

她的血一直在奔腾着在贴着我的手跳动着跳动着

它流了好长时间，可是我的脸感到冰凉，甚至有些死去的感觉了，我的眼睛，还有我手指上受伤的地方又痛了起来。我能听见什里夫在用水泵打水，接着他端着脸盆回来了，里面有圆圆的落日在摇晃着，边上黄黄的，如同远去的气球，接着我看到了自己的影子。我努力想从里面辨认出我自己的脸。

“止住没有？”什里夫说，“把抹布给我。”他想从我手里把抹布抽走。

“小心，”我说，“我自己能对付。是的，都快止住了。”我又把抹布蘸了一下，把气球打破。抹布把水弄脏了。“能有块新抹布就好了。”

“你眼睛血糊糊的配上一块牛排我看正好。”什里夫说。“妈的，明天你不是黑眼圈才怪。这狗娘养的。”他说。

“我多少伤着他一点没有？”我拧干手帕，想把马甲上的血迹擦掉。

“这个你擦不掉的，”什里夫说，“你得把它送到洗衣店去洗。来吧，把手帕放眼睛上岂不是更好。”

“我能擦掉一点。”我说。可是擦的效果不大。“我现在硬领都糟蹋成什么样了？”

“我不知道，”什里夫说，“贴眼睛上吧。来。”

“小心，”我说，“我自己来。我多少伤着他一点没有？”

“你可能打到他了。不过当时可能是我看别的地方了，要不就是眨眼了什么的。他把你揍得可够惨的。他把你浑身上下打了个遍。你怎么想起跟他打架的？你这该死的笨蛋。你现在感觉如何？”

“我感觉还好，”我说，“不知道能找点什么东西来擦我的马甲。”

“哦，别去想你那该死的衣服了。你眼睛痛不痛啊？”

“我感觉还好。”我说。一切都像是紫色的，都在静止着，在屋子的山墙之外，天色渐淡，由绿色转作金色，没有风，烟囱里的一缕孤烟直直升起。我又听到了水泵的声音。有个男人在用一只水桶打水，边压着水泵边扭头过来看我们。有个女人过了门口，但是没有朝外看。我能听到什么地方有头牛在哞哞叫。

“来吧，”什里夫说，“别管这身衣服了把抹布放眼睛上。你这西服明天一早我就送去洗。”

“好吧。真抱歉，我在他衣服上淌点血也好啊。”

“狗娘养的。”什里夫说。斯波德从屋子里走了出来，穿过院子，边走边说话，应该是在跟里面的女人说。他看着我，目光冷冰冰的，充满质疑。

“嗯，伙计，”他看着我说，“你他妈想找乐子什么乱子都能闯出来。先拐人孩子，然后打架。要是放假了你得干啥？烧房子？”

“我没事，”我说，“布兰德夫人怎么说？”

“她因为杰拉德把你打得这么一身是血，正在训他呢。回头见到你，她还要跟你没完，谁叫你让人打出血来。她不反对打架，她就是讨厌流血。谁叫你不把血忍着点别流，这下得罪她了吧。你感觉怎样？”

“当然，”什里夫说，“如果你做不成布兰德家的人，退而求其次的话，就该去通通奸啦，喝醉酒啦，跟他打上一架什么的，根据情况而定啦。”

“完全正确，”斯波德说，“但我不知道昆廷喝醉了。”

“他没醉，”什里夫说，“打那个狗娘养的哪里还要借酒壮胆？”

“嗯，不过看昆廷弄成了这个样子，我得把自己灌醉才敢去动手了。他拳击是上哪儿学的？”

“他每天都去镇上的迈克训练班。”我说。

“他去那儿？”斯波德说，“这情况你打他的时候知道不知道？”

“不是很清楚，”我说，“我想我知道吧，是的，我知道。”

“再湿一湿，”什里夫说，“要不要换点新水？”

“这已经行了。”我说。我又拿布蘸了蘸水，敷到眼睛上。“要是能找点什么东西把我这背心擦干净就好了。”斯波德还在看着我。

“喂，”他说，“那干吗打他？他说了什么？是不是他说了什么？”

“我不知道。我不知道我为什么动起手来的。”

“我先根本都不知道，突然就看到你跳起来，嘴里说：‘你有妹妹吗？有没有？’他说没有，你就打他了。我注意到你一直看着他，可是你好像恍恍惚惚没听任何人说话，突然就这么跳起来，问他有没有妹妹。”

“啊，他还跟往常一样，”什里夫说，“吹嘘他如何情场得意。你知道啦，老是那样子，在女孩子面前，说得她们全都云里雾里。故弄玄虚，真真假假，有些话纯属胡说八道。跟我们说他约了个丫头去大西洋城舞厅跳舞，结果放了她的鸽子，自己去宾馆睡觉去了，在那儿躺着内疚，悔不该让那姑娘自己在码头等他，而他却没法去满足她的欲望。又说什么人体之美什么一切愁烦皆由此生，还说女性多么贪得无厌，除了躺下来什么也不会干。丽达躺在灌木丛里，哭着哼着，等着天鹅来上，懂吗？这狗娘养的。我都想揍他。不过如果是我干的话，我会抓起他妈的那一篮该死的葡萄酒砸过去。”

“哦，”斯波德说，“真是护花使者啊。伙计，你叫人肃然起敬之余又惊恐万分哪。”他看着我，目光冷冷的，充满质疑。“天哪。”他说。

“我很后悔跟他动手了，”我说，“我这样子是不是太难看，还能不能回去跟他了结一下？”

“跟他道歉，去你的吧，”什里夫说，“让他们见鬼去吧。我们要进城去了。”

“他是该回去，也好让他们知道他打起架来颇有绅士之风，”斯波德说，“我是说，被打有绅士之风。”

“就这尊荣去？”什里夫说，“这么一身是血地跑过去？”

“这个，行吧，”斯波德说，“你自己知道怎样最好。”

“他不能穿着汗衫到处跑。”什里夫说，“他还没上大四呢。来来，我们去城里吧。”

“你不用来了，”我说，“你回去参加野餐好了。”

“让他们见鬼去，”什里夫说，“来吧，到这边来。”

“我跟他们怎么说？”斯波德说，“说你也和昆廷干了一架？”

“什么都别跟他们讲，”什里夫说，“就跟她说太阳下山，我们的奉陪义务便过期作废了。来吧，昆廷。我会去跟那个女的打听一下最近的城市区间——”

“不用了，”我说，“我不打算回城。”

什里夫停了下来，看着我。他转过身，镜片如同两个小小的黄黄的月亮。

“你打算怎么办？”

“我还没打算回城里去。你回去参加野餐吧。告诉她们，我不会回来，因为我的衣服脏掉了。”

“我说，”他说，“你到底搞什么名堂？”

“没什么。我没事。你和斯波德回去吧。我们明天见。”我又穿过院子，走向大路。

“你知道车站在哪里吗？”什里夫说。

“我会找到的。明天见。麻烦告诉布兰德太太，我悔不该让她的聚会扫兴。”他们站着，看着我。我绕过屋子。一条石径通向大路。小路两边长满玫瑰。我过了大门，走上了大路。路顺坡而下，通向树林，我还能辨认出路边的汽车。我爬上了小山。越往上光线越强，上山顶之前我听到了汽车的声音。在暮色中，车子的声音听起来似乎很遥远，我停下来听着。我已经辨认不出是什么车子了，可是什里夫站在房子前面的路上，向山上看着。他身后的黄色灯光如同一层油漆，抹在屋顶之上。我抬了抬手，从山顶走了下去，边走边听着车的声音。接着那屋子不见了，我站在那绿色和黄色的灯光里，听着车子的声音越来越响，本指望它渐渐消散的时候，这声音却猛然停住。我在等着，后来又听到这声音开始了。接着我继续往前走。

下山的时候，灯光渐渐黯淡，可是光的质地却不曾改变，仿佛是我而不是光在变，是我自己在渐渐黯淡。即便是路穿过树林的时候，在那光下都还能看报纸。没过多久，我到了一条小巷。我拐了进去。小巷比路更窄更暗，可是巷子出口是一个电车站——仍是一个木制候车亭——这里的灯光还是老样子。过了小巷灯光似乎更亮了，仿佛我是在暗夜里走过小巷，出了小巷便又是清晨了。没过多久，车来了。我上去，车上乘客都转过来看着我的眼睛，我在左边找了个座位。

车上灯开着，因此，在树林里穿行的时候，除了我自己的脸还有过道对面的一个女人，我什么也看不见。那女人头顶上端端正正戴着一顶帽子，上面插着一根破了的羽毛。过了林子，我又能看到暮色了。光的质地还是那样，仿佛时光停滞了一会儿，而太阳仿佛悬在地平线正下方。接着我们又过了那个老人拿着午餐袋子吃东西的候车亭。路在那暮色之下继续往前，伸向那暮光里，我又感受到了远方平静而快速的流水。接着，车子继续向前，开着的车门里风越吹越大，把夏天和黑夜的气息持续不断带进车厢里来，只是少了金银花的香味。金银花的香味最为可悲，我想。我记得不少花的香味。紫藤是其中之一。到了雨天，母亲身体还不算太糟，不用远离窗口的时候，我们常在窗子下玩耍。母亲卧病在床的时候，迪尔西就要我们加上一件旧衣服。

她让我们去雨里玩耍，她说我们年纪轻轻的淋点雨不碍事。不过母亲一起来，我们总是开始在门廊玩耍，等到她说我们太吵了，我们便跑出去，跑到那紫藤架子下。

今天早晨，大概就在这个地方，我最后一次看到了河。在那暮色之外，我都能感觉在那水的存在，我闻着。春天开花的时候若是下雨这气味就无处不在平时你不怎么注意可是一下雨这气味就会飘进屋子或许是傍晚本来就多雨吧或许是那黄昏的光本身有什么异样总之这时候香味最浓我最终会倒在床上想着什么时候这气味能散掉什么时候能散掉啊。门里的微风带着水的气息，潮湿的平稳的呼吸。有时候我会不停重复这话直到睡着直到金银花的香味和一切混到一起让一切都变作夜晚和不安的象征我躺在那里非睡非醒我看着灰色的半明半暗的光的长廊这里面恒定的一切都变作了阴影变作了悖论我做的一切都成了阴影我感到的一切痛苦都有了明确的形体古怪而扭曲嘲笑着莫名其妙内含着对于意义的否定它们本应让思想明确我是谁我不是谁谁不是不是谁。

在黄昏之外，我能闻到河湾的气味，我看到了最后的阳光安安静静横躺在沙洲上如同一片片破碎的镜子，在它们远处那淡淡的澄净的空气里开始有灯光轻轻摇曳着，如同远处空中翩翩起舞的蝴蝶。便雅悯爱子。过去他常常坐在那镜子前。屡试不爽的避难所把世间矛盾缓解了平息了调和了。便雅悯我老年所生的爱子作为人质带往埃及了[①]。班吉明。迪尔西说，这是因为母亲太骄傲了所以觉得他不光彩[②]。他们

① 参见《圣经·创世记》42—44章，因饥荒，雅各派儿子去埃及找曾被弟兄卖到埃及的约瑟，其中便有最小的儿子便雅悯（班吉明），雅各害怕这个小儿子在埃及沦为人质。《创世记》42:4记："但约瑟的兄弟便雅悯，雅各没有打发他和哥哥们同去，因为雅各说，恐怕他遭害。"后来约瑟反以西缅为人质，要见小弟，雅各此时叹说："你们使我丧失我的儿子，约瑟没有了，西缅也没有了，你们又要将便雅悯带去。这些事都归到我身上了。"（见《创世记》42:36）

② 指康普森太太发现班吉明弱智后，不想让他随舅舅叫"毛莱"，故改名"班吉明"。

如同一道黑色细流猛然间涌来进入白人的生活里，将白人的事实分辨出来，在那一瞬间如同显微镜一样显出那无可辩驳的真相来。他们连葬礼上吊唁者人数是奇数还是偶数都会打赌。孟菲斯一家妓院里一群黑人突然间魂游象外赤身裸体跑到大街上。每个人都得有两三个警察才能制服。是的耶稣哦好人哪耶稣哦那个好人。

车停了下来。我下了车，他们在看着我的眼睛。下一班电车来时，里面乘客满了。我在车厢的后平台上停下来。

“前面有座。”售票员说。我看着车厢里面。左侧没有座位。

“我也坐不了多远，”我说，“还是在这儿站着吧。”

我们过了河。这座桥低低地拱着，但仿佛又升向了高空，在那寂静和虚无里，那黄色、红色和绿色的灯光一再出现，在澄净的空气里颤动着。

“最好到前面找个座位吧。”售票员说。

“我很快就下车，”我说，“再过几条街就到了。”

到邮局前我就下了车。他们现在应该在什么地方围坐在一起了，接着我听到了手表的声音，我又开始注意聆听敲钟声，我隔着外衣摸了摸给什里夫的信，榆树的影子像被人啃过的一般，飘到我手上来。接着，拐到宿舍区四方院子的时候钟声响起来了，我接着往前走，那音符如同游泳池里的水波从我身边荡漾而过，我接着走，嘴里在说着到底是几点差一刻啊？行了。是几点差一刻啊。

我们的窗户里黑黑的。门口也空无一人。我挨着左边的墙进去，四周还是空荡荡的：只有楼梯盘旋而上伸入那阴影里忧伤的一代一代人脚步的回声如同薄尘落在影子上，我的脚落在这尘土一样的影子上，把它们惊醒，接着它们又轻轻地落下。

打开灯之前我就能看到那封信，立着靠在桌子上的一本书边，好让我一眼就能看到。把我叫作他的丈夫。可是斯波德说他们要出去一下，可能很迟才回来，布兰德夫人还要另一位骑士来陪。要没去我就会见到他，不过一个小时之内他也坐不上车因为六点钟已经过了。我拿出我的手表听着它在嘀嘀嗒嗒，心里想着这表连撒谎都不会。接着我把表扣着放在桌上，拿起布兰德夫人的信拦腰撕掉将碎片丢进垃圾桶，接着我脱掉了外套、背心、衣领、领带和衬衫。领带上也是血，不过送黑人好了。有血迹在上面，或许他都可以称这领带耶稣本人亲自系过。我在什里夫的房间里找了些汽油，把马甲平铺在桌子，然后打开了汽油瓶。

城里的第一辆车一个姑娘还**姑娘**呢杰森最受不了的就是这汽油味一闻到就犯恶心接着雷霆大作因为一个姑娘还**姑娘**呢没有妹妹只有班吉明班吉明我可悲的如果我有母亲我就可以说**母亲母亲**了　用了好多汽油，接着我就分不清哪里是汽油哪里是污迹了。汽油又把我手上的伤口灼痛了所以我去洗手把马甲搭在椅子上把灯绳子拉低好把湿处烤干。我洗了洗脸洗了洗手即便是隔着肥皂气味我都还能闻到汽油味，鼻孔也为之收缩。接着我打开袋子把衬衫、衣领和领带拿出来，把带血的放进去，把袋子合上然后穿戴好。我在梳头的时候半小时的钟声敲响了。不过还得敲三刻钟除非　在那疾驰而过的黑暗里看到的只有他自己的脸没有折断的羽毛除非有两个戴这种帽子的夫人但不大可能有两个这样的人同一天晚上去波士顿接着两辆车子交错的一瞬那一片幽暗中两个亮着的窗口生硬地交错而过我的脸和他的脸相对着一闪而过只有我看见我刚才看到的是他吗没有道别候车亭已经空了没人吃东西了路上也空了黑黑的静静的桥拱向黑夜里睡着了水流安静而快速地流淌没有道别

我把灯熄灭了进到卧室里，离开了汽油瓶可是还能闻到汽油味。我站在窗口窗帘在那黑暗中慢慢飘过来触碰到我的脸如同一个睡梦中的人在呼吸，然后又慢慢地向着外面的幽暗呼吸着，那轻轻的触摸

没有了。他们上楼后母亲躺在椅子上，把樟脑手绢放在嘴上。父亲没有动仍然坐在她身边握着她的手黑暗中那咆哮声一阵接着一阵仿佛与那沉静格格不入　我小时候的图画书里有张画，画着一个幽暗的地方有一缕弱弱的阳光斜照下来照在阴影里现出来的两张脸上。你知道我若做王会怎么去做吗？她从来没当过女王或仙女总是当国王巨人或是将军　我会把那地方打开把他们拖出来好好抽他们一顿　画被扯了下来，撕破了。我很高兴。我会回去看直到那地牢变成了母亲本人她和父亲牵着手走进那弱光里我们甚至还在他们下面在什么地方迷失了一线光都没有。接着金银花的气味又袭来了。我关上了灯想睡觉那花香会涌入屋子一阵浓过一阵我得粗重地呼吸起来才能吸入一点空气最后我都得爬起来和孩提时那样摸索着走了　手也能看东西的在脑海里触摸构想着眼睛看不见的门门啊现在手什么也看不见了　我的鼻子能看见汽油，桌子上的马甲还有门。走廊仍空荡荡忧伤的一代代去找水时的脚步声。可是看不见的眼睛如同咬紧的牙齿并非不相信并非怀疑甚至没有痛苦胫骨脚踝膝盖一道漫长的看不见的楼梯栏杆黑暗中的一失足听得出父亲母亲凯蒂杰森毛莱都沉睡着门呢我不是害怕我只是　父亲母亲凯蒂杰森毛莱都赶在我之前早早进入了梦乡我也去睡了如果我门呢门呢门呢　这里也空着，那些管子，陶瓷，上有污迹的静悄悄的墙，沉思的宝座。我忘了但是我可以　手能看见发冷的手指看不见的天鹅颈玻璃瓶比摩西的权杖还要细那玻璃尝试性地摸着而不是敲击那瘦瘦的细细的天鹅颈敲击着冷却着那金属那玻璃满了溢了让玻璃凉下来让手指凉下来冲水把湿湿的睡意留在天鹅颈那漫长的寂静里　我又回到走廊，吵醒了一代又一代在寂静中窃窃私语的脚步，走入汽油味中，那手表还在那黑黑的桌子上扣着在说着弥天大谎。接着窗帘从那暗夜里呼吸一般吹过来，将那呼吸留在我脸上。还有一刻钟。然后我就不复存在了。平静之极的话语。平静之极的话语。Non fui. Sum. Fui.

Non sum.[1] 我又听到什么地方的钟响了。密西西比或是马萨诸塞州。过去我是。现在我不是。马萨诸塞州或密西西比州。什里夫的箱子里有一个瓶子。你不想打开吗？杰森·里士满·康普森先生和夫人兹宣布三次。好多天了。难道你都不想打开看看 小女坎迪斯结婚 那酒会让你把目的和手段混为一谈 我现在是。饮酒。过去我不是。我们把班吉牧场卖掉吧好让昆廷上哈佛，也好让我这把老骨头九泉之下安息。我会死在哈佛这里的。凯蒂说的是一年不是。什里夫箱子里有个瓶子。先生，我不需要什里夫的我已经卖了班吉的牧场，我可以死在哈佛了凯蒂说在大海的大小洞穴里在那波涛之中平平静静地滚动因为哈佛这词念起来多么悦耳啊用四十公顷的牧场来换这声音很是划算。一个悦耳的死去的声音我们用班吉的牧场来换换成一个悦耳的死去的声音。它会持续很久很久，因为他听不到，除非他能闻到 她进门的时候他开始哭 我还以为父亲一直是用城里的那些公子哥跟她逗笑呢谁料到。我一开始还没有注意以为他不过是一个普通陌生人是个推销员啥的觉得那衣服是军装突然我发现他并不是把我当成潜在的加害者，他看着我的时候想的其实是她他是通过她来看我的就好比是透过一片彩色玻璃看我 你为什么要管闲事你不知道这没啥好处吗我还以为你是让母亲和杰森来管这事呢。

母亲是派杰森来盯你的梢 我是不会这么干的。

女人只会拿他人的荣誉法则当说辞因为她爱凯蒂 尽管病了还是待在楼下怕父亲当着杰森的面嘲笑毛莱舅舅父亲说毛莱舅舅古典文学没修好居然冒险托一个瞎眼仙童来带信他应该找杰森因为杰森起码只会犯毛莱舅舅同样的错误如此也不至被人把眼睛都打黑帕特森家那小子也比杰森矮小他们一起卖风筝五分钱一个最后因为分钱不均起了纠

---

① 拉丁文时态练习，意为：我过去不是。我现在是。我过去是。我现在不是。

纷杰森另找了一个合作伙伴还是比较矮小反正比他小就是了因为T. P.说杰森照旧管账可是父亲说毛莱舅舅去做事干吗他这个父亲养五六个只会把脚架在炉门烤火别的什么都不干的黑人都没问题不时给毛莱舅舅提供一下食宿顺带借他几个钱花花有何不可在这种炎热宜人之地他可以保全他父亲的信念亦即论天道毛莱舅舅好歹也是他同一族类母亲这时候就会哭说父亲总以为他这一方的人比她娘家的人高贵说他嘲笑毛莱是要把这种观念灌输到我们脑子里她不能容忍父亲教我们说所有人都是这样那样之和一堆玩偶里面填着从什么垃圾堆扫来的锯末这些锯末是过去所有被扔掉的玩偶里撒出来的是从哪个伤口从哪一侧流出来的不属于我的就不会死去。过去我曾经把死神想象成一个男人像祖父那样像是祖父的某个私交就仿佛过去我们想象中祖父的书桌不能去碰甚至在放着这桌子的屋子里大声说话都不行我总是觉得祖父和这桌子还在一起一直在什么地方等着老沙多里斯上校下来和他们一起坐着在杉树林后面某个高地上沙多里斯上校在更高处瞭望着远方的什么东西他们在等着他瞭望完毕然后下来祖父穿着军装透过杉树我们能听到他们的窃窃私语他们总是在说话祖父总是正确的

三刻的钟声响起了。第一个音符响了起来，悠闲而宁静，安详中带着蛮横，把那不慌不忙的宁静倒空了预备着下一阵宁静的到来原来如此如果人们也能这样永远地彼此改变该有多好就好比两朵火焰合到一起扭曲着向上跃起然后被吹灭在那冷冷的永恒的黑暗边上而不是躺在那儿尽量不去想那秋千直到所有的杉树发出的那种刺鼻的死亡的香气班吉十分痛恨它们。即便是想象一下那树丛我就觉得我能听到那低语声神秘的涌动还有气味不再神秘的狂野肉体之下热血奔腾着红着眼眶看着绳子松脱的猪成双成对奔跑着交媾着冲进大海于是他说我们得保持清醒看到恶会一时得势但不会长久于是我说甚至不用多久就会看到它的失势尤其对一个勇敢的人来说然后他说这个你也叫作勇敢吗于

是我说是的先生你不觉得吗于是他说每个人都是自己品德的评判者你自己觉得自己是否勇敢比行动本身更重要比任何行动都更重要不然的话你不会当真这么想吧于是我说你不相信我当真于是他说我想你就是太当真了叫我担心都担心不起来不然你也不会用这种权宜之计跟我来讲你犯下了乱伦罪不然的话于是我说我没有撒谎我没有撒谎于是他说你是想把率性而为的小小蠢行升华为滔天大罪然后用真相去拷问它于是我说这是为了将她从那喧闹的世界分离出来这样这事自然会离我们而去接着它的声音就仿佛从未存在过一般于是他说是不是你强迫她这么去做的于是我说我一开始害怕我怕她会就范那么这对大家就都没什么好处可是如果我告诉你我们做过这事那我们就算是做过了那么就没有必要找别人了然后世界会呼啸而去于是他说那么眼前这个别人呢你现在是没有撒谎可是你忽略了你自己内心里的东西它也算是个放之四海而皆准的真理了也就是说万事万物的发生自有定数自有报应这个道理如同阴影罩在包括班吉在内每个人的额头上你没有考虑到有限性的问题你只是沉湎于一种化境在这化境里那暂时的思想状态会与肉体平行能意识到自己和肉体的存在它不会抛弃你你甚至都不会死于是我说都是暂时的于是他说你不忍去想有朝一日这事不会像如今这样伤害到你你现在是要接近这状态你似乎只是把它当作一种体验它会让你一夜间白头却容颜不改这种情况下你不会做这种事它会是一场赌博但是奇怪的是人本来就是偶然间怀胎而成的但是每一次的呼吸都是重新掷骰子这骰子可惜灌了铅掺了假对人不利他事先就已经知道不论何人注定都要面对那最终的审判甚至都不用刻意去做点什么比如大到骇人暴行小到连孩子也骗不了的小把戏除非有一天出于厌恶他会冒着失去一切的风险随手抓一张牌赌上自己的一切可是没有人会因为绝望后悔或丧亲之痛来干这种事他这么做是因为他意识到即便绝望后悔或丧亲之痛对于那个阴暗的掷骰者也无关紧要于是我说这都是暂时的于是他说人

不容易相信不容易考虑到爱或哀愁是个不用设计而可直接购买的有价债券到期没个准日子召回也没个提前的警告还随时可能被诸神用当时流通的任何东西取代不你不要这样去做除非你已经相信即便是她也不是那么值得你去绝望于是我说我不会这么做的没人知道我所知道的事于是他说我觉得你最好马上去北边康桥或许你可以先去缅因州一个月要是省着点花你的钱够了你要是观察到几个小钱疗治的伤痕比耶稣还多那钱花得也值于是我说那假如我悟到了你的信仰呢假如我下周或者下个月在那边就能悟出来呢于是他说那么你要记住自从你一出生让你上哈佛就是你妈的梦想我们康普森家的人是不会让女士失望的于是我说一切都是暂时的我这样对自己对所有人都更好一些于是他说每个人都是自己品德的评判者别的任何人都不要给他人开药方于是我说都是暂时的于是他说“过去”是最悲伤的一个词了舍此之外世界上一无所有不到时间你说绝望都不行可是连时间都不管用除非它是

钟的最后一声也敲过了。终于，那振动停止了，夜再次陷入沉寂。我走进客厅打开灯。把马甲穿上。汽油味淡了，几乎闻不出来，镜子里也看不出那污迹了。总之不像眼睛那样明显。我穿上外套。什里夫的信透着布发出了咔啦一声我把它拿出来看了看地址然后放回侧边口袋里。接着我拿着手表进到什里夫的房间里，放进他的抽屉，然后我进到自己的房间，拿出一块新手帕，走到门口，手放在电灯开关上。这时我想起我还没有刷牙，只得把袋子重新打开。我找到了牙刷，挤了点什里夫的牙膏，出去把牙刷了。我把牙刷尽量挤得干干的，放回袋子合上口，然后又走到门口。把灯啪地关上之前我四处看了看怕漏掉了什么东西，这时候我发现把帽子忘了。我得去趟邮局，我想一定会遇到些认识的人，他们会说我分明是哈佛广场的学生却在假扮哈佛四年级学生。帽子我也没有刷过，不过什里夫有把刷子，所以我不用再打开袋子了。

1928年4月6日

要我说，一朝犯贱终身贱。我说如果您只是为她逃学去玩的事操心，那您算是运气了。我说，她现在应该到下面这厨房来，而不是在上头自己的房间里，往脸上涂脂抹粉，等那六个黑鬼伺候她吃早饭。这六个黑鬼要不是端着装满面包和肉的盘子把自己揣饱，都窝在椅子上不起身。母亲却说，

“可是，总不能让学校觉得我管不了她，觉得我没法子——”

“好吧，”我说，“您没办法，不是吗？您从来都没有去管她，试都没试过，”我说，“你怎么到现在才管，她都十七了？”

听了这话她寻思了一下。

“可是，总不能让他们认为……我连她有成绩单这事都不清楚。她去年秋天告诉我说，今年学校就不用成绩单了。现在琼肯教授打电话给我，说她再逃一次课，就只好让她退学了。她是怎么逃的学？她都去了哪里？你整天都在城里；要是她在街上转，你总该能看到吧。”

“是的。”我说，“如果她在街上的话自然能看到。不过我估计，她逃课也不是去做什么光明正大的事。”我说。

“你什么意思？”她问道。

“我没什么意思，”我说，“我不过是在回答您刚才的问题。”接着她哭了起来，说连自己的亲骨肉都来诅咒她了。

“不是您问我的嘛。”我说。

“我不是说你，”她说，“几个孩子中间，也就剩你让我看着不揪心了。”

“当然，”我说，“我没时间来让您揪心。我也没时间去上哈佛，没时间喝得昏天黑地。我得上班啊。不过当然了，如果您要我跟着她，看她都做些什么，我也可以把店里差事辞了，找个上夜班的事。这样的话，我白天可以来看她，晚上您就让班[①]来值班。”

“我知道，我只是给你们添堵，给你们增加负担。”她靠在枕头上哭着说。

“我早该知道了，”我说，“您三十年来一直这么跟我说。现在连班也该知道了。这事您想让我跟她谈谈吗？”

“你觉得谈谈还有用吗？”她问道。

“要是我还没张嘴，您就跑下来指手画脚，那肯定没用。”我说，“如果您让我来管她，就跟我直说，自己就别插手了。每次我想来管一下，您就插进来，最后她对我们两个不过是嘲笑一番。”

“记住她也和你骨肉相连啊。”她说。

“当然，”我说，“我现在想的正是这个——肉。要是顺我的性子，还要见点血才好。既然是跟黑鬼一样没个规矩，别管是谁，索性当成黑鬼看待才好。”

“我怕你跟她在一起控制不了自己的脾气。”她说。

“好吧，”我说，“您这套办法看来也走不通。您是要让我管管这事呢，还是不管？管还是不管，您说句话，我还得上班去呢。”

“我知道你要为了我们去操劳，”她说，“你知道，如果我说话管用，你都有自己的公司，也有符合我们巴斯康家体面的作息时间。你

① 指班吉。

就是我们巴斯康家这边的人，虽然你不是姓这个。我知道，你父亲本该预见到——”

“好吧，”我说，“我估计他也会和姓史密斯、琼斯的那些凡夫俗子一样，有看走眼的时候。”她哭了起来。

“你怎么这么绝情地说你已故的父亲。”她说。

“好吧，”我说，“算了。随您的便吧。既然没有自己的公司，我得珍惜手头这差事吧。您要不要我跟她谈谈呢？”

“我怕你跟她在一起控制不了自己的脾气。”她说。

“好吧，”我说，“那我就不找她谈了。”

“但总得做点什么，”她说，“别让人以为我放任她逃学，在街上混，或是以为我管不了她……杰森啊杰森，”她说，“你怎么能这样。你怎么能把这些负担丢给我。”

“好了，好了，”我说，“您别为这再病倒吧。您干吗不把她也成天锁起来，或是交给我，免得自己来操心。”

“我自己的骨肉竟然这样。”她哭着说。于是我说：

“行了。我来管她吧。您就别哭了。”

“别控制不了自己的脾气，”她说，“她只是个孩子，记住了。”

“好的，”我说，“我尽量控制。”我走了出去，关上了门。

“杰森。”她说。我没有回答。我从厅里走了过去。“杰森。”她在门后头说。我下了楼梯。餐厅里一个人都没有，接着我听到了她在厨房里的声音。她缠着迪尔西再给她倒一杯咖啡。我走了进去。

“估计这就是你的校服吧，是不是？”我说，“还是今天是什么假日？”

“就喝半杯，迪尔西，”她说，“求你了。”

“不行的，小姐，”迪尔西说，“我是不会答应的。你一个十七岁的姑娘，咖啡只能喝一杯，再说卡罗琳小姐还特意叮嘱过。你还是去把衣服穿好，让杰森带你去上学吧。你再磨蹭就迟到了。”

“她不会迟到的，”我说，“我们现在就来把这事给解决了。”她看着我，手里拿着杯子。她的头发梳向脑后，浴衣从肩膀上往下滑落了点。“你把杯子放下，到我这里来一下。”我说。

“做什么？”她问道。

“来就是，”我说，“把杯子放池子里，你人过来。”

“你要干吗，杰森？”迪尔西说。

“或许你以为我跟姥姥和其他人一样，你想怎么作弄都成，”我说，“但你会发现可不是一回事。我给你十秒的时间，照我说的做，把杯子放下。”

她不看我了，目光转向迪尔西。“现在是什么时候，迪尔西？”她问道。“过了十秒，你吹个口哨。就半杯。迪尔西，求——”

我抓住她的胳膊。杯子从她手上掉了下来，在地板上摔碎了。她胳膊往回缩，眼睛看着我，可是我把她的胳膊抓得牢牢的。迪尔西从椅子上站起身。

“你，杰森。”她说。

“你放开我，”昆廷说，“不然我要扇你了。”

“你会扇吗？”我说，“你会扇吗？”她伸手来扇。我把那只手也抓住了，把她像一只野猫一样控制住。“你会扇吗？”我说，“能扇得起来吗？”

“你啊，杰森！”迪尔西说。我把她拉到餐厅。她的浴衣松开了，在身上搭来搭去，跟他妈没穿衣服似的。迪尔西步履蹒跚地走了过来。我转过身，把门对着她一脚踢上。

“你别进来。”我说。

昆廷靠在桌子上，系着浴袍带子。我看着她。

“好了，”我说，“你逃学出来玩，却跟你姥姥撒谎，在你的成绩单上伪造她的签名，把她都给急出病来，我想问你这是什么意思？你这究竟是什么意思？”

她一言不发。把浴袍一直系到下巴之下，在身上裹得紧紧，看着我。她还没工夫去描眉画眼，那脸就跟用擦枪布擦过一样。我走了过去，抓住她的手腕。“你这是什么意思？”我说。

“关你屁事啊，”她说，“你松手。”

迪尔西进了门。“你啊，杰森。”她说。

“我不是说了吗，你给我出去，”我头也没回地说，“我想知道你逃学的时候都跑哪里去了。”我说，“你不在街上，不然我会看到你。你都跟谁一起逃？是不是跟那些油头粉面的杂种躲林子里去了。是不是就去那里了？”

“你——你这个老浑蛋！”她叫道。她挣扎着，但我把她抓得牢牢的。“你这个老浑蛋！”她叫着。

“我来给你点颜色看看，”我说，“也许你能吓唬吓唬老太太，但是我要让你知道现在是谁在管着你。”我用一只手抓着她，接着她不挣扎了，看着我，眼睛睁得大大的，黑黑的。

“你想怎么样？”她问道。

“你等着，等我把皮带抽下来你就知道了。”我拉着皮带说。接着迪尔西抓住我的胳膊。

“杰森，”她说，“你啊，杰森！你咋也不害臊。”

“迪尔西，”昆廷说，“迪尔西。”

“我不会由着他的，”迪尔西说，“别担心，亲爱的。”她抓着我的胳膊。皮带抽出来了，我一甩手挣脱开，把她推了个趔趄。她跌跌撞撞倒向桌子。她也是太老了，连走动都难，别的就不用说了。不过这也没事：我们总得有人在厨房里，把年轻人吃不了的消灭掉。她蹒跚着走到我们之间，又想抓住我。“要打打我吧，”她说，“要是打了人才算完，那就打我吧。”她说。

“你以为我不会？”我说。

“你什么坏事干不出来。”她说。接着，我听到母亲走到楼梯上的声音。我早该料到她不肯放手的。我松开了手。她趺趺撞撞地靠到墙上，把浴衣拉紧。

“好吧，”我说，“我先放你一马。但你别以为你能糊弄我。我可不是老太太，也不是半死的老黑鬼。你这个该死的小贱人。”我说。

“迪尔西，”她说，“迪尔西，我想我妈。”

迪尔西向她走过去。“好了，好了，”她说，“有我在，我是不会让他来动你的。”母亲下了楼。

“杰森，”她说，“迪尔西。”

“好了，好了，”迪尔西说，“我是不会让他来动你的。”她把手放昆廷身上。昆廷一把打了下去。

“你这该死的老黑鬼。”她说。她跑向大门。

“迪尔西。”母亲在楼梯上说。昆廷跑上了楼，从母亲身边绕了过去。“昆廷，”母亲说，“你，昆廷。”昆廷还在跑。我能听见她跑到楼梯顶，然后跑过过道，摔上了门。

母亲停住了。接着她下来了。“迪尔西。”她说。

“好吧，”迪尔西说，“我来了。你就走吧，把车发动上，”她说，“捎她上学去。”

“您不用担心，”我说，“我会带她上学，我要保证她不再逃学。既然已经开了头，我会一直管到底。”

“杰森。”母亲在楼梯上说。

“马上走吧。”迪尔西说，同时向门口走去。“你又要让她害病呢？我这就来了，卡罗琳小姐。”

我出去了。我能听到他们在楼梯上的脚步声。“您现在回床上去吧，”迪尔西说，“您不知道您身体还不好，还不能起来么？马上回去吧。我来管，保证她按时上学。”

我到了后面，把车子倒出来，接着我又绕到前面，这时候才看见他们。

“我不是说把轮胎放车后面吗。”我说。

“我没有时间，”拉斯特说，“姥姥厨房里的事没忙完，没人照看他呀。”

“是的，”我说，“我养活一大厨房的黑鬼，他们成天就晓得跟在他屁股后面，我想换个轮胎都要自己动手。”

“我找不到别人来看他啊。”他说。接着班吉就开始哼唧了。

“带他到后面去，”我说，“你他妈是怎么想的，带他出来到这里让人看见？”我把他们打发走，这时候他大声号起来。星期天就够糟糕的了，球场上到处都是人。可不像我，又是这些家丑，又有六个黑人要养，他们在优哉游哉打着一只大樟脑丸般的球。他要沿着围栏跑来跑去，每次看到有人在场上出现他都要号叫，这么下去，他们迟早要让我交高尔夫会员费，然后母亲和迪尔西要拿出几个瓷的门把手和拐棍来装打球，接着我会晚上提着灯笼来打。最后，说不定他们会把我们所有人都给送杰克逊去。天知道，到了那时候，他们或许要举办老家周①来欢庆呢。

我回到后面车库。有只轮胎靠在墙上，可是我才不会去换呢。我退了出去，转过身。她站在车道边上。我说：

“我知道你没有课本，算我多嘴，我只想问问你都把课本丢哪儿了。当然，我没有权利管这事，”我说，“只不过去年九月是我给付的十一块六毛五。”

---

① 美国一种庆祝活动，遇到喜事，邀请原来住在一起的好友相聚一周，共同庆祝。

“是妈妈给我出钱买的书，”她说，“你没在我身上花过一分钱。要指望你还不饿死。”

“是吗？”我说，“你去问下你姥姥，看她怎么说。你还不至于光着身子没衣服穿，”我说，“你看你脸上抹的这些东西把你给遮的，比你身上穿的这些玩意儿加一起还要多。”

“这花了你和姥姥一分一文没有？”她说。

“问问你姥姥。”我说，“问她把这些支票都怎么了。我记得，你亲眼看她烧过其中的一张。”她听也不听，那脸上脂粉抹得厚厚的，脸皮都像给胶住了，那眼睛也像恶狗似的，透着凶光。

“要是这些花了你和姥姥一分钱，你知道我会怎么做吗？”她说，手放在衣服上。

“你会怎么做？”我说，“不穿衣服钻桶里不成？”

“我会马上撕掉，扔到街上，”她说，“你信不信？”

“你当然会的，”我说，“你哪一回不是这样。”

“那你就来看看我到底会不会这么干。”她说。她双手抓住裙子的领口，做出要撕掉的样子来。

“你要是把这裙子撕掉，”我说，“我就在这里抽你一顿，要你一辈子都忘不掉。”

“那你看我撕不撕。”她说。接着，我看到她真的想撕了，想从身上完全撕开。这时候，我已经把车子停下来，抓住了她的手，已经有十几个人在围观了。一时间我气得眼睛差点瞎掉。

“你再给我做这种事情，我让你后悔来到人世。”我说。

“我现在就后悔了。”她说。她停住了，眼神有些怪异，我心想你要是在大街上，在这车子里哭起来，我准要抽你。我要让你累死。不过她还算走运，没有哭，于是我松开了她的手腕，接着往前开。幸运的是，我们靠近一条小巷子，拐进一条后街，绕开了广场。他们已经在比尔德家的空地上支起帐篷了。演出的班子因用我们的橱窗打广告给了我们两张票，厄尔都给了我。她坐在那里，脸扭到一边，咬着嘴唇。“我现在就后悔了，”她说，“我不明白为什么把我生下来。”

“我知道，起码还有一个人也无法理解这是为什么。”我说。我停在学校门口。钟已经响了，最后一班学生正在进去。“你总算是准时了一回，”我说，“你是自己进去，不逃了，还是要我带着你，逼着你去。”她下了车，摔上车门。“记住我说的话，”我说，“我可是说到做到的。要是再让我听说你逃出来，跟那些该死的小白脸一起瞎混，我可饶不了你！”

她回过头来。“我没有出去乱跑，”她说，“谁想了解我的底细那就尽管了解好了。”

“大家也都知道，”我说，“这个小镇上每个人都知道你是什么人。不过我不想继续这样下去，你听到没有？我自己倒无所谓你做什么，”我说，“不过，我在镇上也算是个有头有脸的人，我不希望我家有人跟个黑人骚货一样。听见没有？”

“我不管，”她说，“我坏，我会下地狱，我不管。我宁愿下地狱也不愿跟你在一起。”

“要是再让我听说你没去上课，我会让你巴不得在地狱里。”我说。她转过身，从校门口场子上跑了过去。“你给我记住，再来一次我可不客气了。”我说。她没有回头。

我去邮局取了信件，然后开车到店里，停了车。我进来的时候，厄尔看着我。我等着他数落我迟到，可是他只是说：

“那一批耕作机来了。你最好帮约伯大叔装起来。”

我到了库房，老约伯正以每小时松三个螺丝的速度在拆包装箱。

“你应该给我去做事，”我说，“镇上这些百无一用的黑鬼一半都在我家吃闲饭。”

“星期六谁给俺发薪俺就给谁干事。”他说，“把这儿的事忙完，就没工夫去伺候别家了。”他拧开了一个螺母。“这国家谁干事都磨蹭，也就棉铃象鼻虫卖力了。”

“不过你该感到高兴才是，好歹还不像棉铃象鼻虫那样等着这些播种机来。”我说，“要不然的话，你就是不给压死，也会吃棉花吃撑死。”

“这倒是实在话哩，”他说，“棉铃象鼻虫日子也不大好过啊。天天都在热日头下忙，天晴得干下雨也得干。还不能坐在前廊上，看着西瓜长，星期六不星期六对它们也没啥两样。”

“星期六对你也没什么两样，”我说，“要是我给你发薪水的话。把这些东西从箱子里弄出来然后拖到里头去。”

我打开她的信，把支票拿出来。女人就这德性。晚了六天。不过她们还想让男人相信她们有能力做交易。要是男人也这样，把每个月的六号当一号，生意还能撑多久？同样古怪的是，每个月银行寄出账单了，她还想问我为什么到了六号才把工资存起来。这种事情女人总搞不明白。

“关于昆廷复活节礼服一信，我没有收到回复。不知信寄到没有。我上两次写给她的信也没有回复，只不过第二封中所附的支票和另外一张支票都已经兑了。她是不是病了？马上告诉我，不然我要自己来看看。你答应过，她需要什么你会告诉我。我希望在十号前收到你的回复。不你还是马上给我拍电报吧。你正在打开我写给她的信。我知道的，就跟在亲眼看着你一样。你最好把她的情况立刻拍电报到我这个地址。”

这时候厄尔开始冲着约伯大叫了，所以我把信收起来，走过去让他鼓起劲来。这个国家需要的是白人劳力。让这些没用的黑鬼饿上两年，他们才会知道自己日子过得太容易了。

快十点钟的时候我到前面去了。来了个旅行推销员。离十点还差几分钟，我请他到街上去喝杯可乐。我们聊起收成来了。

“没什么好说的，”我说，“棉花是投机商的作物。他们把农民说昏了头，让他们大量种植，好让他们在市场上忽悠，修理那些外行的。你以为农民能得到什么好处？无非是晒红了脖子做驼了背。那些汗流浃背种棉花的人，除了勉强糊口，你觉得他们还能多拿一分钱吗？”我说。“丰收了，采摘的成本划不来，要是歉收，用来轧棉都不够。图个什么？只是让一些该死的东部犹太人，我不是说那些信犹太教的人啊。”我说。“我也知道一些犹太人是好人。没准你就是一个。”我说。

“不是，”他说，“我是美国人。”

“我没有要冒犯的意思，”我说，“我平等对待每个人，不管宗教或其他这些那些。犹太人单个看我没有什么意见，”我说，“我说的是种族问题。你得承认，他们什么也没生产。他们跟着那些拓荒者，跑到一个新的国家，卖衣服给他们。”

“你是说亚美尼亚人吧，”他说，“是不是。拓荒者是不要什么衣服的。”

“没有冒犯的意思，”我说，“我不会因为宗教原因去谴责一个人。”

“当然。”他说。他说：“我是美国人。我家也有些法国血统，所以我鼻子长这样。不过总而言之，我是个美国人。”

“我也是，”我说，“我们这样的人不多了。我说的是坐在纽约城的那帮人，就晓得压榨那些赌博的小鱼小虾。”

“这倒是，”他说，“穷人赌博没啥好处。应该出法律禁止。”

“我的话你不觉得很有道理吗？”我说。

“是的，”他说，“我估计你说得对。横竖都是农民倒霉。”

“我知道我说得对，”我说，“这种游戏是一玩就输的，除非有人知根知底，能提供内幕消息。我碰巧就认识一些做这种买卖的人。他们的顾问是纽约城最大的投机商。我的办法，”我说，“是一次不要冒太大的险。他们要盘剥的，是那些自以为什么都懂，拿个三块钱却指望中大彩的。他们的生意能持续下去也就是这个原因。”

接着，钟敲了十下。我走到电报局。正和大家说的那样，电报局的门只是开了道缝。我走进角落，再次拿出电报，是想确认一下。我正看着电报的时候，来了份行情报告。市价涨了两个点。大家都在吃进。从大家的话音里我也能听出来。都在往船上挤。仿佛不知道这船可能是有去无回。仿佛有什么法律，规定只能吃进，别的都违法。也罢，我估计东部那些犹太佬也得有口饭吃。可是如今任何一个死外国佬，在上帝指派给他们的土地上混不下去，都跑美国来，掏美国人的口袋，这境况叫人情何以堪！又涨了两个点。四个点。见鬼，他们还真弄对了，知道怎么回事。要是我不听他们的意见，每个月给他们十块钱干吗？我走了出去，然后我想了起来，把电报给发出去了。“一切好。Q①今日回信。”

“Q？”电报员说。

“是的，”我说，“是Q。这个Q你会写吧？”

“我就是问问确认下。”他说。

“你就按我写的发，这还不就笃笃定定确认下来了？”我说，“按对方付费发。”

“你发什么呢，杰森？”赖特大夫说，目光越过我的肩膀看了过去，“这是不是吃进的暗号？”

“这个没啥，”我说，“你们伙计几个自有判断。你们对行情比那些

① 昆廷。

纽约的家伙还在行。”

“嗯，我是该这样了，”大夫说，“要是每磅棉花涨个两分钱我今年就省下一大笔了。”

又来了份报告。跌了一个点。

“杰森要卖了，”霍普金斯说，“看看他的脸。”

“我是买是卖都没啥，”我说，“你们各位伙计照自己判断来吧。这些纽约有钱的犹太人跟别人一样，也要过日子的。”

我回店里了。厄尔在前头忙着。我回到办公桌，看了洛琳的来信。“亲爱的干爹巴不得你在这里呢。干爹出了城就不好玩了我想念我的宝贝干爹。”我估计她也不是真想。上一回我给了她四十块。就这么给她了。我从来不会跟女人许任何诺言，也不会让她们知道我会给她们什么。这是治住她们的唯一办法。得让她们一直猜。如果你想不出什么别的点子让她们惊喜，扇她们几个巴掌也成。

我把信撕碎，在痰盂上方烧了。我给自己订下了规矩：绝对不保留女人经手过的半片纸，也绝对不给她们写信。洛琳总是央求我给她写信，而我说我忘了告诉你的，到了孟菲斯之后都会告诉你。不过我又说我不介意你时不时写封信给我，用平信封装着。但你要是敢给我打电话，我要让你在孟菲斯都没法混下去。我说到了孟菲斯我就跟其他的客人一个样，可是我不会让任何女人给我打电话。拿着，我说，然后递给她四十块钱。要是你喝醉了，想打电话给我了，记住，先数到十再去拨。

“什么时候？”她问道。

“什么什么时候？”我说。

“你下次回来的时候。”她说。

“我会告诉你的。”我说。接着她想去买啤酒，可是我没让她去买。“收好你的钱，”我说，“给自己买条好裙子。”我也给了女佣一张五块钱票子。毕竟，就像我说的那样，钱本身是没有价值的，关键是看你怎么去花。钱不属于任何人，所以干吗攒起来。它只属于挣得来也守得住的人。杰斐逊有个男人卖些破烂货给黑鬼，挣了大钱，住在小店楼上一个小屋子里，那屋子小得像猪圈。大约四五年前，他病倒了。突然害怕得不得了，恐怕日后下地狱，所以病好之后，他上了教会，还每年掏出五千块钱，资助传教士去中国传教。我常想，要是突然有一天他死了，发觉没有天堂，回想起每年花的五千块钱来，那会气成啥样啊？我就说了，还不如照老样子，现在就死掉，还省了钱。

信烧完了，我正要把别的信件揣进外套里，突然我有种感觉，想在回家之前，拆开昆廷的信看看，可就在这时候，厄尔在前面高声喊我过去，于是我把信放到一边，去照应那个该死的乡巴佬。这老头儿足足花了十五分钟决定是买两毛钱的马鞍绳，还是买三毛五的。

"你最好买那个好的，"我说，"你们这帮人老买这种便宜货，怎指望出人头地？"

"要是这个不好，"他说，"怎么会有人卖？"

"我没说它不好，"我说，"我是说它跟别的比起来没那么好。""你怎么知道它不比别的好，"他说，"你是每一个都用过不成？"

"因为它的价格不是三毛五啊。"我说，"凭这个我就知道好不好了。"

他把两毛的那根放在手里，在手指间抽过。"我估计我还是买这一个吧。"他说。我说我来包起来，可是他已经卷了起来塞进工作服口袋了。然后他拿出一个装烟的袋子，好不容易打开，从里头晃出几枚硬币来，递给我一个两毛五的。"省下的一毛五我还能凑合着吃顿饭。"他说。

"好吧，"我说，"你能耐。明年需要来换的时候，可别跟我发牢骚。"

“明年种什么我都还没个底。”他说。我终于把他给打发了，可是每次想把信拿出来都有别的事情冒出来。大伙儿都在镇上看演出，一拨一拨地来，把钱掏出来给那帮家伙，他们没给镇上带来任何好处，留下的也只有让市长办公室那帮贪官污吏瓜分的东西。厄尔忙前忙后四处跑，样子就像鸡圈里的老母鸡，嘴里招呼着：“好的，女士，康普森先生来照应您。杰森，给这位女士看看黄油搅拌筒，还有五分钱的百叶窗钩子。”

是啊，杰森就喜欢忙活。我说可不是，我从来没有上大学的好运，因为在哈佛，他们教你夜里跑去游泳，你连怎么游泳都还不会。而在西华尼[①]他们连水是什么都不教。我说，你还不如送我上州立大学，没准我还可以学会如何用鼻子喷雾器把钟喷停，然后可以送班去参加海军或者骑兵，反正骑兵队里还用阉马呢。后来她把昆廷送来让我养我就说我想这样也好，省得我跑北边找事做而是直接把事给我送上门了于是母亲就哭起来了我说我倒也不是介意孩子送来给我养；要是能让您开心，我宁可把工作辞掉，自己在家带孩子，让您和迪尔西去挣钱，好让家里面粉桶一直满着，让班去也行。可以把他租给杂耍剧团；或许某个地方有人愿意花个五分钱看他一下呢她哭得更厉害了一直在说我这可怜的残疾儿啊我说是啊有朝一日等他长足了而不是只比我高出一半他就帮您大忙了，她说反正我是快走的人了，等我一死你们大家日子都好过了行吧，我说也罢也罢，您想怎么着怎么着吧。也是您的外孙女，她的祖辈中间，也就您的身份一清二楚。我说她的下场只不过是个时间问题。只不过要是您不亲眼去看看，她说什么您信什么，那就自欺欺人了，因为第一次母亲颠来倒去说感谢上帝除了姓氏你还不像康普森家的人，因为我只剩下你了，你和毛莱，我说毛莱舅舅就

① 田纳西的一所大学，杰森父亲毕业于此校。

省省吧别搅和进来了接着他们就来了说可以动身了。母亲停住不哭了。她把面纱拉下来，我们下了楼。毛莱舅舅从餐厅出来了，用手帕捂住嘴。大家夹道欢迎一般让出路来。我们出了门，这时正好看到迪尔西把班和T. P. 绕过角落赶到后面去。我们下了台阶，上了车。毛莱舅舅不停地说我可怜的妹子啊我可怜的妹子啊，从嘴角里说着这些，拍着母亲的手。嘴里叽里咕噜，也不知说些什么。

“你戴上黑纱没有？”她问道，“为什么不早点出发，非要等班吉明出来闹一阵子么。可怜的小子。他哪知道。发生了什么事他都意识不到。”

“好了，好了。”毛莱舅舅拍着她的手，从嘴角里说着，“最好这样。这种丧事不到迫不得已也别让他知道。”

“到了这种时候，别的女人还有孩子来宽慰她。”母亲说。

“你还有杰森和我啊。”他说。

“我怎么这么命苦啊，”她说，“两年不到，先后走了两个。”

“好了，好了。”他说。过了一会儿他偷偷把手放到嘴上，然后把什么扔到窗外。接着我就知道我闻到什么了。丁香茎[①]。我估计，他以为在父亲葬礼上他起码可以嚼个丁香茎的，或者是酒柜子误以为他是父亲，在他路过的时候绊了他一跤吧。就像我说的那样，要是他卖个什么东西，好让昆廷上哈佛，最好是把那酒柜卖掉，拿出一部分钱来买个单臂的束身衣[②]才好。母亲本来说以后我来继承康普森家族的家产，可是还没轮到我继承，就给败光了，估计都是让他喝掉的。至少我从来没听说他会卖什么东西送我上哈佛。

所以，他只是不停地拍着她的手，说“可怜的妹子啊”，用那戴

① 除酒味用。

② 限制精神病人自由的衣服。

着黑手套的手拍着，我们四天之后就收到了手套的账单因为这一天是二十六号。是前一个月的同一天，父亲上去把她带回家了，不说她在哪儿，别的什么也没说，母亲一直在哭着，还问："你连他都没看见？你好歹让他付个抚养费吧？"父亲说："不，她不要他的钱，一分钱都不要。"母亲说："可以用法律要求他付啊。他什么也证明不了，除非——杰森·康普森，"她说，"你怎么这么蠢呢，居然说——"

"别说了，卡罗琳。"父亲说，然后他让我去帮迪尔西把那个旧摇篮从阁楼上搬下来，我说，

"好了，他们今天晚上把我的话带家里来了。"因为我们一直希望他们能把关系理顺，他也会照应小昆廷，因为母亲总是说凯蒂好歹还顾这个家，不至于毁掉自己和小昆廷的前途之后，把我的机会也断送掉。

"她还能让谁管呢？"迪尔西说，"除了我还有谁能来养她呢？你们几个还不都是我拉扯大的？"

"瞧你把我们带得多好啊，"我说，"总而言之，这下子也有点事让她去操操心。"所以我们把摇篮搬了下来，迪尔西把摇篮放到她过去住的屋子里。这时候母亲果然又哭了起来。

"别哭了，卡罗琳小姐，"迪尔西说，"你会把她吵醒的。"

"孩子睡那儿？"母亲说，"让那种空气来害她？这孩子遇到这样的父母，还不够命苦吗？"

"别哭了，"父亲说，"别犯傻了。"

"她为什么不能睡这儿，"迪尔西说，"她妈不也是睡这儿，天天晚上都是我来哄，一直到她能自己睡为止。"

"你知道什么，"妈妈说，"我女儿都让丈夫给抛弃了。这可怜、无辜的宝宝啊，"她看着昆廷说，"你永远都不知道你给人带来的痛苦。"

"好了，卡罗琳。"父亲说。

“你怎么这么护着杰森？”迪尔西说。

“我是要保护他，”母亲说，“我一直想保护杰森别受影响。起码我也能尽量护着她。”

“睡这屋子对她到底有什么坏处，我倒想弄个明白。”迪尔西说。

“不是我故意要这样，”母亲说，“我知道我是个让人讨厌的老太婆。但我知道，上帝的律法可不是闹着玩的。”

“胡说，”父亲说，“那就放卡罗琳小姐屋子里吧，迪尔西。”

“你可以说我讲的都是废话，”母亲说，“可是永远不能让她知道。她甚至都不要知道这个名字。迪尔西，我不准你在她面前提她的名字。要是她长大了都不知道母亲是谁，那我就要感谢上帝了。”

“别犯傻了。”父亲说。

“你怎么教育孩子我从来不管，”母亲说，“可是现在我忍受不了了。我们现在就要弄个明白，就今天晚上。要么别在她面前提到她的名字，要么让她走，要么我走。你自己挑！”

“别说了，”父亲说，“你也太激动了点。那就放这儿吧，迪尔西。”

“嗯，您也快病倒了，”迪尔西说，“您看起来像一个活鬼。您上床去好了。我来给您冲杯热酒，看能不能让您睡着。我敢打赌，自从您出门后都没睡个囫囵觉。”

“不要，”母亲说，“你不知道医生是怎么说的吗？怎么还鼓励他喝酒？他的毛病就在这里。你看看我，我不也在受罪，可是还不至于软弱到要用威士忌来送命。”

“瞎说八道，”父亲说，“医生知道个什么？他们靠什么混饭吃？看病人当时不想做什么，就建议他们去做，人人都知道退化的猿猴都是这样干的。你要这么来，接下来就要请牧师来拉着我的手了。”母亲哭了，他走了出去，下了楼，接着我听到酒柜打开的声音。我醒来的时候，再次听到他下楼的声音。母亲大概是睡着了还是怎么的，因为屋子里终于静了下来。父亲也不想弄出声来。除了睡衣的下摆在光腿上的窸窸窣窣，我听不到他别的动静了。

迪尔西把摇篮安好了，把她的衣服脱下，放了进去。自从他把她带进屋子之后，她就一直没有醒来过。

“她长了这么大，都快放不进去了，”迪尔西说，“好啦。我就在过道对面打个地铺，免得您夜里起来。”

“我反正也睡不着，”母亲说，“你还是回去吧。我不介意我来看。我晚年时间都交给她都行，只要别让——”

“好了，别出声了。”迪尔西说。“我们会照顾好她的。你也去睡吧，”她对我说，“你明天还要上学呢。”

于是我走了出去，然后母亲又把我叫回来，伏在我身上哭了一会儿。

“你是我唯一的希望了，”她说，“每天晚上，我都为你感谢上帝。”我们在那儿等着动身的时候她说感谢上帝他走的时候留下来陪我的是你不是昆廷。感谢上帝你不是康普森家的人，因为我现在只剩你和毛莱了。我说毛莱舅舅还是省省吧，别跟我扯一起了。他呢，用那黑手套不停拍着她的手，嘴里跟她说个没完。轮到他铲土的时候，他把手套脱了。他走到第一批铲土的人中间。有人给这些人打着伞，时不时跺跺脚，把脚上的泥巴跺掉，铲子上也都是泥巴，他们要拍掉，泥土掉在棺材上，发出空空的声音。我退到后面，绕过马车，能看到毛莱就在一个墓碑后面，又拿出瓶子喝了一口。我以为他会喝个没完因为我身上也穿着一身新西服，不过还好，马车轮子上还没有多少泥巴。只有母亲看到了，说我也不知道你什么时候会再做上这么一身新衣。毛莱舅舅说：“好了，好了。不要担心。你总还可以靠我的。”

可不是吗。一直都是。第四封信是他来的。不过没有打开的必要。这信我自己都会写了，甚至都可以跟她倒背如流，我要是写，最好再夹带十块钱以防万一。不过另外那封信我倒是有些预感。我就觉得她又要跟我玩什么花招了。第一次之后她学精了。她发现我跟父亲并不是一路。他们快把墓坑填满的时候母亲果然又哭了起来，所以毛莱舅舅和她一起上车先走了。他说你跟别人一起走吧；他们一定乐意让你搭车的。我得带你妈妈走。我有句话到了嘴边没说，是啊，你带两瓶就好了，谁让你只带一瓶。不过我想到我们现在在什么地方，所以任由他们走了。他们才不管我身上多潮湿呢，这样反而可以让母亲好生再闹一番，说如何如何害怕我得肺炎。

总之，我想起了这事来，看着他们铲土填坑，又拍着土，仿佛是在和灰泥什么的，或者是在装围栏，我开始觉得有些滑稽，于是决定在附近走走。我在想，如果我向镇里走，他们会赶上我，让我同行，所以我向着相反的方向，向黑人墓地走了过去。我躲到几棵雪松下面，这底下雨不大淋得到，只是偶尔滴下几滴来。从这里我能看到他们完成了仪式，动身离开。过了一段时间，他们都走了，我等了一小会儿，然后也出来了。

我得跟着小路走，好躲开湿漉漉的野草，所以快到跟前的时候我才看到她。她披着黑斗篷。还没等她转过身，我就认出她来了。她看着我，将面纱掀起来。

“你好，杰森。”她伸出手说。我们握了握手。

“你来这儿干吗？”我说，“我还以为你答应过她说你不会再回来了。我还没料到你会这么没脑子。”

“是吗？”她说。她又看了看花。这花一定都值五十块了。也有人给昆廷墓地上放了一束。“你是这么想的？”她问。

我说：“不过我也没感到吃惊。”我说，“你什么做不出来。你反正谁也不会考虑。别人死活你都不管。”

“噢，”她说，“那个职位啊。”她看着墓地。“很抱歉，杰森。”

“哼，你还觉得抱歉，”我说，“你现在怎么口气软了。不过你回来也没有必要。什么也没留下。你要是不信我，去问毛莱舅舅去。”

“我什么也不想要。”她说。她看着墓地。“为什么他们不告诉我？”她问。“我偶然在报上看到的。在最后一版。碰巧看到了。”

我没说什么。我们站在那里，看着墓地，接着，小时候的事情一件接一件浮上来，我又有了一种奇怪的感觉，说不清是生气还是什么。现在我在想，家里会让毛莱舅舅当家了，什么事情都是他来做主，比如让我在雨中独自回家。我说：“你还真是好心好意啊，他一死，你就偷偷跑过来。这对你又有什么好处。不要以为你能借这个机会浑水摸鱼跑回来。驾驭不了胯下马，下来走路能怪谁。”我说：“家里连你名字都不知道了。”我说：“你知道吗？我们甚至连你名字都不知道。你还不如和他，和昆廷在一起。”我说：“你知道吗？”

“我知道。”她说。“杰森，”她看着坟墓说，“你要是能安排我见她一会儿我给你五十块。”

“你没有五十块。”我说。

“行不行？”她说，眼睛没有看我。

“我来想想，”我说，“我不相信你有五十块。”

我能看到她的手在斗篷下动，接着她伸出手。还真他妈都是钱。我能看到两三张黄色的。

“他还给你钱吗？”我问，“他一般给你多少？”

“我给你一百，”她说，“行不行？”

“等一下，”我说，“我说了。你给一千块我都不让她知道。”

“好的，”她说，“就照你说的去做吧。你就让我看她分把钟都行。我不会来乞求什么的。我看了马上就走。”

“把钱给我。”我说。

“看了再给。”她说。

“你不信任我？”我说。

“不是，”她说，“我了解你。我可是跟你一起长大的。”

“就凭你，还说什么信任不信任的。”我说。“好吧，”我说，“我不能老这么淋雨啊，再见。”我做出走开的样子。

“杰森。”她说。我停了下来。

“什么？”我说，“快点！我淋湿了。”

“好吧，”她说，“给你。”四周都看不到人。我走了回去，把钱拿了。她仍抓着没放。“你说到做到？”她透过面纱看着我，“你答应吗？”

“放开，”我说，“你希望有人过来看到我们不成？”

她把手放开了。我把钱装进口袋。“你会做到吧，杰森？”她问道，“要是有别的法子，我也不会来找你。”

“你这说的才是人话，哪里还有什么其他的鬼法子，”我说，“我当然会做到。我不是说我会做到吗？不过你现在要按我说的办。”

“好的，”她说，“我会的。”于是我告诉她去哪里，我自己去出租马车行。我匆匆忙忙赶了过去，到那儿他们正要把马卸下来。我问钱付过没有，他说没有，我说康普森太太忘了什么东西现在要用车，于是他们把马车给我了。是明克赶的车。我给他买了一支雪茄，我们开着车转来转去直到偏僻小街上夜幕降临，这样大家就看不出他来了。接着明克说他要把马赶回去，我说我再给他买支雪茄，于是我们把车赶进小巷。我从院子里跑过去，进了屋子。我在厅里停住，直到能听到母亲和毛莱舅舅在楼上的声音，接着我回到了厨房。她和班都在，和迪尔西在一起。我说，母亲要她过去，于是我把她带进大屋子。我找到毛莱舅舅的雨衣，给她裹上，将她抱起来，回到小巷，上了马车。我叫明克把车赶到车行。他怕经过车行，于是我们从后头走，我看到她站在街角，在路灯下面，我叫明克挨近人行道一点，等我说“走吧”

的时候，就用鞭子抽一下这些马。然后，我把她身上的雨衣脱了，把她举到窗前，凯蒂看到了她，差点跳过来。

“抽吧，明克！”我说，明克猛甩了一鞭子，我们像消防车一样从她身边冲了过去。“现在，上那火车吧，这可是你答应过的。”我说。我们能从后窗里看到她在后面追着。“再抽一下，”我说，“我们回家去吧。”我们转过拐角，她仍在跑着。

那天晚上，我把钱数了数，收了起来，感觉还真不赖。我说了我会给你看的。我估计现在你该知道了，你搅黄了我的工作，我怎会白白放过你。我从没想到她会食言，没去乘那班火车。可是我那时候还搞不懂女人；那时候她们说什么我就信什么，因为次日早上她居然跑到店里来了，只不过她还不算太糊涂，戴着面纱，跟谁都没说话。那是星期六的早上，因为我在店里，她径直走到后面我的办公桌前，步子很快。

“骗子，”她说，“骗子。”

“你疯了？”我说，“你什么意思？干吗这样跑过来？”她要张嘴，可是我把她的话堵住了。我说：“你已经害我丢了一份工作，你还想让我把这个也丢了？你要是有什么话跟我讲，天黑之后我们找个地方见面好了。有什么要跟我说吗？”我问。“我说的样样不都做到了吗？我说看她一会儿，不是吗？是不是，你是不是看了一会儿？”她只是站在那里看着我，像打摆子一样浑身发抖，她的手握成了拳，像是在抽动。“我都按我说的做了。”我说。“你才骗人。你答应坐火车走的。是不是？你不是答应过的吗？你可别想把钱讨回去，门都没有。”我说。“你也不想想我冒着多大的风险，就是给我一千块都不够。要是17次车开走了你还在镇上，”我说，“我可要告诉妈妈和毛莱舅舅了。这样下次再看到她，你可就要屏住呼吸长等了。”她只是站在那里，看着我，双手扭在一起。

“你该死，”她说，“你该死。”

“当然，”我说，“这也没事。你给我听好了。17次开走了你还在，我就告诉他们。”

她走了之后我感觉好多了。要我说，下次再要搅和人家答应我的工作，她就该三思了。我那时候还是个孩子。大家怎么说我怎么信。可是从那以后，我学乖了。此外，我都说了，估计我也不需要谁来帮衬才能长进，过去我不一直是靠自己的吗？突然我想到了迪尔西和毛莱舅舅。我想到她可以蒙哄迪尔西，而毛莱舅舅你给他十块钱让他干啥都行。而我呢，困在这店里面，连自己的母亲都保护不了。像她说的那样，要是我们中间有个人要走掉，感谢上帝，还能把你留下，让我有个依靠，我说好的，我估计我最远也不过是去店里，还算能照应到你。家产少归少，总还要人照顾。

我一回到家就把迪尔西这边给解决了。我告诉迪尔西，说她有麻风病。我把《圣经》拿出来，念了上面说有人肉烂掉往下掉的那一段，我告诉她说她要是看她或是班或是昆廷，他们也会得麻风病。所以我以为我一切都安排好了，可是突然有一天，回到家里的时候，我看到班在哭号。惊天动地地大闹，谁也没法让他安静下来。母亲说，好了，把拖鞋给他。迪尔西装作没听见。母亲又说了一遍，我说我去，我说我受不了他这么闹。我说了，我能忍受很多东西，我对大家也没多大指望，可是我他妈在这店里一天忙到晚，这他妈回家想安安静静吃顿饭总归可以吧。所以我说我去吧，迪尔西马上就说：“杰森！”

突然之间，我豁然明白过来，知道发生了什么事，不过为了确认一下，我去把拖鞋拿回来了，不出我所料，他一看到，就仿佛我们在杀他似的。我要迪尔西老实交代，接着我跟母亲说了。然后我们送她上床睡觉，可是等事情平息了一下，我狠狠教训迪尔西不要无法无天。总而言之，一个黑鬼能教训到什么地步，我都尽量做到了。黑鬼用人麻烦就麻烦在这里，跟你久了，就自以为是，就贱了。还以为自己是一家之主。

迪尔西说："我搞不懂，这孩子也怪可怜的，让她看看自己的宝宝咋就不行了呢，"迪尔西说，"要是杰森先生还在世，可不会是这个样子。"

"只可惜杰森先生已经不在世了。"我说，"我知道你不会听我的，可是估计你会听妈的吧。你老让她这么操心，迟早也会让她一命呜呼，那时候你就阿猫阿狗什么人都带到家里来了。再说了，你让那个该死的小子看到她做什么？"

"杰森，你要还是个人的话，也算狠心人了，"她说，"感谢上帝我比你心好，哪怕我是黑人的心。"

"我要不是人，家里面粉桶能装得满满的靠的是谁。"我说，"下次你再这样，我让你一口也吃不上。"

因此，下一次和她联系的时候，我说她要是再找迪尔西，母亲会把迪尔西辞退了，把班送到杰克逊去，然后带着昆廷离开。她看了我一会儿。附近没有路灯，我看不到她的脸。但我能感觉到她在看着我。我们小的时候，她一生气，又没有别的办法，上嘴唇就开始跳。一跳就能露出一点牙齿来，这期间她一直像根桩一样一动不动，除了跳得越来越厉害的上唇，她浑身一动不动。但她没开口。最后只是说了句：

"行。多少钱？"

"这么算吧，上次从出租马车窗户里看一下值一百块的。"我说。因此，这次之后她还算老实了，只有一次，她要看银行对账单。

"我知道支票后面有母亲签字，"她说，"但我想看看银行对账单。我想知道这些支票都用到了哪些开支上。"

"这是母亲的私事，"我说，"如果你觉得你有权利窥探她的私事，我会告诉她，说你认为这些支票被挪用了，你不信任她，想审核下。"

她什么也没说，也没有动。我能听到她低声在说你该死啊真该死啊真该死之类。

“大声说出来，”我说，“我们互相怎么看估计也不是什么秘密了。也许你是想把钱讨回来吧。”我说。

“听着，杰森，”她说，“现在你别骗我。至于她。我不要求看到什么。如果钱不够，我每个月多寄来一点也可以。只要你答应她能够——她会——这你能做到吧。她要的东西。善待她。这些小事情，我办不到的，他们不让我……但你不会做到的。你身上一滴热的血都没有。听着，”她说，“要是你能让母亲把她还给我，我就给你一千块。”

“你根本都没有一千块，”我说，“我知道你在说谎。”

“有的，我有的。我会有的。我能去挣。”

“我知道你怎么挣，”我说，“你会用怀上她的方法去挣。等她长大了——”然后我看她像是想打我，但是接着我看她又茫然无措了。像是一个玩具，里面弹簧绷得紧紧的，随时可能崩成无数片的样子。

“我，我疯掉了，”她说，“我真是疯了。我没法带她的。你自己养吧，我在想什么呢，杰森。”她抓着我的胳膊说。她的手很烫，像发了烧。“你得答应好好照料她，要——她是你亲戚，也和你血脉相连哪。答应我，杰森。你名字都跟父亲一样：换了他，哪里要我求两遍？甚至都不需要张口。”

“是这样的，”我说，“他是留给我一些东西。不过你要我怎么办，”我说，“去买条围裙，买辆学步车？你遇到这些事怪不得我，”我说，“我的风险比你大，因为你没有什么后顾之忧。所以说如果你指望——”

“不是的。”她说，接着她笑起来，却又想忍住。“没错，我哪里有什么后顾之忧，”她说，笑得直打嗝，把手放到嘴前。“没——没——没有——”她说。

“好了，”我说，“快别笑了。”

“我不是在——在停吗。”她说，用手捂住嘴，“哦天啊，天啊。”

“我要离开这儿了，”我说，“我不能让人看到我在这儿。你离开镇子，听到没有？”

“等等。”她抓住我的胳膊说。“我停住了，我再也不会笑了。你能答应我吗，杰森？”她说，一双眼睛死死盯着我，仿佛贴到我脸上似的，“你答应了？母亲——那笔钱——要是她有什么需要开销的——要是我送支票来给她，除了这些之外还有一些，你能交给她吗？你能不讲吗？你能让她添置些平常女孩用的东西吗？”

“当然可以，”我说，“只要你规矩点，听我吩咐就行了。”

于是，等厄尔戴着帽子从前面过来的时候他说：“我去罗杰斯店里吃点东西，估计我们没时间回家吃晚饭了。”

“怎么会没时间呢？”我问。

“因为镇上的演出，”他说，“他们下午也表演，大家都希望早点结束交易，去看演出。所以我们最好去罗杰斯店里吃。”

“好吧，”我说，“胃可是长在你身上的。你要真是成了店面的奴隶，我没意见。”

“我估计你从来都不愿意当任何店面的奴隶吧。”

“除非是我杰森·康普森本人的店面。”我说。

等我到了后面打开之后，我吃惊了，里面装的是汇票而不是支票。你说是不是。女人一个都信不得。我冒了这么多风险，她一年来这里一两回，我冒着让母亲发现的风险，我还得跟母亲撒谎，这也是风险。你就这么报恩。她没什么做不出来，估计都已经通知了邮局，说除非她本人，他人不得支取。这么小的孩子你居然让她来取五十块钱。我二十一岁之前就从没见过二十五块钱，别的孩子每天下午和星期六整天都在玩，我还得在店里干杂活。我都说了，她这样背着我们给她钱，你叫我们怎么去管她。我说了，她跟你住的是一样的家，是用一样的办法带出来的。你现在一个自己的家都没有，估计母亲比你更了解她的需要吧。“如果你想给她钱，”我说，“你就寄给母亲，别寄给她。如果让我每几个月冒这样一次风险，你就得按照我说的来做，否则一切免谈。”

等我就要动笔的时候——要是厄尔以为我会照他说的，冲到街上，草草啃两口两毛五分钱的让人消化不良的垃圾食品，他可就大错特错了。或许我不是高高在上把脚搭在红木办公桌上，可是在这楼里，我为我做的事情拿钱，要是我赚不足钱去过文明的生活，我会另寻出路。我能靠自己；我才不需要靠谁的红木办公桌来给我撑腰。可是每当我要动笔的时候，总会有个乡巴佬跑过来，要买个五分钱的钉子什么的，害我得把什么都放下。而厄尔在半路上快回来了，边走边啃那三明治，这时候偏不巧，所有空白支票都没了。我才想起来要去多弄一些，可是晚了，就在我抬头的时候，她来了。在后门。我听到她问老约伯我在不在。我赶紧把东西放进抽屉里，把抽屉关上。

她到了我办公桌前。我看了看表。

“你吃饭了吗？”我说，“才十二点，我刚听钟响。你难道是飞回家再飞回来的。”

“我不回家吃饭了，”她说，“今天有我的信吧？”

“你在等信？”我说，“你有个会写字的心上人？”

“妈的信，”她说，“妈给我来信了吗？”她看着我说。

“她写了一封信给母亲了，”我说，“我还没有打开。你得等她拆了才能看。我想她会让你看的吧。”

“拜托了，杰森，”她不管我的话接着说，“有没有我的信？”

“怎么回事？”我说，“我还真不知道你能为一个人这么着急。你一定是指望她给你寄钱吧。”

“她说她——”她说。“拜托了，杰森，”她说，“有没有？”

“看来今天你是去学校了，”我说，“这地方教你说‘拜托’了。你等等，我去照应一下顾客。”

我去照应那人。当我转身回来，她躲在办公桌后面看不见了。我跑了过去，跑到办公桌后面，抓住她正从抽屉里抽出来的手。她抓着信，我按住她的手向桌子上砸，直到她松开手。

“你胆子不小啊，啊？”我说。

“把它给我，”她说，“你都已经打开了。你给我。拜托了，杰森。这是给我的。我看到了上面的名字。”

“我要拿条马鞍绳来抽你，”我说，“得这么对付你。居然翻我的东西。”

“里面有钱没有？”她说，一边伸手过来，“她说会寄钱给我的。她答应寄的。给我。”

“你要钱干什么？”我说。

“她说她会寄，”她说，“给我。拜托了，杰森。我以后什么都不找你要了，要是你这次能给我的话。”

“我会给的，但是你要给我一点时间。”我说。我把信和汇票拿出来，把信交给她。她伸手来拿汇票，信看都不看。“你先给我签字。”我说。

“多少钱？”她问道。

“看看信，”我说，“我想信里会说。”

她三眼两眼就看了。

“里面没说，”她抬起头说。她把信丢到地板上。“多少钱？”

“十块钱。”我说。

“十块？”她盯着我说。

“你他妈拿到这个钱该开心了，”我说，“就你这么大个人，突然这么着急要钱干什么？”

“十块？”她像在梦游一样说，“才十块？”她突然要抢支票。“你说谎。”她说。“小偷！”她说，“小偷！”

“你还真敢抢？”我挡住她。

“给我！”她说，“是我的。她寄给我的。我会看到的。我会的。”

“你会吗？”我拦住她说，“你打算怎么看？”

“就让我看看，杰森。”她说，“拜托了，我别的什么都不找你要了。”

“你以为我骗你，是不是？”我说，“就凭这个我也不给你看。”

“但是才十块吗，”她说，“她跟我说她——她跟我说她——杰森，拜托，拜托，拜托了。我得有点钱才行啊。一定得有一点。一定要啊。给我吧，杰森。你要是给，你让我干吗都行。”

“跟我说说你要钱做什么去？”我说。

“我真是需要啊。”她说。她看着我。突然间，她眼睛丝毫没动，但不是在看着我了。我知道她要撒谎了。“我欠了人家一点钱。”她说，“我得还。我今天就得还。”

“欠谁的？”我说。她的手在扭动。我能看到她在绞尽脑汁想说个什么谎。“你该不是又在哪家店里赊账了吧？”我说，“你不用费心来跟我说这个了。你要能在镇上找到在我打过招呼后还赊账给你的人，赊到什么我吃什么。”

“是个女孩。”她说，“是个女孩。我找一个女孩借了钱。我得还了。杰森，给我吧。求求你了！你让我干吗都行。这钱我真是需要。母亲会还给你的。我会写信要她还给你的。我再也不找她要别的了。你可以自己看信。拜托了，杰森，我真的要钱用。”

“你跟我说要钱干吗，我再安排，”我说，“跟我说吧。”她只是站在那儿，手绞着裙子。“好了，”我说，“如果十块钱你嫌少，我带回去给姥姥了，你知道到了她手里会怎么样的。当然，要是你真是富得连十块钱都不肯要——”

她站在那儿，看着地板，似乎是在喃喃自语。“她说过给我寄钱来的。她说她寄钱来了你说她没寄。她说她寄了不少过来。说是给我用的。说一部分是给我用的。你说我们一分钱都没有。”

“我知道的你也都知道，”我说，“你都见到了这些支票是什么下场。”

“是的。”她说，眼睛看着地板。“十块钱，”她说，“十块钱。”

“为这十块钱你就谢天谢地吧。”我说。“在这儿。”我说。我把汇票扣在桌子上，用手按着：“签字。”

“你让我看看不行么？”她说，“我只是想看一看，上面怎么写的都没有关系，我只要十块钱。剩下的你拿去。我只是想看一看。”

“你做出这些事情来，还想让我给你看，”我说，“你得长点见识，我要你干吗你就得干吗。把名字签在这条线上。”

她拿过钢笔，可是没有签字，只是低着头，钢笔在手里发抖。就跟她妈一个样。“哦，上帝啊，”她说，“哦，上帝啊。”

“是的，”我说，“如果别的你没有学到，这个总该会吧。签字吧，然后给我滚出去。”

她签了字。“钱在哪里？”我拿过汇票，把墨吸了，放入口袋。然后我给了她十块钱。

“下午你回学校去，听到没有？”我说。她没有回答。她把票子揪在手里，仿佛这是一块抹布之类的东西，然后从前门走了出去，这时候正好厄尔过来。有个客户跟他一起进来了，他们在前面停住。我把东西收拾好，戴上帽子，走到前面。

“事儿挺多？”

“还好。”我说。他朝门外看去。

“那儿停的是你的车子？”他说，“最好别回家吃晚饭了。演出之前可能要忙上一阵子。去罗杰斯那儿吃点东西吧，回头要张发票放抽屉里。”

“多谢了，”我说，“估计我还能填饱肚子。”

他就站那儿，跟只老鹰一样盯着门，直到我再次从门里过来。是的，他最好得看上一阵子；我只不过在尽力而为。上一次我说，那是最后一个了，你得记着马上弄点来。可是这么呜啦乱叫之中，谁能有什么记性？现在这该死的演出，早不来晚不来，赶在这个时候，我还得在镇上满世界去找一张空白支票，还得忙好这些那些杂事，让这个家维持下来，还有这个厄尔，眼睛像老鹰一样盯着门。

我去了一趟印刷店，说是去找个哥们开个玩笑，可是那人说没空白支票。接着他叫我去老剧院看看，那儿有人存了不少纸张和废品，是老农商银行倒闭的时候留下来的，所以我又绕了几条小巷，免得给厄尔看到，最终我找到了老西蒙斯，从他手里拿来钥匙，上去翻找起来。最后我终于找到了一沓子圣路易银行的空白支票。当然，这次她会拿了仔细去看的。不过，也只能这样了，我再没有时间来浪费了。

我回到店里。“把一些文件给忘了，母亲要去银行。”我说。我回到自己办公桌边，把支票弄好。我想赶紧了了这事，我跟自己说，也幸亏她现在眼神不大好使，家里有这个小骚货在烦着，母亲这么个忍辱负重的信主之人，日子哪里能好过？我说你跟我一样知道她以后长大了是怎么个货色，不过我说如果您为着父亲的缘故，非要把她留在家里养着，这是您的事。然后她就会哭起来，说也是她的亲骨肉啊，我就说行行。随便你吧。您受得了我也受得了。

我又把信收拾好，重新封上，走了出去。

“要是没别的事，就不要出去太久。”厄尔说。

“行啊。”我说。我走到电报局。那帮子机灵鬼都还在。

“哥几个谁成百万富翁没有？”我说。

“市场是这个样子，谁能有什么办法？”大夫说。

“现在什么行情？”我问。我进去看了看。比开盘时低了三个点。“哥几个不会遇到棉花市场行情这种小事，就给打垮吧？”我说，“我还以为你们多聪明。”

“聪明个屁，”大夫说，“十二点跌了十二个点，我全赔光了。”

“十二个点？”我说，“妈的怎么没人告诉我？你怎么不告诉我。”我问电报员。

“我收到什么算什么，”他说，“我不是做黑庄的。”

“你很聪明，是不是？”我说，“我在你这里花了这么多钱，你给我来个电话总成吧。没准你的公司是跟东边那些大骗子一伙的。”

他没有说什么。装作很忙的样子。

“我看你是尾巴翘起来了，”我说，“接下来，你可要靠力气吃饭了。”

“你怎么回事？”大夫说，“你不还是赚三个点吗。”

“是啊，”我说，“如果我碰巧卖掉才算赚。我想我没提过这个。哥几个都赔了吗？”

“我两次差点栽了，”大夫说，“幸亏及时掉头。”

“哎，”艾·奥·斯诺普斯说，“我就栽了，我估计，这霉运我偶尔摊上一回也算公平。”

所以我任由他们自己按五分钱一个点买来买去。我找到一个黑鬼，让他去取我的车，我站在街角等着。我没看见厄尔在街上来回看，一只眼睛盯着钟，因为我从这里看不到店门。过了大约一个星期后，他说起这个话题来。

“你他妈去哪儿了？”我说，“神气活现开车兜风好让那些黑妞看见是不是？”

“我是直接就过来的，”他说，“我得绕开广场，那儿都是些该死的马车。”

我发觉所有黑鬼都这样，不管干什么，总能找到个滴水不漏的借口。不过你要是放任他们去开车，他们不去卖弄一番才怪。我上了车，绕着广场往前走。我看到厄尔在广场对面，在门口站着。

我直奔厨房，要迪尔西快点准备吃饭。

“昆廷还没来。”她说。

“那又怎么样？”我说，“接着你会跟我说拉斯特也还没准备好吃饭。昆廷知道家里什么时候开饭。快点吧，马上。”

母亲在她的房间里。我把信交给她。她打开了，拿出支票，放在手里。我到角落里拿出铲子，给了她一根火柴。“来吧，”我说，“烧了。要不过一会儿您又要哭起来。”

她拿着火柴，可是没有点。她坐在那里，看着支票。就像我说的那个样子。

“我不想这样做，”她说，“多个昆廷，增加你的负担……”

“我猜我们能处好的，”我说，“来吧。烧掉它。”

但她只是坐在那里，手里拿着支票。

“这个银行怎么换了，”她说，“过去一直是一家叫印第安纳波利斯的银行。”

“没错，”我说，“女人现在也可以这样了。”

“可以什么？”她问道。

“在两个不同的银行存钱。”我说。

“哦。”她说。她看了一会儿支票。“我很高兴知道她这么……她有这么多……上帝看到我做得对。”她说。

“来吧，”我说，“烧掉吧。这趣事咱们给办完吧。”

“趣事？”她问道，“每当我想起——”

“我还以为您喜欢每个月烧这两百美元呢，”我说，“来吧，马上。

要我点火柴吗?”

“我勉强收下来也行,”她说,“为了孩子。我还没那么骄傲。”

“您从来都不知足,”我说,“您知道您为什么不知足吗?这账您都算过了,就这么一了百了下去吧。我们能对付的。”

“那我都听你的,”她说,“不过有时候我害怕这么做,是把应当归你所有的东西剥夺了。或许这样我会遭到报应。要是你希望我这么做,我就把自己的骄傲压下去,接受下来。”

“您都烧了十五年,现在怎么又想变卦?”我说,“您要是接着这样做,什么都不会损失。要是现在开始接受,您已经丢了五万块了。我们这么多年也都这么过来了,是不是?”我说,“我还没看到您进贫民院。”

“是啊,”她说,“我们巴斯康家的人不需要别人的施舍。更不要说是一个堕落的女人。”

她点着火柴,将支票点着,放入铲子里。然后把信封也烧了,看着它们燃烧。

“你不知道这是什么感觉,”她说,“感谢上帝,你永远不用知道当妈的感觉。”

“世上还有好多女人比她也好不到哪里去。”我说。

“可是她们不是我女儿,”她说,“也不是我自己。”她说:“尽管她有这些罪孽,我还想让她回来,她毕竟是我亲骨肉啊。我这样还不是为了昆廷着想。”

罢了,我都想说昆廷这样子还怕谁能伤害她,可是就像我说的那样,我过日子要求也不高,只想平平静静吃饭睡觉,不要几个妇女在家里咋咋呼呼又哭又闹。

“也和你骨肉相连哪,”她说,“我知道你对她的印象。”

“让她回来就是了,”我说,“我无所谓。”

“不行，”她说，“这样愧对你父亲在天之灵哪。”

“赫伯特把她赶出去的时候，父亲不是一直劝您让她回来的吗？”我说。

“你不懂。”她说。“我知道你不是有意这么雪上加霜。不过我为自己的孩子受罪是应当的，”她说，“我还能忍。”

“看来您受这罪也是吃力不讨好。”我说。纸烧完了。我端到壁炉前，撒到炉格子上。“好端端的把这钱烧掉，真是可惜啊。”我说。

“但愿我有生之年千万不要看到我的子女这样，遭到这样的报应。”她说，“我宁可先看到你进棺材。”

“随您的便吧。”我说。“我们是不是马上吃饭啊？”我说，“要再不吃，我得马上赶回去了。我们今天挺忙的。”她开始起床。“我跟她说过一遍了，”我说，“好像她是在等昆廷、拉斯特还是别的什么人。好，我来叫她。等等。”可是她站到楼梯顶叫了起来。

“昆廷还没回来呢。”迪尔西说。

“那好，我直接回去了。”我说。“我去镇上弄个三明治得了。我不想打乱迪尔西的安排。”我说。这么一说，她又哭了起来，迪尔西一瘸一拐走着，嘴里念念有词。

“好了，好了。我尽快开饭好不。”

“我是想让你们大家都开心，”母亲说，“我尽量不让任何一个人为难。”

“我没抱怨啊，是不是？”我说，“我不就说我要回去上班吗，还说过别的吗？”

“我知道，”她说，“我知道你没有别人的发展机会，你埋没到了一个乡下小店里。我也要你出人头地啊。我知道你父亲怎么也不会想到家里就你还有点生意头脑，可是等别的安排都泡汤了，我还相信，等她结婚了，等赫伯特……还有他答应过——”

“嗯，他大概也是撒谎，”我说，“他或许连自己的银行都没有。即便他真有银行，也不会大老远跑到密西西比来找人。”

我们吃了点东西。我能听见班在厨房里的声音，拉斯特在喂他。我说过，要是家里吃饭多了一张口，她又不肯收那钱，为什么不送班去杰克逊。周围都是和自己一样的人，他去那儿还开心些。我说了，上帝都知道，我们这样的人家哪顾得上什么自尊。就是没什么自尊的人，也不会喜欢看这么一个三十多的人跟黑人小孩在院子里玩，沿着围栏跑来跑去，一看有人打高尔夫就跟母牛一样叫起来。我说了，如果把他送去杰克逊，大家日子都会好过些。我说了，您对他的义务也都尽过了，做人的本分您也都做到了，其实比大多数人都要好，所以为什么不送到杰克逊去，这样好歹我们也能把缴的税捞一点回来。她就说:“我是快走的人了。我知道我对你们是个负担。”我说:“您这话一说再说，我都相信您了。”不过我又说您可得考虑好了，不要让我知道您要走，是因为我肯定要把他送上17次车。我还说，我还知道有个地方肯收留她，这地方可不叫牛奶和蜜大道。然后她就哭起来，我就说好了好了，我跟大家一样，对自家亲人一样有我的自尊，哪怕我不知道我这些家人都是从哪里来的。

我们吃了一会儿。母亲又打发迪尔西去门口找昆廷。

“我跟你说几遍了，她不会回来吃饭的。”我说。

“她还不至于这么糊涂吧，”母亲说，“她知道我不允许她在街上乱跑，到了吃饭时间也不回来。你好好找过没有，迪尔西?”

“那就别由着她啊。”我说。

“我有什么办法，”她说，“你们都跟我对着干，个个都是。”

“要是没人来干涉，我会让她听话的，”我说，“不出一天，我就能让她乖乖听话。”

“你会对她太粗暴，”她说，“你的脾气跟你毛莱舅舅一样。”

这么一说，我想起那封信来。我拿出来递给她。“您不用拆了，”我说，“银行会告诉您这次欠了多少钱。”

“是写给你的。”她说。

“您就拆开吧，”我说。她拆开信，读了，然后递给我。

“‘亲爱的外甥，’信里写道。

“‘你必定乐于知悉，我近来有望取得一发展良机，具体情况不便在信中详说，需等待机会以更妥善的方式透露于你。其中原因不妨向你明言。根据我的经商经验，传达机密事宜务必谨慎，切不可采取口授之外的任何实体媒介。由我如此谨慎之极的态度，你当能揣知此事的价值。无须多言，我对此事方方面面已有过极彻底的调查，可以毫不犹豫地告诉你，这实在是百年一遇的良机。我多年来孜孜以求的目标如今真真切切地近在眼前：比如，我的经济实力会极大巩固，借此我亦能使家族复兴。我有幸是家族中唯一的男性继承人，当然我也将你的淑女出身的母亲和她的子女包括在家族之内。

“‘然而，我暂时没有能力充分利用这次机会。我想，与其求诸外人，不如从你母亲的存款中支取一小笔，足以补充我的初始投资即可。作为一种形式，兹附上手书字据一份，年利率以百分之八计。无须多言，这仅为一种形式，是为了在这个好捉弄人的世道中给你母亲以保护。因为我自然会像对待自己的钱一样对待你母亲的钱，要让你母亲在此机会中获益。我的充分调查已表明，这个机会如飞来横财——请允许我用此俗语——天上掉的金银财宝啊。

“‘你当能理解，此事是我们两个生意人之间的机密；肥水不流外人田，是不是？鉴于你母亲身体欠佳，南方大家闺秀亦羞于谈论商务，况且她们具有率真的可人天性，言谈中难免泄露此类事宜，我建议你万不可向她提及。我思虑再三，还是建议你不要提及。最好在将来某个时间，我将这笔钱和其他零星欠款汇齐后，归还到她的银行账户即可，对此事则只字不提。我们有义务不让她沾惹这些世间俗务。

“‘对你挚爱有加的，

毛莱·L. 巴斯康’。”

“您打算怎么办？”我问。我把信丢到桌子那边。

“我知道你不喜欢我给他钱。”她说。

“是您的钱，”我说，“您就是扔给天上的飞鸟，那也是您的事。”

“他好歹是我亲兄弟，”母亲说，“他也是最后一个巴斯康家族的人。我们都死了之后，这个家族也就没了。”

“这样的话，我估计世上也会有人难以接受吧。”我说。“好了，好了，”我说，“是您的钱，您自己随便处置。您要不要我告诉银行去支付？”

“我知道你恨他，”她说，“我意识到你肩上的负担。等我走了，你日子就会好过一些。”

“要想好过一些，我现在就可以办到，”我说，“好了，好了，我不再提了。您把疯人院搬到我家来都行。”

“他是你的亲兄弟啊，”她说，“只不过他有点残疾罢了。”

“我要用一下您的支票本，”我说，“我今天要取支票。”

“他让你等了六天，”她说，“你肯定这生意靠得住吗？我觉得奇怪，好端端的不欠不亏的生意，怎么会没钱按时给员工付工资呢？”

“他没事，”我说，“就跟银行一样可靠。我跟他说在我们自己每个月账务收清之前，让他别来烦我们。所以有时候他会迟那么几天。”

“我给你的一点投资，还可能给丢掉，这事想来我就不是滋味。”她说，“我总觉得厄尔这个生意人也不厚道。你投了钱，有知情权，但是生意上的事他也不老实跟你讲。我要找他谈谈。”

“不用了，您还是别惹他吧，”我说，“这是他的生意。”

“你也有一千块投在上面了。”

“您别去惹他，”我说，“我盯得也紧。我有您的委托代理书，没什么事的。”

“你都想不到你给了我多大的宽慰，”她说，“你过去就一直是我的骄傲我的喜乐，可是你自愿过来，要每个月把你的工资以我的名义存下来，我就感谢上帝，要是其他几个都离开，幸亏还把你留给我了。”

“他们也没事，”我说，“他们我估计也是尽力而为了。”

“你用这种口气说话，我就知道你在怨恨你死去的父亲了。”她说，“你应该也有这个权利。不过听到你这么说话我心如刀绞。”

我站了起来。“您要是想哭的话，”我说，“那您自己去哭好了，因为我要回去了。您得把支票本给我。”

“我去拿。”她说。

“您不要动，”我说，“我去拿好了。”我上了楼，从她桌子抽屉里取了支票本，回到镇上。我到了银行，把支票、汇票还有另外那十块钱存了。然后我又到了电报局。现在比开盘时高了一个点。我已经损失十三点了，这都是因为她早不来晚不来，十二点的时候过来闹，害得我还为这信担心。

“报告是什么时候来的？”我问。

“大约一个钟头之前。”他说。

“一个小时之前？”我说。“我们花钱是让你干什么的？”我说，“让你做周报吗？你这样让我们能做什么？整个房顶都要掀了，我们还什么都不知道。”

“我估计你也不会做什么，”他说，“法律条文变了，都要大家去炒棉花市场了。”

“是吗？”我说，“我没有听说。估计如今新闻都通过西联汇款来寄送了。”

我回到店里。十三个点。这玩意要说谁能搞明白，鬼他妈才信，除了纽约城那些坐办公室的家伙。他们成天就等着一伙乡下倒霉蛋送上门，求着他们把钱拿走呢。哼，有个人刚刚打电话过来表示他已经没什么信心了。就跟我说的一样，如果你不愿意听人建议，那白花这个钱做什么。再说了，这些人都在那边的现场跟着，到底发生什么事情，他们难道还不知道。我能摸到口袋里的一封电报。我得证明他们是用电报局在搞欺诈。要是这样，那就说明他们是在暗地里搞欺诈。我也不会那么举棋不定的。要是像西联这样资本雄厚的大公司都不能按时拿出市场报告来，那也真他妈见了鬼了。要是你的账户清空了，他们应该会更快地发电报过来才是。可是普通老百姓是死是活他们才懒得管。他们跟纽约那帮家伙是一伙的。这个谁都看得出来。

等我进去的时候，厄尔看了看手表。他没说什么话，等顾客都走了，他才说，

“你回家吃饭了？”

“我得去看牙。”我这么说，因为我去哪里吃饭关他什么事，只不过我得整个下午跟他一起待在店里。我忍他忍了够久啦，他还来这样跟我啰唆。要是把个乡村小店老板都当回事，那不等于一个才有五百块钱的人，却要为他操五万块钱的心。

“那你怎么不跟我说一下，”他说，“我还指望你马上回来呢。”

“我倒贴十块钱，把这牙跟你换都可以。”我说。“我们的协议规定了我有一个小时吃饭时间。”我说，“要是你不喜欢我这样，你知道该怎么办。”

“这点我认识到已经不是一天两天了，”他说，“要不是因为你妈，我也真的早下手了。我对她是很同情的，杰森。很可惜我认识的其他很多人还谈不上。”

“你这同情还是自己留着吧，”我说，“我们要是需要人来同情的话，我老早就会通知你。”

“你干的那事我已经给你瞒好久了，杰森。”他说。

“是吗？”我说，我让他接着说。我先不让他闭嘴，看他有什么要说的。

“那车是怎么来的，估计我比她清楚。”

“你是这么想的，是不是？”我说，“那你打算什么时候放话出去，说我是怎么偷我妈钱的啊？”

“我什么都不说，”他说，“我知道你有她的委托信。我也知道她还以为这一千块钱是投进了我这门面上。”

“好的，”我说，“既然你都知道这么多了，那我再跟你说点吧：去银行问问，我每个月第一天是用谁的户头存下一百六十块钱的。”

“我什么都不说，”他说，“我是要你从今往后小心点。”

我就没再说别的。这不会有什么好处。我知道一个人一旦认了死理，那就只好由着他。要是有人以为自己有什么逆耳忠言给你，你最好跟他说声：“晚安，再见！”我很高兴自己的良心还不至于那么脆弱，要像对待一只生病的小狗一样一直呵护着。要是我像他那样子，把这么个巴掌大小的生意维持到利润不到百分之八，那得多累！我估计他以为赢利超过百分之八，人家就要用盘剥罪来治他。一个人困在这么个小镇，困在这样的小生意上面，还能有什么机会？要是我把生意接过来，不出一年，赚的钱可以保证他一生不用再去干活，不过你就是给他赚了，他也会捐给教会什么的。我他妈就烦这种虚伪。自己搞不明白的事，就觉得是奸诈搞鬼，顿时觉得自己有什么道德义务，一逮着机会就把这些和自己本不相干的事情告诉给第三方。我说了，要是遇到什么不明白的事情，他都觉得是奸诈搞鬼，那么后面那些账本里面，肯定也能翻出什么名堂来，去告诉不相干的人，不过就我所知，他们没准比我更清楚，就算他们不知道，也和我他妈没多大关系。他说："我的账本谁都可以看。要是哪位女士对此有什么要求，或觉得自己有什么要求，我都欢迎她到后台来查。"

"当然，你不会说，"我说，"你不会说服自己的良心这样做。你会把她带到后面，让她查出来。你自己是不会说的。"

"我不是要干涉你的私事，"他说，"我知道你错过了昆廷那样的机会。不过你母亲日子过得也挺不幸的，如果她来问我你为什么不干了，那我只能跟她明说。这不光是那一千块钱的事。你自己知道。因为如果一个人的实际情况和他的账目对不起来，这人是行不通的。不管是为我自己还是为别人，我都不会向任何人撒谎。"

"那好，"我说，"我估计你的良心去给你当伙计，会比我更有价值，它还不用中午回家吃饭。但也不要让它来影响我的胃口。"我说：因为我能做好什么事呢，摊上这么一个鬼家庭，她压根儿不管她，谁都不管，比如那次她碰巧撞见其中一个亲凯蒂，第二天一整天她穿黑裙子戴着面纱在家里走来走去，就连父亲都没法让她说一句话，除了流着泪说她小女儿死了而凯蒂那时候才十五岁，照这样下去，再过三年她准要穿上粗毛衣或者砂纸做的衣服。你是不是觉得我能看着她跟着每一个来镇上的旅行推销员在街上乱跑，我说，还跟那些新来的推销员说到了杰弗逊哪里能找到漂亮妞。一大家黑人要靠我吃饭，还把州精神病院一年级优等生硬留在家里，我也没多少自尊可言了。要论血缘，我说，我这家族是出过将军和州长的。幸亏我们家没出过国王和总统，否则，大家都在杰克逊追蝴蝶呢。我说如果他是我生的也够倒霉，但起码一开始我就知道他是野种，如今恐怕上帝都搞不清这笔糊涂账了。

过了一会儿，我听到乐队演奏起来，接着人开始散了。一个个全都去看演出了。买一根两毛钱的马缰绳还讨价还价，就为省下一毛五去孝敬那帮北方佬，这伙人为了取得演出许可或许只花了十块钱。我回后面去了。

“嗯，”我说，“你要是不小心，那螺栓可要长你手里去了。这样我得拿斧头把它剁掉。你要是不把这些耕作机收拾停当，你想那些象鼻虫会去吃什么？”我说：“难道去吃鼠尾草？”

“这帮伙计喇叭吹得倒还行啊，”约伯说，“听说演出的这帮家伙拿把手锯都能弹出曲子，就跟抄个班卓琴一样。”

“听着，”我说，“你知道这演出队付多少钱来演出？大概十块钱。”我说：“现在这十块钱就揣在巴克·托平口袋里呢。”

“他们给巴克先生十块钱做啥？”他问。

“取得演出许可啊，”我说，“这样你会看到让你一饱眼福所花的本钱了吧。”

“你是说他们只要花个十块钱就能来这儿演出？”他说。

“就这么多，”我说，“你估计他们能挣——”

“乖乖，”他说，“你是说他们来这里演出还得掏腰包？要是能去看那人用手锯拉曲子，俺掏十块钱都干。要是这样的话，我估计到了明天早晨还差他们九块七毛五呢。”

北方佬还胡扯八道说要黑鬼进步。让他们进步去，叫我说。让他们可劲儿进步，最好进步到路易威尔以南牵着条猎狗都找不到一个才好。因为我跟他说他们选星期六晚上来，第二天早上从我们县里赚走起码一千块的时候，他说：

“我不讨厌他们。这两毛五我还花得起。”

“两毛五个屁，”我说，“两毛五不过是一开始的毛毛雨。还有一毛钱或者一毛五的糖果之类怎么算？还有你看这乐队演出浪费时间怎么算？”

“这倒是实话哩，”他说，“要是咱晚上还活得好好的，他们又要多从我们这镇上拿走两毛五了，这肯定的。”

“那是你蠢。”我说。

“这个嘛，”他说，“俺也不跟你争了。蠢要是算犯罪，那么服苦役的囚犯就不全是黑人啦。”

说来也巧，这时候我正朝小巷看过去，就看到她了。我退到后面看表的时候，没看到她边上那人是谁，因为我在看表。可是才两点半，离放学还差四十五分钟，除了我，谁也没想到她这时候跑出来。我在门口张望的时候，首先看到的是那红色领带，我在想，谁他妈会打一个红领带呢。可是她鬼鬼祟祟在巷子里走，一边盯着门，所以等他们走过，我才琢磨这个男的。我在想她是不是太不把我当回事了，不但不听我的话逃学，还打店前面过，以为我不会看到。只不过她没法往店里看，因为阳光直射店里，亮闪闪的，看过来就如同看着车大灯一样，于是我就站在那里看着她走过，那脸涂得就像一该死的小丑，头发也抹了油拧巴起来，那衣服穿得，如果在我年轻那会儿，一个女人就算在盖苏街或是比尔街穿成她那样子，大腿和屁股都盖不住，警察都会给抓起来丢进牢里。我敢说，女人穿这种衣服，就是想让大街上碰到的每个男人看了都想上前摸一把。我想哪个男人会打红色领带，突然间我想起来他是个来演出的，就仿佛是她亲口跟我说的那样。哼，我这人也算能忍的了。要是我他妈不能忍，当场还不知道发作成什么样子。于是，等他们转过街角，我就跳起来跟了过去。为着母亲的名誉，我这一大下午连个帽子都没戴，在这些偏僻小巷里来回跑着追他们。我说了，遇到这种天性如此的女人，你有什么办法。要是她这是遗传，你又能拿她奈何。唯一的办法是让她走人，让她找臭味相投的一块儿过去。

我上了街，可是已经看不见他们了。我帽子都没有戴，站在那儿，就像我也疯了似的。我们这几个一个是疯子，一个投水自杀了，还有一个被丈夫扔到大街上，要是有人以为我也疯了那也顺理成章。我一直觉得大家像老鹰一样盯着我，等着机会说，哎，我一点都不吃惊，我一直觉得这一家子全疯掉了。把地卖掉送他上哈佛年年缴税资助一所我只在棒球赛上见过两次的州立大学还在家里禁止提到她的名字到后来父亲也不去镇上了就成天抱着个酒瓶坐在家里我都看到他睡衣后摆还有他的光腿听到酒瓶哐当落地的声音后来他连酒都要T. P. 给他去倒了一说她就说你心里面没有你死去的父亲我说哪能没有非得记到自己疯掉的时候不可上帝知道我能怎样就是看到水我都恶心我宁可喝汽油也不喝威士忌洛琳跟大家说别看他喝酒不行你要是不相信他是男子汉我可要告诉你们怎么证明给你们看她就说你要找小婊子你知道我会怎么办吧她说我会拿鞭子抽她我要抓她只要我能找到她我就去抽她她说我就说要是我不喝酒那是我的事可是你看我手头钱短缺过没有我买啤酒洗澡都成不过我对一个老老实实的婊子还是充满敬意的因为母亲身体这么差我还得维持身份地位她却这么不知天高地厚让她自己让我也让母亲在镇上把脸丢尽了。

她不知躲到什么地方去了。看到我来，就躲到另外一条小巷，在小巷子里跑上跑下跟着一个打着红领带的该死戏子到处丢人现眼让人去想他妈的什么人会打红领带。电报局那小子一直跟我说话，所以我拿了电报也不知道是什么内容。等到签字的时候才知道是什么东西，我把它撕开，也没有太在意写的是什么。我估计不用看也知道是什么内容。也可能是这种结果，所以特地拖着，一直等到把支票兑了存进折子里。

我不知道这个不比纽约大的城市怎么容得了这么多专门敲诈我们这些乡下倒霉蛋的人。成天从早忙到晚，把钱给你，拿回来一张小纸片："贵账户已按20.62元收盘价结算。"一直逗我们玩呢，让你积起一堆纸面的财富，然后哐当一下！"贵账户已按20.62元收盘价结算。"

好像这还不够，每个月还要给某个人付十块钱让他来教你怎样快快输钱，此人要么一无所知，要么就是和电报局穿一条裤子的。得，从此之后我离他们远点。他们是最后一次压榨我了。除了对犹太佬言听计从的人，傻子都知道市场一直在走高，整个三角洲都他妈要涨水了，就跟去年一样把棉花连根冲走。年复一年冲走庄稼也不管，华盛顿那帮人还每天五万块钱去养尼加尔瓜[①]还是什么地方的军队。当然河水会再涨，然后棉花就值三毛钱一磅。得，我就想猛进一把，把钱赚回来。我没想着一本万利，只有小地方的赌徒才会这样打算。我只想把我自己的钱赚回来，这可是那帮犹太佬用所谓内部消息之类的鬼话从我手里拿走的。然后我就洗手不干了。以后他们就是来亲吻我的脚，也别想从我手里赚走一个子儿。

我回到了商店。已经快三点半了。他妈这么一点时间，什么都干不成了，不过这我也习惯了。我可不用去哈佛才能学到这些。乐队的演奏已经停了。大家已经全给糊弄进去了，他们不用再费力气了。厄尔说：

“他找到你没有？他刚刚来找你了。我还以为你去后面什么地方了。”

“是啊，”我说，“我知道了。他们不会一下午不给我。这么小个镇子。我得回家一下。”我说：“要是能让你好受些，你就扣我工资好了。”

“去吧，”他说，“现在我能对付。但愿没什么坏消息。”

“有没有坏消息你得去电报局查，”我说，“他们有时间告诉你。我没有。”

“我只是问问，”他说，“你妈知道我这人靠得住。”

---

① 杰森将尼加拉瓜误读成了尼加尔瓜。

“她会深表感谢，”我说，“我事忙完就回来。”

“也别急，”他说，“我现在能对付，你去吧。”

我上了车回家。早上跑了一趟，中午跑了两趟，现在又要跑一趟，要对付她，还要满镇上追人，还得向他们讨要一点我自己付钱买的饭。有时候我都觉得做这些都有什么意思。有了那些先例，我如果还继续下去，那真是疯了。现在我估计只能回家，开一段长路，买一篮子西红柿什么的，然后再回镇上，身上气味就像从樟脑丸厂跑出来的，免得脑袋在肩膀上炸掉。我告诉她说那阿司匹林里除了面粉和水，估计什么都没有，是用来哄那些想象丰富的废人的。我说您都不知道头痛是什么滋味。我说如果单单为我自己，您以为我会买这车玩。我说我没这车子照样过，很多东西我没有都行，可是您要是愿意冒险，去坐那半大黑小子驾的破马车我没意见，因为我说了上帝会照顾班这种人，上帝知道他也得给他做点什么。可是您要是以为我会把一千块钱这么宝贝的机器交给一个半大黑小子或者成年黑鬼，那您自己给他买好了，因为我说了，是您喜欢坐这车子，这一点您自己心里清楚。

迪尔西说她在屋子里。我到厅里听着，可是什么也听不见。我上了楼，经过她门口的时候，她把我叫住了。

“我想知道是谁，”她说，“我总是一个人在这里，什么声音都能听见。”

“您也不用老待这儿，”我说，“要是您愿意，您可以一整天都去看其他女人啊。”她到了门口。

“我还以为你或许是病了，”她说，“你今天三口两口就把饭吃完了。”

“下次会转运吧，”我说，“您想要什么？”

“出什么事了吗？”她说。

“能有什么事情？”我说，“我大下午回来一趟，都能搅得一屋子人不得安宁？”

“你见到昆廷没有？”她说。

“她在上学。”我说。

“都三点多了，”她说，“至少半个钟头前我就听到敲钟了。她这时候该回家了。”

“她该回家了？”我说，“您哪一回天黑之前见她回来过？”

“她该回家了，”她说，“我当姑娘的时候——”

“您有人管教啊，”我说，“她可没有。”

“我拿她没办法，”她说，“我也没少费劲。”

“不知为什么，您也不让我来管，”我说，“您该满意了吧。”我到了自己的房间，慢慢地转动钥匙，站在那儿，直到门把手旋转。然后她说，

“杰森。”

“什么事。”我说。

“我只是觉得有什么不对劲。”

“这儿可没有，”我说，“您找错地方了。”

“我不是要你担心。”她说。

“这话我爱听，”我说，“我不敢肯定。有可能是我弄错了。您有啥事吗？”

过了一会儿她说：“没有，没什么事。”然后走开了。我把盒子拿下来，数了数钱，然后藏回去，打开门走了出去。我想着樟脑油的事情，不过现在也迟了。我又得跑一个来回。她站在自己门口等着。

“您有什么要从镇上捎回来吗？”我说。

“没，”她说，“我不是要管你的事。不过如果你出了什么事，我不知道该怎么办，杰森。”

“我没事，”我说，“就是有点头痛。”

“我真希望你吃点阿司匹林，”她说，“我知道你不可能不用车。”

“这和车子有什么关系？”我说，“车子能让人头痛不成？”

“你也知道你闻到汽油会犯病，”她说，“你打小就这样。我真希望你能吃点阿司匹林。”

“那您接着希望好了，”我说，“这对您没什么坏处。”

我上了车，开始回头往镇上开。刚到街上，就看到一辆福特飞快冲我开过来。突然又停了。我能听到轮胎滑动，掉头，倒车，我正想着这车怎么回事，这时我看到那红领带了。然后我认出了她的脸，正从车窗往后看呢。车风驰电掣驶进了小巷。我又看到它转弯，可是等我开进了后街，它又开走了，快得要命。

我顿时火冒三丈。都跟她说过多少次了还这样子！一认出那红领带，我就把什么都忘了。我到了第一个岔道口，不得不停住，这才想起头痛来。我们一个劲儿地花钱修路修坝，可他妈这路开上去还跟在波纹铁皮屋顶上似的。我倒想知道这叫人能不能比独轮手推车快。我对车很爱惜，可不愿意当成一辆福特车来开，随随便便颠散了架。很可能他们那车还是偷来的，他们干吗在乎。我都说了，人有什么血液就会做出什么事给人看。如果你身上有那种血液，你也会什么都做得出来。我说了，不管你过去觉得对她有什么义务，从今往后，这义务也自动解除了。我说了，从现在开始，你只能怪你自己，因为任何一个有头脑的人都不会这么胡来。我说了，要是我把一半时间拿出来当侦探，那至少应该去当侦探能拿钱的地方。

所以我只得停在岔道口。接着我又想起头痛来。就像有人在我大脑里拿着个小锤子在捶打。我说了，我尽量让您别为她操心；我也说了，就我来讲，只要她乐意，就任由她下地狱吧，越快越好。我说了，除了每一个到镇上的该死推销员还有廉价戏班子的人，还有谁跟她好，就连镇上那帮小油子都懒得睬她了。您也不知道都发生了什么事，我说。您都听不到我听到的那些闲话，当然您也可以放心，我都叫他们闭嘴了。我说我们家族在这儿养奴隶的时候，你们所有人都还在开些巴掌大的乡下小店，或者种着连黑人都懒得去理的地。

要是他们真种过地那倒谢天谢地。上帝为这个国家干了点好事，住在这个国家的人却什么好事都没干过。星期五下午，就从这儿，我能看到三英里土地都没开耕，可县里镇上所有身强力壮的人都跑去看那演出了。我自己要是个快饿死的外乡人，在这里都不会有人给我指个去镇上的路。她还让我吃阿司匹林。我说了，我吃面包就在桌子上吃。我说了，您总是说为我们付出了多少多少，可您把买这些名牌药的钱拿出来，都能买十件新衣了。我需要的不是什么药来治病，我需要的是好好休息，修养好了都不用这些药。可是一天到晚忙活十来个钟头，养活一厨房好吃懒做惯了的黑鬼，还送他们去看演出。县里一半黑人都在看，只不过他已经迟到了。等他赶到，演出都结束了。

过了一会儿，他上了车，等我终于让他听懂有没有看到两个开福特车的经过，他说看到了。于是我接着往前开，到了马车路拐弯的地方，我看到了轮胎印子。艾伯·罗素在他的地里，可是我懒得去问他，离开他牲口棚还没多远，就看到那福特了。他们想掩饰起来。可是就跟做别的事情一样马马虎虎。我说了，不是我这人刁钻。或许她也是身不由己，因为她行事这么草率，都不为家人考虑一下。我一直都担心会撞见他们在大街中央或是在广场的某辆马车底下野合起来，就跟两只狗似的。

我停了车下来。现在我得绕路，经过一片耕过的地，这也是我离开镇上之后看到的唯一一块耕地，一路走，一直觉得有人在后头跟着，要用根大棍子袭击我。我一直在想，起码到了林子后路会平起来，不会每走一步都咯噔一下，可是林子里两边都是矮树，我得从中绕来绕去，然后又到了一条里面长满荆棘的沟。我沿着沟走，可是荆棘越来越密。这会儿，厄尔八成是在打电话给家里，问我去哪儿了，又让母亲急起来。

终于过了林子，因为绕了很多路，我只得停下来想想车子会在哪儿。我知道他们离车子不会太远，一定就在最近的灌木下面，于是我掉头往路的方向走。接着我已经搞不清走多远了，只得停下来听，一停下来，腿不用那么多血液了，这血就全上了头，头就像随时要爆炸一般。太阳快下山了，阳光直射我的眼，耳朵也嗡嗡响起来，什么都听不见。我接着往前走，尽量静悄悄地走，接着我听到了狗还是什么野物的声音。我知道，要是它闻到我的气味，一定会疯也似的朝我冲过来，那就什么都完了。

我浑身粘满了狗虱子草籽、嫩树枝和各样脏东西，衣服里鞋子里都是，接着往两边看的时候，手又不巧碰到毒毛莨上。我不知道为啥只是毒毛莨，而不是蛇什么的。我都懒得去动了。我就站在那儿，一直等那条狗过去。接着我继续往前走。

现在我根本不知道车在哪里了。除了头痛，别的什么我都没法去想，就站在一个地方，寻思着我一开始到底真见着福特车没有，甚至见没见过我也懒得去管了。我说了，随她整天整夜躺在那儿，跟镇上任何穿裤子的东西胡搞好了，我才懒得管。别人不拿我当回事，我还欠别人什么，我再怎么也不至于把那福特车停在那儿，让人花一个下午时间出来找，而厄尔把她带到后面，让她看那些账本，因为他对这个世界来说太高尚了点。我说了你要是上了天堂才有好日子过呢，那里可没闲事让你去管了，可别让我看到你来管，我说。我为你姥姥的缘故跟你睁一只眼闭一只眼，可这是我妈生活的地方，你别让我在这里再逮着你犯贱。这些该死的小白脸，以为自己多能折腾，我要让你见识见识什么叫折腾，还有你，我也饶不了。要是他以为可以这样带我外甥女在林子里乱跑，我要让他知道那红领带就是带他下地狱的催命索。

太阳直射着眼睛，我的血在涌，我一直在想，这脑袋要炸就快炸吧。荆棘和乱七八糟的东西在划着我，然后我到了他们刚才来过的沙沟边，我认出了福特车停过的树，我一出沙沟开始跑，就听到车子发动了。车子跑得飞快，一路按着喇叭。他们一直在按喇叭，仿佛叫着“呀。呀。呀——”然后渐渐离开了视线。我上马路的时候，它正好消失。

等我到了自己车子前的时候，他们已经无影无踪，只不过那喇叭还在响着。可惜，我别的都不想，只是在说跑吧。你跑回镇上吧。跑回家给母亲说我没看到你在那车子里。哄她说我不知道那人是谁。让她不要相信我就在沟里，离她只有十英尺之遥，差点没抓住她。让她去相信你当时不是躺着。

那车还在说“呀——呀”“呀——呀”“呀——呀”，声音越来越低。接着就没有声音了，我能听到罗素牲口棚里有牛在叫。可是我也没去想。我走到门前，打开，抬起腿。我怎么觉得车子好像比路面斜得多了点，直到车子发动，我才明白怎么回事。

得，我只得坐在那儿。快日落了，小镇还有五英里远。他们连给我车胎扎个洞的胆子都没有，只是把气放了。我就在那儿站了一会儿，心想着我养了一厨房黑鬼，没一个人有时间拿个轮胎放架子上，上两个螺丝。说来滑稽，我都不会想到她有脑子考虑这么周全，居然把打气筒也拿跑了，除非是他在放气的时候她考虑到了。不过也有可能是谁拿下来给班当喷枪玩了，他们为了哄班开心，把整辆车拆掉都干，迪尔西就说，你的车子没有人给你拾掇么。我们瞎糊弄咋成？我说，你是黑人。你很幸运，你知不知道？我说我愿意随时跟你调换，因为只有白人才这么糊涂，去为一个小荡妇操心。

我走到了罗素家。他倒是有个打气筒。估计他们还是大意了没料到这点。不过我没想到她竟然这么胆大包天。我一直在想这个。女人真是什么都做得出，也不知道为什么，我怎么就没长这个见识。我一直在想，我们就算把我们的恩怨忘了，这样的事我对你还做不出来。不管你怎样对我，我也不会这样对你。我都说了，血缘归血缘，躲也躲不过。你这不是八岁小孩开玩笑，你是让你的亲舅舅被一个打红领带的人笑话。他们跑到这小镇上，把我们这伙人全都当成了老土，觉得这小地方都辱没了他们这些大人物。他也不知道他这话说得多对。她也是。要是她也是这个感觉，最好远走高飞，那大家都清静。

我停车把罗素的打气筒还掉，然后回镇上。我去了趟镇上，喝了瓶可乐，然后回到电报局。收盘是20.21块，跌了四十个点。四十乘以五美元；这钱你能买点什么就去买吧，她会说，这钱我一定得要，一定得要，我就说太糟糕了，那你找别人好了，我没有钱，我太忙了，没工夫赚钱。

我看了看他。

“我跟你说点新鲜事吧。”我说。“说来你会吃惊，我对棉花市场很有兴趣，”我说，“这个你没想到吧？”

“我为了把它交给你，可是尽力了。”他说。“我打了两次电话去店里，也打了电话到你家，都不知道你去哪里了。”他说，在抽屉里翻来翻去。

“把什么交给我？”我说。他给了我一份电报。“这电报什么时候来的？”我说。

“大概三点半。”他说。

“现在都五点十分了。”我说。

“我想方设法交给你，”他说，“可找不到你啊。”

“那也不是我的错啊，是不是？”我说。我打开，想看看这次会跟我撒个什么谎。他们需要大老远跑密西西比来每个月骗十块钱，可见是够狼狈的。卖出，电报上说。行情波动，总体看跌。照政府报告的说法是无须惊慌。

“发这样一份电报要多少钱？”我说。他告诉了我。

“他们付过钱了。”他说。

“那这钱我先欠着他们，”我说，“这个我知道了。按照对方付费方式发吧。”我拿了一张空白电报表。买进，我写道，行情即将大涨。偶有震荡，也是为了引没来得及到电报局的乡下老土上钩，切莫惊慌。“按照对方付费方式发出。”我说。

他看了看电报，又看看表。“一个钟头前就收盘了。”他说。

“得，”我说，“这也不是我的错。这玩意也不是我发明的；我也只是买了一点点，还以为电报公司会及时通知我行情涨落呢。”

“报告一来，我们就立刻发布的。”他说。

“是啊，”我说，“在孟菲斯，人家可是每十秒钟就在黑板上公布一次的。”我说，“今天下午我去的地方离那儿也就六七十英里。”

他看了看电报。“你要发这个？”他说。

“我还没改变主意。”我说。我把另外一封电报也写了，把钱数了数。“还有这个也发了，‘买进’这两个字你会写的吧。”

我回到店里。从街上老远就能听到乐队的演奏。禁酒真是好事。过去星期六大家进城，穿着全家仅有的一双鞋子，到那邮局，把包裹取了就完了。现在都光脚跑去看演出，那些开店的就跟笼子里的老虎这样，看着他们经过。厄尔说，

“希望没出什么事。”

“什么？”我说。他看了看表。接着他去门口看了看法院的钟。“你该买块一块钱的表。”我说，“反正你老担心表不准，那还不如买个便宜货。”

“什么？”他说。

“没什么，”我说，“我没给你添多大麻烦吧。”

“店里不是很忙，”他说，“全跑去看演出了。没事的。”

“也不是没事，”我说，“你知道你可以怎么处理。”

“你是不是想辞职？”他说。

“这不关我的事，”我说，“我怎么想不重要。可是别以为你留我是为了保护我。”

“杰森，你要是肯用心，准能成事的。”他说。

“起码我能只管我自己的事，不管别人的闲事。”我说。

“我不明白你怎么老逼我炒你，”他说，“你知道你想辞职随时都可以辞，不会伤感情。”

“或许这就是我不肯辞职的原因，”我说，“只要我把事情做好就行，你是看这个给我发薪水的。”我到后面喝了点水，然后走到后门前。约伯终于把耕作机修好了。后面静悄悄的，没过一会儿，我的头痛也好了些。我现在能听到有人在唱歌了，接着乐队又演奏起来。也罢，让他们把县里一分一毫全搜刮走拉倒；反正又不是在剥我的皮。该做的我都做了，一个活到我这么大岁数的人，还不知道什么时候收手，那就是个傻瓜了。再说了，这也不关我的事。如果是我自己的女儿就不会这样了，因为她会没这个时间去；她也得一道干活，养活几个废人、白痴、黑鬼。我哪有脸带人到这样的家庭。我对人也太尊重了，才不会干这种事。我是男人，我受得了，可那是我的亲骨肉。要是有人对我认识的女人说三道四，我倒要好好打量打量他，要是那些该死的良家妇女这么说闲话，我倒是要看看这些上教会的好女人有没有洛琳一半正经，别管洛琳是不是婊子。我都说了，我要是结了婚，您准像个气球飘起来，这个您都知道，她说我希望你幸福，自己成个家，不要为我们这帮人操劳。可是我不久就走了，到时候你就可以娶门亲，不过想找个跟你般配的女人也难，我说哪里的话，我能找到的。

到时候您都会从坟里跑出来，您知道您一定会。我说不用了，谢谢您，现在这么多女人我都照顾不完，再娶个老婆回来，没准还是个抽鸦片的。我们家现在就缺这种人了。

太阳已经落到了卫理公会教堂后面，鸽子绕着尖塔飞来飞去，乐队停下来的时间里我能听到它们在咕咕叫。圣诞节过了还没四个月，鸽子群就已经很密了。我估计帕森·华特霍尔牧师是吃鸽子吃撑了。去打鸽子，他跟我们长篇大论，还抓住人家的枪管不放，不知道的还以为我们是要去打人呢。说什么平安降临大地，善待一切，还有什么一只麻雀都不会掉在地上[①]。他怎么不管这鸽群多密，他就是没事干：他怎么不管现在才什么时节。他也不用缴税，也不用每年看自己的钱被用来清洁法院的钟，好让钟继续走。他们花了四十五块钱雇人来清洁这口钟。我数了数地上，孵出不久的小鸽子都有一百多。你以为它们有点脑筋，会离开镇子。幸亏我的亲眷还没有鸽子这么多，这个话我可以说。

乐队又在演奏了，这次的曲子调更高，节奏更快，好像是散场了。我估计他们现在该满足了。他们驾着车跑十四五里路回家，在黑暗中卸马、喂牲口、挤奶，好歹还有点音乐伴奏。他们只需跟着那音乐吹吹口哨，跟牲口棚里的牲口说说笑话，还可以算计一下没把牲口带去看演出省了几个钱。他们可以算计出如果自己有五个孩子七头骡子，没把一家人全带去看演出，他们省了两毛五。就这么回事。厄尔拿了几个包裹到后面来了。

“这几件东西要发出去，”他说，“约伯大叔去哪儿了？”

“去看演出了，我想，”我说，“除非你一直盯着他。”

“他不会偷偷溜出去，”他说，“他这人靠得住。”

①《马太福音》10:29：“两个麻雀不是卖一分银子吗？若是你们的父不许，一个也不能掉在地上。”

“你是指桑骂槐说我呢。”我说。

他到了门口看了看，聆听着。

“乐队还不赖啊，”他说，“该散场了，我估计。”

“除非他们留下过夜。”我说。燕子开始飞，我也听到麻雀开始汇集到法院院子的树上。每过一会儿，我就看到一群麻雀飞过来，在屋顶上方盘旋片刻，然后飞走。依我看，它们跟鸽子一样讨厌。你在法院院子里坐着都能被它们害到。一不留神，噗的一下，就拉到你帽子上了。不过要是花五分钱打一只，那也得是百万富翁才成。要是在广场上放点毒药，一天时间就给除掉了，因为要是一个商家不懂得管住自己的禽类，不让它们在广场上乱跑，最好就别卖这些鸟雀之类的货，别卖这些啄食的，卖些犁头啊洋葱啊什么的。要是一个人看不好自己的狗，要不就是不想要这条狗，要不就是本不该养。我说了，如果我们小镇上所有的生意都当成乡下生意来做，这个小镇也就变成乡村了。

“散场了对你也没好处，”我说，“他们会把车套上。赶紧回去，照现在这样，回到家也都半夜了。”

“也罢，”他说，“大伙儿喜欢就成。也让他们偶尔花点钱去看点演出。这些山里农民种田出的都是大力，也没享什么福。”

“又不是法律规定他们要去山里种地，”我说，“去哪里种不是种啊。”

“没有了这些农民，你我会在哪里啊？”他说。

“那我现在在家里啊，”我说，“躺下来，头上敷一包冰。”

“你这头痛也太频繁了，”他说，“你为什么不好好把牙齿检查一下？今天上午他们都挨个查过没有？”

“谁查？”我说。

“你不是说你上午去看牙医了吗？”

“你是不是反对我上班时间头痛啊？”我说，“是不是这回事？”他们现在看演出回来，从巷口过去了。

“他们来了，”他说，“我估计我还得去前面。”他接着走。说来也怪，不管你这人出了什么问题，男的总叫你去看牙，女的总叫你去成家。只不过总是那些自己挣不了什么钱的人，教你怎么去做好你的生意。就好比那些一文不名的大学教授教你如何十年挣个上百万，一个嫁出去都难的女人教你怎么养儿育女。

约伯老头坐着马车来了。过了一会儿，他终于把马绳拴在了马鞭插槽上。

“哎，”我说，“演出好不好看啊？”

“我还没去哩，”他说，“不过晚上我铁定去那大帐篷下，你去那里抓我都成。”

“你没去才怪，”我说，“你三点之后就走了，厄尔先生刚到后头来找你。”

“我在忙自个儿的事，”他说，“厄尔先生知道我干吗去了。”

“你蒙他成，”我说，“我也不会去告状。”

“他这么一个实在人，我蒙他做啥？”他说。“我星期六晚上能不能见到他都无所谓，又去蒙他做啥。我也不会蒙你的。”他说。“你对我来说太精了点。是的，先生。”他说，好像是忙得不得了的样子，把五六个小包裹放到马车里。“你对我来说太精了点，我们镇上没人比你更精了。谁会去蒙自己算计不过来的人呀。”他说，他上了马车，把缰绳解了。

“这人是谁啊？”我说。

“是杰森·康普森先生啊，”他说，“走起来，丹！”

一只轮子看上去就要掉了。我看着他出巷子之前会不会掉下来。把任何车子交给一个黑鬼，都这德性。我说我家那破马车看上去都碍眼，可还是放在马车房一百年，好让那小子每周去一趟公墓。我说了，谁都有不情不愿做事的时候，他也不是头一个。我就是要他赶车赶得像个文明人，要不就给我待在家里。他哪里知道该去哪儿，坐的是什么车，我们还把马车留着，好让他星期天下午出去遛遛。

约伯才懒得管轮子掉不掉，只要别让他太远走回来就成。我说了，他们这些人最适合去的地方是地里，去日出而作日落而息。要是发财了，事情简单了，他们反而不自在。你弄个黑鬼在白人边上待上一会儿，他就贱得你想杀他都懒得下手。他们能当着你面跟你要滑头，罗斯克斯就这样，他唯一犯的错是他有一天不小心死了。偷懒，偷窃，嘴巴越来越油，直到有一天你得找根棍子什么的教训一顿才成。得，这是厄尔的生意。不过，如果是我的生意，才不会弄个老黑鬼驾着这辆每转个弯都可能散架的破车，这活广告也够丢人现眼的。

外头太阳还高，可是屋子里渐渐黑了。我到了店前面。广场上空了。厄尔在后面关保险柜，接着钟响了。

“后门你锁上没有？”他说。我到了后面，把后门锁上，然后走回来。“估计你晚上去看演出，”他说，“我昨天给你两张票没有？”

“给了，”我说，“你是不是想要回去？”

“不是，不是，”他说，“我就是忘记到底给过你没有。可别浪费了。”

他锁了门，道了晚安，人就走了。麻雀还在树上叽叽喳喳，广场上却除了几辆汽车，整个都空了。药店门口有辆福特，可是我都没有去看。我什么时候受够了我自己还是知道的。我帮她无所谓，不过我什么时候忍到头了我心里清楚。我估计我可以教拉斯特来开车，这样他要是乐意，可以整天去追他们，我可以在家陪本玩。

我走进去，买了几支雪茄。接着我想再喝一杯可乐，没准儿运气好能把头痛止住，所以我又站住跟他们聊了一会儿。

“得，”迈克说，“我估计你今年把钱都押给扬基队了。”

“什么?”我说。

“锦标赛啊,”他说,“联赛球队没哪个能敌过扬基的。”

“那才见了鬼了,”我说,“他们没戏的。”我说,“你觉得一个球队的运气会老那么好?”

“我不觉得这是运气。”迈克说。

“那个叫路斯的在哪个队,我就不押哪个队,”我说,“哪怕我知道它会赢。”

“是么?”迈克说。

“两个联赛中,随便都能找出十几个比他有价值的球员。”我说。

“你怎么就跟路斯过不去?”他说。

“没,”我说,“我没跟他过不去。我连他的照片都懒得看。”然后我出去了。路灯次第亮了,人们沿着街道往家里走。有时候麻雀等天全黑下来才安静。法院周围的灯点亮的那天晚上,它们全醒了,四处乱飞,一晚上在灯上撞来撞去。他们把灯开了两三个晚上,于是一天早晨,这些鸟全飞走了。过了两个月,它们又都回来了。

我接着开车回家。屋子里还没亮灯,可是他们准是全在往窗外看着,迪尔西一定在厨房里絮絮叨叨,说什么要给饭保温等我回来,就好像这是她自己吃的一样。你要是听她这么说,会以为全世界就她这一顿饭,就是为我等了几分钟的这一顿。不过也罢,好歹我回来不用看到班和那黑小子在大门口,就跟关在一个笼子里的狗熊和猴子似的。一到日落他就要到大门口,就好比母牛要回牲口棚,他手抓着那大门,晃着脑袋,嘴里哼哼唧唧。就跟头猪似的阉了,算作惩罚。要是像他这样见大门开着跑出去胡来结果挨了刀,那我就再也不看了。我常纳闷他在想什么呢,当他站在门口,盯着放学回家的女孩们,想着要一些他甚至记不起来他已经不想要也不会想要的东西。要是他们把他衣服脱掉,让他碰巧看看自己,他又会那样哭叫起来。可是我说了,人们这种惩罚还是给少了。我说我知道得怎么对你，得像对待班那样对待你，然后你就老实了。你们要是不知道这是怎么回事，就让迪尔西跟你讲。

母亲的房间里亮着灯。我把车停好，进了厨房。拉斯特和班在那儿。

“迪尔西上哪儿了？”我说，“去准备晚饭了？”

“她去楼上跟卡罗琳小姐一起了，”拉斯特说，“她们闹上了。自从昆廷小姐回到家就这样。姥姥在上面，不要让她们打起来。演出演了么，杰森先生？”

“演了。”我说。

“我就觉得听到了乐队的声音。”他说。“真想去啊，”他说，“我要是有两毛五就好了。”

迪尔西进来了。“你回来了，是不是？”她说，“你一晚上去哪儿了？你知道我有多少事情要做，干吗不按时回来？”

“没准儿我去看演出了，”我说，“晚饭好了没有？”

“真想去啊，”拉斯特说，“要是有两毛五就好了。”

“你别老惦记着什么演出，”迪尔西说，“去屋子里给我坐好，”她说，“别到楼上，把她们又折腾起来，快。”

“出什么事情了？”我说。

“昆廷刚才回来了一下，说你一晚上都跟着她，接着卡罗琳小姐就冲她骂了。你干吗管她？你就不能跟自己亲外甥女在同一个屋子里不要争吵，好好过？”

“我没法跟她争吵。”我说。“因为我从早上开始就没看见她。她说我干吗来了？逼她上学？那够糟的。”我说。

“得，你还是忙你自己的，别去管她，”迪尔西说，“要是卡罗琳小姐准许，我来照应她好了。你进去，好好的，我去把晚饭准备上。”

“我要是有两毛五，”拉斯特说，“我就能去看演出了。”

“你要是长翅膀，还飞上天了呢，”迪尔西说，“别再跟我提演出。”

“这么说我还想起来了，”我说，“他们给了我两张票。”我从外套里拿了出来。

“你打算去么？”拉斯特说。

“我不去，”我说，“倒贴十块钱我都不去。”

“给我一张吧，杰森先生。”他说。

“我卖给你一张，”我说，“怎么样？”

“我没钱。”他说。

“那就太糟糕了。”我说。我做出要出去的样子。

“给我一张吧，杰森先生，”他说，“你自己又不要两张。”

“闭嘴吧你，”迪尔西说，“你知道他这人什么东西都不白给人家。”

“你要卖多少钱？”他说。

“五分钱。”我说。

“我没这么多钱。”他说。

“那你有多少钱？”

“我一分钱都没有。”他说。

“那好。”我说，我接着走。

“杰森先生。”他说。

“叫你闭嘴你怎么就不闭嘴？”迪尔西说，“他逗你玩呢。他自己要用这票的。去吧，杰森，别管他。”

“我不需要。”我说。我到了炉子前。“我是来烧掉的。要不你就用五分钱买一张？”我说，眼看着他，打开炉子门。

“我没有这么多钱。”他说。

“好了。”我说。我把一张票丢进炉子里。

“好啊，杰森，”迪尔西说，“你要不要脸？”

“杰森先生，”他说，“求求你了，先生。我一个月天天给你收拾轮胎。”

“我要现金，”我说，“给我五分钱我就给你。”

“闭嘴，拉斯特，”迪尔西说，把拉斯特拉回来。“继续烧吧，”她说，“丢进去。丢吧，别磨蹭了。”

“五分钱我就卖给你。”我说。

“烧吧，”迪尔西说，“他五分钱都没有。你就烧吧，丢进去。”

“好吧。”我说。我丢了进去，迪尔西把炉门关上。

“这么大个人也不害臊。”她说。“滚出我的厨房。别哭了，”她跟拉斯特说，“别把班吉又吵起来。晚上我找弗洛尼要个两毛五，你明天晚上去。别哭了。”

我走到客厅。楼上我听不到什么声音了。我翻开报纸。过了一会儿，班和拉斯特进来了。班看着墙上原来放了镜子的黑黑的地方，用手在上面摩挲着，淌着口水，嘴里哼哼唧唧。拉斯特开始捅起火来。

“你干吗啊？”我说，“今天晚上不用生火。”

“我要哄他不让他吵啊。”他说。“复活节的时候不都冷吗。”他说。

“这又不是复活节，”我说，“别弄了。”

他把捅条放了回去，从母亲椅子上拿下垫子来给班，班在壁炉前蹲下，安静了下来。

我看着报纸。楼上鸦雀无声，这时候迪尔西进来了，把班和拉斯特打发到厨房，说晚饭好了。

“好的。”我说。她出去了。我坐在那里看报纸。过了一会儿，我听到迪尔西来了，在门口往里看。

“你怎么不吃饭？”她说。

“我在等晚饭啊。”我说。

“在桌子上啊，”她说，“我不跟你说过了吗？”

“是吗？”我说，“那对不住了。我没听人下楼啊。”

“她们不下来了，”她说，“你自己来吃吧，她们的我送上去。”

“她们病了？”我说，“医生说是怎么回事没有？但愿不是天花。”

“来吧，杰森，”她说，“好让我把事情忙完。”

“好吧，”我说，我又把报纸举了起来，“我等着吃晚饭了。”

我能感觉她在门口看着我。我接着看报纸。

“你这是什么意思？”她说，“你觉得我事还少吗？”

“要是母亲的病比刚才吃饭的时候更重了，那就算了。”我说。“不过只要是我在挣钱，养这些比我还小的人，那她们就得到桌子上吃饭。晚饭什么时候好，你跟我讲。”我说，又看起报纸来。我能听到她在爬楼梯，拖着步子，一路走一路哼，仿佛每级台阶都是直上直下三英尺似的。我能听到她在母亲房门口，接着我听到母亲在叫昆廷，仿佛门是锁着的，接着她回到母亲房里，接着母亲来跟昆廷说话了。然后两个人下了楼。我看着报纸。

迪尔西回到门口。“来吧，”她说，“你能再想点别的花招么。你今天晚上就是自己在瞎折腾。”

我到了餐厅。昆廷低头坐着。她脸上又涂脂抹粉了，鼻子看起来就像是瓷绝缘瓶。

“很高兴您身体健康，能下来吃饭。”我对母亲说。

“我来桌子上吃饭也是最起码的了，”她说，“我身体好坏不要紧，男人忙了一天，回家希望一家人围着桌子吃晚饭也是应当的。我也就想让你开心点。我希望你和昆廷两个和好。这样我也好过些。”

“我们处得很好，”我说，“她要是愿意，把自己反锁在家里一整天我都无所谓。不过我不希望吃饭的时候大家又是闹又是生闷气。我知道这么要求太过分，可这就是我家的规矩。我的意思是说，您的家。”

“是你的，”母亲说，“现在你是一家之主了。”

昆廷一直没有抬头。我把菜分了，她开始吃起来。

“给你分到一块好肉没有？”我说，“要是没有，我给你找块好的。”

她一言不发。

“我说了，你分到一块好肉没有？”我说。

“什么？”她说，“是的，挺好的。”

“要不要再给你加点米饭？”我说。

“不用了。”她说。

“我最好再给你加点。”我说。

“我不要了。”她说。

“不客气，”我说，“不用谢。”

“你头痛好了没有？”母亲说。

“什么头痛？”我说。

“你下午回来，”她说，“我就怕你要头痛。”

“哦，”我说，“没事，没有痛。我们下午这么忙，我都忘了。”

“你是不是因为这个缘故回来晚了？”母亲说。我能看到昆廷在认真听。我看了看她。她的刀叉还在动，可是我看到她在看我，然后又看着盘子。我说，

“不是，三点钟左右我把车借给别人用了，我一直等到他回来。”我吃了一会儿。

“借给谁了？”母亲说。

“一个演戏的人，”我说，“好像他妹妹的丈夫跟镇上一个女人一起在兜风，他在追他们。”

昆廷一动不动，嘴里在嚼着。

“你不能把车子借给这种人用啊，”母亲说，“你也太大方了吧。所

以不到迫不得已，我都不找你。”

“有一阵子我也这么想了，”我说，“不过他还是平平安安回来了。他说他找到了。”

“是哪个女人啊？”母亲说。

“我过阵子再给您说，”我说，“我不想当着昆廷的面说这种事。”

昆廷已经不吃了。每过一会儿她就喝口水，然后在那里把一个松饼撕得碎碎的，头在盘子上面低着。

“是啊，”母亲说，“估计像我这样闷在家里的人，镇上什么事情都不会知道。”

“是啊，”我说，“是不会知道的。”

“我的生活跟她们实在大不相同，”母亲说，“感谢上帝这种恶事我都不知情。我甚至都不想知道。我跟大部分人不一样。”

我不再说什么。昆廷坐在那里，一个劲儿掰着那松饼，直到我吃完。然后她说，

“我能离开了吗？”眼睛谁也没看。

“什么？”我说，“当然，你可以走了。又不要留你来伺候我们。”

她看了看我。她已经把那饼撕得粉碎，可是手还在动，好像还在撕似的。她的眼睛像是乜斜着，接着她开始咬着嘴唇，仿佛那嘴唇涂的是红铅，就要把她毒死一样。

“姥姥，”她说，“姥姥——”

“你还要吃点什么吗？”我说。

“姥姥，为什么他要这么对我？”她说，“我从来都没有伤害过他呀。”

“我希望你们和和气气的，”母亲说，“我现在就剩下你们了，我希望你们处好点。”

“是他的错，”她说，“他总是要来干涉我，我没办法啊。他要是不

想我住这儿，他干吗不让我回到——”

“够了，”我说，“别再说一个字。”

“那他为什么不放过我？”她说，“他——他就是——”

“你没有父亲，能把他当个父亲就算不错了，”母亲说，“你我吃的都是他的饭。他要你听话也没有什么讲不过去的。”

“是他的错。”她说。她跳了起来。“是他让我这么做的。如果他只是——”她看了看我们，眼睛乜斜着，手在身边挥动了一下。

“如果我只是什么？”我说。

“不管我做什么，都是你的错，”她说，“如果我学坏了，那也是没办法。是你逼的。我真巴不得现在死了。我巴不得我们都死了。”然后她就跑了。我们听到她跑上楼梯。接着门砰的一声关上了。

“她还是头一回说这种人话呢。”我说。

“她今天没去上学。”母亲说。

“您怎么知道的？”我说，“您去镇上了？”

“我就知道，”她说，“我希望你能对她和气点。”

“要是我这么做，那我得安排好每天去看她一次，”我说，“您得让她每天上桌子吃饭。这样我可以每次多给她一块肉。”

“一些小事你还是可以做的。”她说。

“小事？比如您嘱咐我盯着她不要逃学，我不理睬？”我说。

“她今天没去上学，”她说，“我就知道她逃了。她说她下午跟个男的坐车，你老跟着她。”

“我怎么会呢。”我说。“下午我车一直借给人家了。她今天到底上学没有已经是过去的事情了，”我说，“您要是操心，操心下个星期一吧。”

“我希望你跟她和和气气的，”她说，“可是她把叛逆的脾性都继承下来了。她把舅舅昆廷的性格也继承了。我当时就想，既然她是这个出身，还给她取这个名字。有时候我都觉得她是为这两兄妹送给我的报应。”

“老天爷，”我说，“您还真够操心的。难怪您老是生病。”

“什么?”她说，“我没听懂。”

“但愿您没听懂，”我说，“良家妇女好多东西不知道，这样更好。”

“他们俩一个样，”她说，“我想把他们的性格纠正过来，可是他们和你父亲合着对付我。他总说不要管他们，说他们都已经知道什么叫干净什么叫诚实，人要学的也无非是这些。但愿他现在满意了。”

“你还可以指望班啊，”我说，“开心点吧。”

“他们故意封闭起来，不让我进入他们的生活，”她说，“就是他和昆廷。他们总是想法对付我。也对付你，只不过你那时还小，意识不到。他们总是把你和我当外人，对你舅舅毛莱也一样。我总是跟你父亲讲，对他们也太松了，他们在一起也太久了。昆廷开始上学的时候，我们让她等一年才上，好让她能跟他在一起。她做不到的事，她也见不得你们任何人做。这是她虚荣，虚荣和自负。等她出了事，我就知道昆廷也会是同样下场。可是我没有意识到他这么自私，居然——我做梦都没有想到他——”

“没准儿他知道是个女孩，”我说，“下场还是这样，他受不了。”

“他本来该管教管教，”她说，“她也就拿他当回事。不过这也是报应，我想。”

“是啊，”我说，“可惜走的是他不是我。不然您会好得多。”

“你是说这种话来伤我的心，”她说，“不过我也活该就是了。他们卖地送昆廷上哈佛，我就跟你父亲说，也应该给你预备一份。可是后来赫伯特说要给你在银行安排差事，我就说，好了，现在杰森也有条出路了，等家里的开销日积月累多起来，我就开始卖家具，把剩下的牧场也卖了，我立刻就给她写信，说她应该意识到她和昆廷该分的都分了，也把杰森的一部分拿走了，现在得靠她来补偿他。我说看在死去的父亲分上，她也该这么做。我当时还真信这个。但我只不过是个可怜的老太太；按照我从小受的教育，人应该自己吃苦受累，为自己的亲骨肉做点牺牲。这都是我的错。你责备我我都不怪你。”

“您觉得我是靠别人才能过吗？”我说，“更何况那是个连孩子亲生父亲都不知道的女人。”

“杰森。”她说。

“好了，”我说，“我不是这个意思。当然不是。”

“我受了这么多的苦，哪里相信会是这些结果。”

“当然不会，”我说，“我不是存心让您伤心。”

“我还指望起码不会发生这种事情。”她说。

“当然了，”我说，“她跟他们两个都太像，所以出现这结果也不奇怪。”

“我是受不了。”她说。

“那就别去想了，”我说，“她是不是还晚上偷跑出去，让您操心？”

“没有，我让她意识到这是为她好，有朝一日她会感谢我。她把书带上，我把门锁上后她就开始学习。有些晚上，十一点了我都还看到亮着灯。”

“您怎么知道她在学习？”我说。

“她一个人在里面还能干吗？”她说，“不过也没见她看过什么书。”

“是没有。”我说。“您不会知道的。这您就谢天谢地了。”我说。可是这话不值得我大声说出来，不然她又要哭起来了。

我听到她上楼的脚步声。接着她在叫昆廷，昆廷在门后问什么事。“晚安。”母亲说。接着我听到钥匙在锁里面转动，接着母亲回自己屋里了。

我把雪茄抽完，上去了，灯还亮着。我能从钥匙孔里看到里面，可是什么声音也听不见。她是在安安静静学习着呢。或许这是在学校里面学的。我跟母亲道了晚安，回到自己房间，把盒子拿出来又数了数。我能听到“美国大公公”鼾声如雷。我在什么地方读到过，有些人把人阉割了，是为了让他变成女人腔。没准儿他并不知道他们把他怎么了。我估计他自己都不知道当时想干什么，也不明白为什么伯吉斯先生当时用栅栏桩把他打晕。要是趁麻药没失效，把他一口气送到杰克逊，他也不知道有什么两样。可是我们康普森家做事哪能这么简简单单。连一半复杂都没有。非得等到他冲出来，当着小女孩父亲的面，想在街上把她扑倒。得了，我说了，他们还是割晚了，处理得也太快了。我知道起码还有两个人可以这样动下手术，其中之一离这里一英里不到。不过我想，就算这么动下手术也没什么用。我说了，一朝犯贱终身贱。就让我好好过个一天一夜，别再让什么纽约犹太佬跟我说什么市场行情的建议了。我不想一本万利；用这个说法去诱惑那些精明的赌徒吧。我只想有个公平的机会，把我的本钱捞回来。等我做到了，他们把比尔街和整个疯人院都搬到这里来我都无所谓，这样他们两个人可以睡我的床，另外一个去坐我桌子上的位置好了。

1928年4月8日

天刚破晓，昏暗而寒冷。灰色的光如一堵灰色的墙，从东北方向移过来，没有散作潮气，却化成了微小的、有毒的颗粒，如若灰尘。迪尔西打开小棚屋的门走出来，这些颗粒就横扫过来，刺痛她的皮肉。这落的仿佛不是细雨，而是未曾凝聚的一粒粒油珠。迪尔西蒙着头巾，头巾上又戴了一顶硬硬的黑草帽，身上披了件褐红色披风，披风的毛边脏脏的，也不知是什么动物的毛皮，披风下面是条紫色的丝裙。她在门口站了一会儿，抬起那张布满皱纹的瘪脸，看着天空，又伸出一只掌心柔软如鱼肚的枯瘦的手，接着她把披风掀开，端详起裙子的前襟。

那裙子憔悴地从肩上耷拉下来，掠过下垂的乳房，在突出的腹部绷紧，然后又垂下来，在下面稍稍鼓起。她穿了几条裤子，待到春天过去，日子暖和起来，她会一层层脱去。她过去身材高大臃肿，现在，骨架都突了出来，无依无靠的皮肤松松地搭在骨架上，只是到了鼓胀似的肚子那儿才重新绷紧，仿佛那身肌肉和组织都曾经是勇气，是坚忍，历经岁月之消磨，只剩下一身骨架，如同废墟与里程碑，屹立在那昏昏欲睡、麻木不仁的肠胃之上。上面的那张脸塌陷了，给人印象不像是皮包骨，简直是骨包皮。那脸抬起来看着阴沉的天，那表情带着一种听天由命，又有孩子般的惊愕与失望。接着她转过身，进了屋子，把门关上。

门旁边的地上光光的。上面有层绿锈的色泽，仿佛是一代一代的人光脚踩出来的，又像是旧的银器，或是墨西哥房屋涂了灰泥的墙壁。屋子边上有三棵桑树，夏天的时候给屋子遮阴，它们新长的叶子在风雨里上下翻动着，日后它们会像巴掌一样宽大而厚重。不知什么地方飞来两只松鸦，如同一片鲜艳的碎布或纸片，在疾风中翻飞而上，落在桑树上，聒噪着，身子颠簸着，然后稳住，对着狂风尖叫。风把它们那沙哑的叫声如同碎布或纸片一般裹挟着，传出去，传向远方。然后又有三只飞了过来，在弯曲的枝条上颠动着，翘着尾巴，尖叫着。小屋的门开了，迪尔西又出来了，这次戴着男人的毡帽，穿着军大衣。在破烂的下摆下面，她的蓝格子布裙子鼓鼓囊囊裹在身上。她穿过院子，上通往厨房的台阶时，裙子顺着她的身子一起一伏。

过了一会儿她出现了，撑了把大伞，迎着风斜打着，走到柴堆边，把伞放下来，伞仍然撑开着。突然她又去抓伞，抓过来紧紧握了一会儿，四下打量着。接着她收起伞放地上，往臂弯里一根根码木柴，抱在怀里，然后拾起伞，好不容易撑开，又走回台阶，一边颤颤巍巍地抱着木柴一边费了一番力气把伞收了，靠墙放在门后角落里。她把木柴倒在炉子后面的箱子里。然后她脱了大衣摘下帽子，从墙上取下一条脏围裙系上，开始给炉子生火。她忙着弄这些，啪啪地捅着炉格子，炉门咔哒咔哒地开开关关，这时候康普森太太开始在楼梯顶头招呼她了。

康普森太太穿了身黑缎子棉睡袍，一只手在下巴下面捏紧，另一只手拿着个热水袋。她站在后面楼梯的顶头，叫着“迪尔西”，一声声地很有规律，音调单一地传入楼梯井。楼梯井静悄悄的，落入一片漆黑，然后遇到灰色窗户投下的光，又亮起来。“迪尔西，”她叫道，声调不变，没有抑扬顿挫，仿佛根本不指望有人回答，“迪尔西。”

迪尔西应了声，不再把炉子拨得哗啦响了，可是没等她走出厨房，康普森太太又叫了，没等她走过餐厅，抬头到灰色窗户边透口气，那边又叫了一声。

“好了，”迪尔西说，“好了，我来了。我烧了热水马上给你倒。”她撩起裙子走上楼梯，把那灰色的光全挡住了。“把它搁那儿，回去睡觉吧。”

“我不明白都怎么回事，”康普森太太说，“我醒了起码一个钟头了，厨房里还什么动静没有。”

“您放下来，回去睡觉吧。”迪尔西说。她艰难地爬着楼梯，身子一歪一扭的，喘着粗气。“我过会儿就把炉子点着，要不了多久水就开了。”

“我都躺了起码一个小时了，”康普森太太说，“我还以为你是想等我下来再生火。”

迪尔西走到楼梯顶头，拿了热水袋。“我一会儿就弄好，”她说，“拉斯特今早晨睡过了，他上半夜都在看那演出。我自个儿来生火。快去接着睡，不然我还没做好饭，您就把别人吵醒了。”

“你要是依着拉斯特，准他去做这种耽误工作的事，那你只能自认倒霉，”康普森太太说，“要是杰森听说，又不高兴了。你不是不知道。”

“他去又不是花杰森的钱，”迪尔西说，“这个是肯定的。”她转身下楼。康普森太太回房间去了。刚上床时，还能听到迪尔西在下楼梯，步子沉重缓慢，听来简直让人疯狂，好在现在被食品间那扇门的砰砰响声盖住了。

她进了厨房，把火生起来，开始做早饭。这中间，她停了一下，走到窗口朝着小屋张望，接着走到门口，把门打开，对着风雨喊起来。

“拉斯特！”她叫道，站着听了一会儿，侧脸对着风听着。“叫你呢，拉斯特！”她听着。她正要再叫的时候，拉斯特转过厨房角过来了。

“什么事，姥姥？”他一脸无辜地问。那表情不由让迪尔西低下头，看了他一会儿，身子没动，那样子不止是吃惊了。

“你去哪儿了？”她问。

“没去哪儿，”他说，“去了趟地窖。”

“跑地窖干吗？”她说。“别在雨里站着，笨蛋。”她说。

“什么也没干。”他说，走上了台阶。

“你敢没抱把柴就直接过来，”她说，“我又要抱柴又要生火。我昨天晚上不是嘱咐你把柴火箱装满再走吗？”

“我装了，”拉斯特说，“我装过了。”

“那柴去哪儿了啊？”

“我不知道。我又没碰。”

“行，你现在给我装满，”她说，“然后上去照管一下班吉。”

她关上门。拉斯特去柴堆那儿了。那五只松鸦在屋子周围转悠，尖叫着，然后飞回桑树上。拉斯特看着它们。然后捡起一块石头砸了过去。“呜——”他说，“回你们的地狱去吧。星期一还没到呢[1]。”

他把小山似的一堆木柴抱在怀里，路都看不见了，晃晃悠悠走到台阶前，跨上台阶，毛手毛脚地撞在门上，柴一根根掉在地上。迪尔西过来，给他开了门，他跌跌撞撞穿过厨房。“到，拉斯特！”她叫道，可是他已经哗啦一声把柴丢进了箱子。“哈！”他说。

“你是不是要把一屋子人全给吵醒？”迪尔西说。她用手掌心拍了一下拉斯特的后脑勺。“上去吧，给班吉穿好衣服，马上就去。”

---

① 根据民间传说，松鸦星期五下地狱，星期一出来。

“好的。”他说。他向通院子的门走去。

“你要去哪儿?”迪尔西说。

“我想最好还是绕过去从正门进，免得把卡罗琳小姐他们吵醒。”

“听我的，从后面楼梯上去，把班吉衣服穿好，”迪尔西说，“马上就去。”

“好的，姥姥。”拉斯特说。他走回来从餐厅门出去了。过了一会儿，食品间的门不再响了。迪尔西准备做松饼。她在面包案板上来回筛着筛子，一边哼起曲子来，没有特别的调子和歌词，翻来覆去，悲怆、哀伤而质朴。细细的面粉像下雪一样源源不断地筛到面板上。炉火开始让屋子暖起来，让屋里充满火苗的呢喃，现在她唱得更响亮了，仿佛她的声音也被升高的气温融化，这时，康普森太太又在宅子里叫她了。迪尔西仰起头，仿佛她的眼睛能看透天花板和墙壁，看到那老太婆穿着那身棉睡袍，站在楼梯顶，用机械般的声音在叫她。

“我的老天。”迪尔西说。她把筛子放下来，撩起围裙擦了擦手，拿起她放在椅子上的热水袋，用围裙包住水壶把手。水壶只是微微在冒热气。“稍微等下，”她喊道，“水刚刚热起来。”

迪尔西抓着热水袋的细颈，如同拎着一只死母鸡，走到楼梯前，向上看着。不过这回康普森太太要的不是热水袋了。

“拉斯特上去照应他没有?”她说。

“拉斯特不在屋子里。我躺在这儿听他有没有来。我知道他会迟到，不过我真希望他能按时过来，免得班吉明又吵着杰森。杰森一个礼拜也就今天早晨能睡个好觉。”

“您这一大清早就站在厅里这么喊，谁还能睡个好觉。”迪尔西说。她步履沉重地开始上楼梯。“我半个钟头前就打发他上去了。”

康普森太太手紧紧揪着下巴下面的睡袍领子，看着她上楼。“你现在做什么去?”她说。

“去给班吉穿衣服，带到厨房来，这样他就不吵着杰森和昆廷了。”迪尔西说。

“早饭还没好吗？”

“饭我也做着，”迪尔西说，“您最好回床上去，等拉斯特来给您生火，今天早晨可冷呢。”

“我知道，”康普森太太说，“我的脚冻得像冰似的。我是冻醒的。”她看着迪尔西上楼梯。迪尔西花了好长时间。“你知道早饭做晚了，杰森有的烦。”康普森太太说。

“我没法同时做两件事啊，”迪尔西说，“您就回床上去吧，这一早我还得照管您。”

“你要搁下别的给班吉穿衣服，我最好下楼弄早饭。你也知道早饭迟了，杰森有的吵。”

“您瞎做的谁会吃呢？”迪尔西说。“您倒说说看。去吧。”她说，一面艰难地上楼。康普森太太站在那里看她往上爬，她一手扶着墙支撑着，一手提着裙子。

“你叫他起来只是给他穿衣服？”她说。

迪尔西停住了。她一只脚已经搭在上一级楼梯上，站在那里，手抵着墙和身后窗户透进来的灰蒙蒙的光，她在那里一动不动，身影模糊。

“他还没醒？”她说。

“我刚才去看的时候还没有，”康普森太太说，“可是都过了平常醒来的时间了。他从来不睡过七点半。这个你是知道的。”

迪尔西什么话也没说。她也没有动，不过，尽管在她看来迪尔西不过是扁扁的、模糊的一团，但也能看出她把头低下了一点，手里提着热水袋的颈子，就像一头雨中的母牛。

“你不一定非要受这份罪，”康普森太太说，“这不是你的责任。你可以离开。你也不用日复一日地背着这副担子。你也不欠他们的，也没对不起康普森先生的在天之灵。我知道你对杰森也没什么好感。这个你连装样子也不装一下。”

迪尔西什么话也没说。她慢慢转身下了楼。就跟个小孩似的，慢慢地一级一级下着楼梯，手扶着墙。“那您就别管他，随他去吧，”她说，“别再进去了。我一找到拉斯特就让他上去。随他去吧。”

她回到厨房。她看着炉子，然后把围裙从头上脱下来，穿上大衣，打开通院子的门，打量着院子前前后后。细小的、尖利的风雨打着她的皮肤，但是四周没有其他的活物。她轻手轻脚地下了台阶，仿佛是为了避免出声，然后她绕过厨房的拐角。就在这时候，拉斯特突然从地窖口跑出来，一脸无辜的样子。

迪尔西停住了。“你在搞什么鬼？”她说。

“没什么，”拉斯特说，“杰森先生叫我去看看地窖漏水是怎么回事。”

“他是啥时候叫你去干这事的？”迪尔西说，“圣诞节的时候吧，是不是？”

“我也就想趁大家都还睡着去看一看。”拉斯特说。迪尔西走到地窖门口。他站到一边，迪尔西朝下面看了看，里面黑乎乎的，潮湿的泥土味、霉味和橡胶味扑鼻而来。

“怪了。”迪尔西说。她又看了看拉斯特。他和她对视着，一脸直接，清白，坦率。“我不知道你搞什么名堂，不过不管你在搞什么鬼，都别再干了。是不是一大早别人在磨我，你也跟着来了？你上楼照应班吉去，听到没有？”

“好的，姥姥。”拉斯特说。他快步走向厨房台阶。

“慢着，”迪尔西说，“正好抓住你，再给我抱一把柴过去。”

“好的，姥姥。”他说。他从她身边绕开，走向木柴堆。过了一会儿，他又跌跌撞撞到了门前，又被他的木头化身挡得严严实实，路也看不见，迪尔西把门打开，用一只稳稳当当的手，引着他过了厨房。

“可别往那箱子里扔了，”她说，“再敢扔试试。”

“只能扔啊，”拉斯特喘着气说，“没别的办法放下来。”

“那你就在那儿站一会儿。”迪尔西说。她把木柴一根根拿下来。“你今天早晨咋回事啊？过去叫你拿木柴，一次绝不超过六根，生怕累死，今天倒是咋啦？你又有啥事要求我的？那些演出不是走了么？”

“是，姥姥。早走了。”

她把最后一根木柴放到箱子里。“就照我刚才说的，现在上去照应班吉吧，”她说，“在我摇铃之前，我不想有人再从楼上冲我喊。听到没有？”

“好的，姥姥。”拉斯特说。他穿过弹簧门不见了。迪尔西又往炉子里添了些柴，然后回到面板前，又唱了起来。

屋子里暖和了些。不久，迪尔西的皮肤透出了一层鲜艳、滋润的色泽，比起刚才她在厨房忙前忙后时她和拉斯特脸上蒙的一层柴火灰好看多了。她收拾厨具，忙上忙下准备早饭。橱柜上方的墙上，一只挂钟在嘀嗒，它只有晚上掌灯的时候才能看见，即便那时，它也显示一种神秘的深沉，因为它只有一根指针，它嘀嗒响着，然后随着清嗓子似的第一声，它敲了五下。

“八点了。”迪尔西说。她停下来，歪头朝上聆听着。可是除了钟和火苗，再没一点声息。她打开烤箱，看着一盘子的饼，接着蹲下来，停了一会儿，这时候有人在下楼梯。她听到脚步声穿过餐厅，接着弹簧门开了，拉斯特走进来，后面跟着个高个子。这人的形体轮廓似乎是用一种特殊的物质做成的，这物质的颗粒没有凝聚在一起，也没有附着在支撑的框架之上。他的皮肤像是死人的，上面没有毛；他还有些浮肿，走起路来晃晃荡荡，如同一只经过训练的狗熊。他的头发色浅而纤细，整整齐齐梳到眉毛上方，像是银版照片上的小孩子。他的眼睛很清澈，是矢车菊那种赏心悦目的淡蓝色。他的嘴唇张开着，有点淌口水。

“他冷不冷？”迪尔西说。她把手在围裙上擦了擦，摸了摸他的手。

“他不冷，我也冷，”拉斯特说，“复活节的时候总是冷。每年都这样。卡罗琳小姐说要是还没把热水袋准备好就算了。”

“我的老天。”迪尔西说。她拉了把椅子到柴火箱和炉子之间。那人恭顺地坐了过去。“看着餐厅，盯好了，我把热水袋送过去。”迪尔西说。拉斯特把热水袋从餐厅拿过来，迪尔西装满了给他。“快上去吧，马上，”她说，“看看杰森醒了没有，告诉大家早饭准备好了。”

拉斯特出去了。班坐在炉子边。他懒洋洋的，身子一动不动，头却晃来晃去，迪尔西忙来忙去的时候，他一直用那温和的目光看着她。拉斯特回来了。

“他起来了，”他说，“卡罗琳小姐叫我放桌子上。”他到了炉子前，手在柴火箱上头摊开，掌心向下。“他也起来了，”他说，“今天早晨是两脚同时着地的[①]。”

“你怎么回事？”迪尔西说，“别在那儿站着，你站炉子前头，让我怎么干活？”

“我冷啊。”拉斯特说。

“你刚才跑地窖咋就不嫌冷呢？”迪尔西说，“杰森咋回事？”

“说我和班吉把他屋子的窗户打碎了。”

“是碎了吗？”迪尔西说。

“他是这么说的，”拉斯特说，“说是我打碎的。”

---

① 过去美国人的一个迷信，以早晨起床哪只脚先着地预测凶吉。

“他屋子一天到晚这么锁着，你怎么能打碎呢？”

“说我是扔石头砸的。”拉斯特说。

“你扔了没？”

“没扔。”拉斯特说。

“别跟我撒谎了，小子。”迪尔西说。

“我真没有，”拉斯特说，“不信你问班吉，这窗户我看都没看。”

“那到底是谁打碎的？”迪尔西说，“他就是自己瞎折腾，把昆廷给吵醒了。”她说，把那盘松饼从烤箱里拿出来。

“我猜也是，”拉斯特说，“这些人真古怪，幸亏我跟他们不一样。”

“跟谁不一样？”迪尔西说，“告诉你吧，黑小子，你的鬼花招就跟康普森家的人一样多。你当真没砸碎窗户吗？”

“我砸它干吗？”

“你要这些鬼花招干吗？”迪尔西说，“仔细看好他，免得我摆饭桌的时候他又把手烫了。”

她去了餐厅，他们能听到她在里面走来走去，接着她回来了，在厨房桌子上摆了一个盘子，把早饭放在上面。班看着她，淌着口水，嘴里发出急不可耐的哼哼声。

“好了，宝贝，”她说，“这是你的早饭。给他拿把椅子，拉斯特。”拉斯特把椅子搬过来，班坐了下来，一边呜咽一边淌口水。迪尔西在他脖子上围了块布，用那布的一头擦了擦他的嘴巴。“看你这回会不会把布弄脏。”她说，然后递给拉斯特一把勺子。

班不哼了。他看着勺子送到他嘴边，似乎在他身上连渴望也是由肌肉控制的，饥饿本身也是含混不清的，似乎自己也弄不明白。拉斯特熟练但又心不在焉地喂着他。他的注意力有时也会恢复一会儿，让他能够假装拿勺子喂班，让他咬个空，不过拉斯特的心思显然不在这里。他的另一只手搭在椅背上，在那死沉沉的椅背上，手指试探地、轻巧地动着，仿佛是从那死寂之中，模仿着弹奏一支听不见的曲子，有一次他甚至都忘了用勺子逗弄班，手指只是在那锯开的木板上，试探地演奏着一支听不见的复杂曲子。等班又哼了起来，他才回过神来。

在餐厅里，迪尔西来回忙碌着。现在她摇响一只小小的清脆的铃，接着拉斯特在厨房里听到康普森太太和杰森下来了，还有杰森的嗓音，他翻动着白眼倾听着。

“当然了，我知道不是他们砸的，”杰森说，“当然啊，这个我知道。没准是因为天气变化它自己碎掉的。”

“我想这不大可能，”康普森太太说，“你的屋子一直是锁着的，和你去镇上的时候一样。我们都没有进去，除非是星期天去打扫一下。你不要觉得我会去这种不需要我的地方，我也不会让别的人进去。”

“我从来没说是您砸碎的，是不是？”杰森说。

“我不想进你屋子，”康普森太太说，“我尊重所有人的隐私。我就是有钥匙，也不会跨进你门槛一步。”

“是啊，”杰森说，“我也知道您的钥匙不管用。就因为这个我把钥匙换了。我就想知道，这窗户是谁砸的。”

“拉斯特说他没砸。”

“这个不问我都知道。”杰森说。“昆廷在哪儿？”他说。

“每个星期天早晨她在哪儿，现在就在哪儿。”迪尔西说，“你这几天怎么回事？”

“也罢，这个习惯我们得给她扳过来，”杰森说，“上去跟她说早饭好了。”

“杰森，你别去惹她了。”迪尔西说，“她平常都按时起床，也就星期天睡个懒觉，卡罗琳小姐也让她星期天睡一下的。这个你都知道。”

“我就是乐意，也不能让一厨房的黑鬼顺着她的性子伺候她，”杰森说，“去叫她下来吃早饭。”

“没人伺候她，”迪尔西说，“她的饭我帮她温着，等她——”

“我的话你听到没有？”杰森说。

“听到了，”迪尔西说，“你一回到家，就听你数落个没完，不是冲着昆廷和你妈，就是冲着拉斯特和班吉。你怎么就这样由着他，卡罗琳小姐？”

“你最好按他说的做，”康普森太太说，“他现在是一家之主。他要我们听他的，也没什么错。我自己都尽量听他的，我能做到，你也能做到。”

“发这么大脾气，就是为了让昆廷起床，好如他的意，哪有这个道理，”迪尔西说，“没准儿他觉得是昆廷把窗户砸了。”

“她要是碰巧想到这一招，还真会这么干，”杰森说，“快去照我说的做。”

“她要是真干了这事，我都不觉得该怪罪她。”迪尔西说，向楼梯走去，“你在家里老是这么数落她。”

“别说了，迪尔西，”康普森太太说，“轮不到咱俩教杰森怎么做。有时候我觉得他错了，可是为了你们大家，我尽量听他的。既然我这把老骨头都能到桌子上吃饭，昆廷也是可以的。”

迪尔西出去了。他们听到她爬楼梯的声音。他们听到她爬了好长时间。

“您这些用人可都是活宝。”杰森说。他给母亲和自己盛了饭。“一个个下贱到杀都不值得下手，您以前有过好点的没有？我记事以前应该有过吧。”

“我得哄着他们，”康普森太太说，“我凡事都得靠他们呢。我身体又不是那么好。要是身体结实就好了。要是我自己把家务都料理了。至少能帮你卸掉这些负担。”

“我们像是住在猪圈里一样。”杰森说。“快点啊，迪尔西。”他叫道。

“我知道你是怪我，”康普森太太说，“因为我让他们今天去教会。”

“去哪里？”杰森说，“那该死的演出还没完吗？”

“去教会，”康普森太太说，“这些老黑有一堂复活节礼拜。我两个星期以前就答应让他们去了。”

“也就是说，我们晚饭要吃冷饭冷菜了，”杰森说，“或者干脆没的吃。”

“我知道这是我的错，”康普森太太说，“我知道你怪我。”

“怪您什么？”杰森说，“又不是您让基督复活的，是不是？”

他们听到迪尔西上了最后一级楼梯，接着听到她在上头那缓慢的脚步声。

“昆廷。”她说。她第一遍叫的时候杰森把刀叉放下来，和他母亲在桌子两边面对面，用同样的神态等着。一个冷酷、精明，压扁了的褐色头发打了两个倔强的卷，额头两边各一个，仿佛讽刺漫画里的调酒师，淡褐色的眼睛里带黑圈的虹膜像大理石一样。另外一个冷酷、絮叨，一头银发，眼袋松垂，眼神惶惑，眼珠乌黑，仿佛全是瞳仁或者全是虹膜。

“昆廷，”迪尔西说，“起来吧，宝贝。他们等你吃饭呢。”

“我搞不懂那玻璃是怎么会碎的，”康普森太太说，“你肯定是昨天坏的？也可能是天气热了，老早就坏了。又是上面的那半扇，帘子挡着看不见。”

“我跟您最后说一次，是昨天打碎的，”杰森说，“您是不是以为我连自己屋子都不了解？您是不是以为窗子上破个手都伸得进的大洞，我一个星期都不会发现……”他的话音停住了，退去了，只剩他呆望着母亲，一时间眼神一片空白。仿佛他的眼睛屏住了呼吸，他的母亲看着他，面容憔悴、怨怒、絮叨、狡诈却又迟钝。他们坐着的时候，迪尔西又说：

“昆廷，别跟我闹了，宝贝。下来吃早饭吧，宝贝，他们等着你呢。”

“我搞不懂，”康普森太太说，“就好像有人想闯到我们家来一样——”杰森突然跳起来。椅子向后翻了。“怎么——”康普森太太说，眼睛盯着他，他从康普森太太身边跑过，跳上楼梯，然后遇到了迪尔西。他的脸隐在阴影里，迪尔西说：

“她在闹别扭。你妈没锁——”可是杰森从她身边跑过去，沿着走廊跑到一个门口。他没有叫，只是抓住门把手转了一下，手握着门把手，微微低下头，仿佛在聆听着比门后那个方方正正的房间更遥远许多的某个声音，某个他确已听到的声音。那神态仿佛是摆出一副倾听的样子，想欺哄自己真听到了。康普森太太也随他上了楼梯，叫着他的名字。接着她看到了迪尔西，就不叫杰森了，开始叫迪尔西。

“我跟您说过门还没锁。”迪尔西说。

话音未落，他转身向她跑过来，但他的声音却是平静的、就事论事的。“她拿着钥匙吗？”他说，“她现在拿了钥匙没有，我的意思是说，她会不会有——”

“迪尔西。”康普森太太在楼梯上说。

“什么？”迪尔西说，“你怎么就不能让——”

“那个，”杰森说，“房间的钥匙。她是不是一直拿着。母亲。”接着他看到了康普森太太，下楼迎向她。“把钥匙给我。”他说。他开始去掏她那锈黑色睡袍的口袋。她拦住他。

“杰森。”她说。“杰森！你和迪尔西是不是想让我再回床上去啊？”她说，奋力挡开他，“大星期天的，就不能让我太平一下？”

“钥匙，”杰森说，掏着她的口袋，“快给我。”他回头看着门，似乎指望不等他拿到钥匙走过去，那门就能忽地弹开。

“喂，迪尔西！”康普森太太说，把睡袍裹在身上。

“把钥匙给我，你这个老傻瓜！”杰森突然叫起来。他从她口袋里扯出一大串套在一只铁环上的钥匙。这些钥匙锈迹斑斑，仿佛是中世纪狱卒的。他跑回厅里，两个女人跟了过去。

“喂，杰森！”康普森太太说。“他不知道哪一个是。”她说。“你知道我从不让别人拿我的钥匙，迪尔西。”她说。她号哭起来。

“别哭了，”迪尔西说，“他也不会拿她怎么样。我不会让他乱来的。”

“可是这星期天早上，在我屋子里这样。”康普森太太说。“我费了这么大力气，想把他们培养成基督徒。我来找找是哪个钥匙，杰森。”她说。她把手放他胳膊上。接着她跟他抢起来，可是他胳膊肘一拐，就把她推到了一边，然后把她打量了一番，眼神冷酷而恼火。接着他又转向门口，带着那串沉甸甸的钥匙。

“别哭了，”迪尔西说，“还有你，杰森！”

“出事了。”康普森太太说，又哭了起来。“我就知道出事了。喂，杰森，”她说，又扑向他，“我找我自己宅子的房间钥匙，他都不让！”

“好了，好了。”迪尔西说。“能有什么事？这儿有我呢。我不会让他伤害她的。昆廷，”她高声叫了起来，“别怕，宝贝，这儿有我呢。”

门开了，朝里转过去。杰森在门口站了一会儿，让人看不见屋里，接着他让到一边。“进去吧。”他用低沉的声音轻声说。她们进去了。这不是一个女孩子的屋子。也不像别的什么人的屋子。屋子里有廉价化妆品淡淡的气味，有几件女人的物件，还能看出主人曾想把它装点得女性化一点，但手段拙劣，并不成功，反显得不伦不类，最后变得像租给人家幽会用的那种模样刻板、临时拼凑的屋子。床上没有动过。地上放着一条脏内裤，颜色是深粉色。一只半开的衣柜抽屉上挂着一只丝袜，在晃动着。窗户开着。那儿长着一棵梨树，紧贴着屋子。梨树开花了，树枝在墙壁上刮出沙沙的声音。风灌进开着的窗户，把凄凉的花香带了进来。

“你看，”迪尔西说，“我说她没事吧？”

“还没事？”康普森太太说。迪尔西跟着她进了屋子，手摸了一下她。

“您去躺下来，快，”她说，“我十分钟就把她找回来。”

康普森太太甩开她。“找纸条，”她说，“昆廷这样做的时候是留了遗书的。”

“好的，”迪尔西说，“我去找，您回自己屋吧，去吧。”

“他们给她取名叫昆廷的时候，我就知道要出这事。”康普森太太说。她到了衣柜前，开始在里面翻找——香水，瓶子，一盒粉，一支咬过的眉笔，一边豁了口的剪刀躺在一块补过的头巾上，头巾上还有些粉，染了些胭脂。“找纸条。”她说。

“我在找，”迪尔西说，“您去吧，快点。我和杰森来找。您回自己屋里去。”

“杰森，”康普森太太说，“他去哪儿了？”她走向门口。迪尔西跟着她穿过客厅，走到另外一个门口。门关着。“杰森。”她在门外喊道。没人答应。她转了下门把手，然后又叫了一声。还是没人答应，因为他正忙着把壁橱里的东西扔到身后，衣服，鞋子，一只箱子。接着他出来了，拿了一根锯过的截口板，放了下来，又进到壁橱里，拿出一个铁盒子。他把盒子放到床上，然后又看着撬坏的锁，从口袋里掏出一串钥匙，挑了一把，拿在手里站了好一会儿，看着撬坏的锁。然后他把钥匙放回口袋，仔细地把盒子里的东西倒在床上，然后又仔细地收拾起里面的纸张，一次拿起一张，抖一抖。又把箱子竖起来，也抖了一抖，慢慢把那些纸放回去，看着坏锁，手上拿着盒子，头低着。窗外，几只松鸦尖叫着飞过来又飞走，那鞭抽一般的声音，在风中渐渐消散。什么地方有汽车驶过，那声音渐渐远去、消失。他的母亲又在门外叫了一下他的名字，可是他没有动。他听到迪尔西扶着她从厅里走过来，然后一扇门关上了。他把盒子放回壁橱里，将衣服往后面乱扔一气，然后下楼去打电话。迪尔西下楼来的时候，他站在那儿，耳朵贴着话筒等着。她看了看他，步子没停，接着往下走。

电话接通了。“我是杰森·康普森。”他说，声音粗哑低沉，他只好重复一遍。“杰森·康普森，”他说，这次刻意控制着自己的声音，“准备好一辆警车，带上一个副警长，十分钟到。我在这儿——什么？——抢劫。我家里。我知道是谁干的——抢劫啊，我说了。准备好一辆——什么？你们还是不是拿薪水的执法人员啊——是的，我五分钟就到。把车准备好，立刻出发。你要是不干，我就报告州长。”

他啪的一声挂掉电话，走过餐厅，那些残羹冷炙还放在桌子上，他走进了厨房。迪尔西把热水袋装满。班在那儿坐着，安静而茫然。拉斯特在他边上，如同一只杂种狗，活泼而机警。他在吃着什么东西。杰森从厨房里走了过去。

“你早饭一点都不吃吗？”迪尔西说。他没理睬她。“去吃早饭吧，杰森。”他接着走。通院子的门砰的一声在他身后摔上了。拉斯特站了起来，走到窗口向外看。

“哇，”他说，“上面怎么回事？他在打昆廷吗？”

“你给我闭嘴，”迪尔西说，“你要是把班吉惹起来，我就打掉你的脑袋。尽量哄哄他，等我回来，听见没有。”她把热水袋拧上，走了出去。他们听到她在上楼梯，又听到杰森开着车从门口过去。然后，除了水壶的沸腾和钟的嘀嗒，厨房里就鸦雀无声了。

“你知道我怎么想吗，”拉斯特说，“我敢说他揍她了。我敢说他打她的头了，现在是去请医生。肯定是这样。”钟在嘀嘀嗒嗒，声音肃穆而深沉。也许这就是这座衰败的宅子本身枯竭的脉搏，过了一会儿，这钟又清了清嗓子，敲了六下。班朝上看了看，又看了看窗前拉斯特的脑袋那像子弹一样的剪影，他又开始上下颠着脑袋，淌着口水。他又呜咽起来。

“别哭了，傻子，”拉斯特头也没回地说，“看样子今天教会也去不成了。”班坐在椅子上，柔软的大手在两膝之间晃荡，嘴里轻轻哼着。突然间他哭了起来，一种慢悠悠的吼声，没有意义又持续不断。“别哭了。”拉斯特说。他转过身，抬起手。“你要我抽你一顿么？”可是班看着他，每次呼气都慢悠悠地哼一声。拉斯特走过来，摇晃着他。“你马上给我停住！”他叫道。“过来！”他说。他把班从椅子上拽起来，把椅子拖到炉门口，打开炉门，把班推到椅子上。两个人就像狭窄的码头上一条拖船在拖一艘笨重的油轮。班坐了下来，对着玫瑰色的门，不闹了。接着他们又听到了敲钟的声音，迪尔西慢慢在楼梯上走着。她进来的时候，班吉又呜咽起来。接着嗓门越来越高。

“你把他怎么了？”迪尔西说，“这一早上就够乱的了，你咋就不让他消停？”

“我啥也没干，”拉斯特说，“杰森先生吓着他了，就这么回事吧。他没把昆廷小姐杀了吧？”

“别哭了，班吉。”迪尔西说。他停住了。她走到窗口，朝外看着。“雨停了没有？”她说。

“停了，姥姥，”拉斯特说，“早就停了。”

“那你们全出门待一会儿，”她说，“我刚把卡罗琳小姐哄好。”

“我们去教会么？”拉斯特说。

“去的时候我告诉你。我不叫你，你就别让他进屋。”

“我们能去牧场么？”拉斯特说。

“好吧，别让他到屋子里来就行。我已经够受的了。”

“好的，姥姥，”拉斯特说，“杰森去哪儿了，姥姥？”

“这不关你的事，不是吗？”迪尔西说。她开始收桌子了。“别哭了，班吉，马上拉斯特带你出去玩。”

“他把昆廷小姐怎么了，姥姥？”拉斯特说。

“没把她怎么的。你们都出去玩吧。”

“我打赌她不在家。”拉斯特说。

迪尔西看着他。“你怎么知道她不在家？”

“我和班吉昨晚看她从窗口顺着树爬下来了。我们是不是看到了，班吉？”

“你看到了？”迪尔西看着他问。

“我们每天晚上都看到她这么下来，”拉斯特说，“顺着梨树下来。”

“别跟我撒谎了，黑小子。”迪尔西说。

“我没撒谎。你问班吉我撒谎没有。”

“那你怎么不说一声？”

“这又不关我的事，”拉斯特说，“白人的事咱不管。来吧，班吉，我们出去吧。”

他们出去了。迪尔西在桌子边站了一会儿，然后去餐厅把做早饭的东西收拾好，吃了早饭，又打扫了厨房。接着她脱了围裙挂起来，走到楼梯下面听了一会儿。什么声音都没有。她穿上外套，戴上帽子，向自己的小屋走去。

雨已经停了。风从东南边吹过来，使天空露出了一块块的蓝天。越过树林和屋顶，能看到阳光洒落在一个小山顶上，样子如同一片淡淡的布片，接着渐渐散去。风里飘来一声钟声，它似乎是一个信号，别的钟声应声而起，此起彼伏。

小屋门打开了，迪尔西走了出来，还披着那红褐色披风，穿着紫色裙子，套着脏兮兮的长至臂弯的白手套，只不过这回没披头巾。她走到院子里，叫拉斯特。她等了一会儿，然后走向房子，绕过它走到地窖门口，她摸着墙走，看着门里面。班在台阶上坐着。拉斯特蹲在他前面的潮乎乎的地上。他左手拿了把锯子，锯条被手压得有点弯了，他拿出迪尔西三十年来做松饼用的木槌，敲这锯条。敲一下，锯子便发出一声慢吞吞的颤音，然后有气无力地消失。锯条在拉斯特的手和地板之间形成了一道微弱而清晰的弧线。它鼓着肚子，安静而神秘莫测。

“他就是这么弄的，”拉斯特说，“只是我没找对东西来敲。”

“你就是这么干的，是不是？”迪尔西说，“把木槌拿过来。”她说。

“我没弄坏啊。”拉斯特说。

“拿过来，”迪尔西说，“把锯子放回原处。”

他把锯子放回去，递给她木槌。接着班又呜咽起来，绝望而悠长。它什么都不是。只是声音。似乎是行星的交会令所有时间、不公和苦难顷刻间化作语声。

“听听他，”拉斯特说，“你把我们打发出屋子，他就一直这个样子。我不知道他今天早晨怎么了。”

“把他带过来。”迪尔西说。

“走吧，班吉。”拉斯特说。他下了台阶，牵着班的胳膊。他顺从地跟着，嘴里在呜咽，一种船只发出的缓慢而沙哑的声音，似乎在声音发出之前就已经开始，在声音尚未结束的时候就已终了。

“去把他帽子拿来，”迪尔西说，“别让卡罗琳小姐听到什么声音。快点，马上去。我们已经晚了。”

“您要不哄他停下来，横竖她都会听到。”拉斯特说。

“我们离开这里他就不哭了，”迪尔西说，“他闻出来了。就是这么回事。”

“闻到什么了，姥姥？”拉斯特说。

“你去把他帽子拿来。”迪尔西说。拉斯特走了过去。他们站在地窖门口，班在她下面一级台阶上。空中片片云朵匆匆飘过，那影子也飞快地离开破败的花园，越过破烂的围栏，掠过院子。迪尔西慢慢地、不停地摸着班吉的头，抚平他额前的头发。他静静地、不慌不忙地呜咽着。“别哭了，”迪尔西说，“快别哭了。我们马上就走了。快别哭了。”他还在静静地平稳地呜咽着。

拉斯特回来了，戴着一顶硬硬的新草帽，上面扎着一条彩带，手里拿着一顶布帽子。草帽的平面棱角都挺独特，让拉斯特的脑袋很惹眼，看上去像打了聚光灯一样。它形状独特，充满个性，一时看起来，似乎是戴在紧跟在拉斯特身后的什么人头上。迪尔西看着那帽子。

“你怎么不戴你的旧帽子？”她说。

“找不到啊。”拉斯特说。

“就知道你找不到！我敢说你是昨晚藏起来好让自己找不到。你就是想把这一顶糟蹋了。”

“哎，姥姥，”拉斯特说，“又不会下雨。”

“你怎么知道？去把旧帽子找来，把这顶还回去。”

“哎，姥姥。”

“那你去把伞拿上。”

“哎，姥姥。”

“那你自己挑，”迪尔西说，“要不去拿旧帽子，要不去拿伞。挑哪个我不管。”

拉斯特去了小屋。班在低声呜咽。

“好了，”迪尔西说，“他们会跟上来的。咱们去听唱诗吧。”他们绕过房子走向大门。“别哭了。”迪尔西沿车道走着，时不时劝班一下。他们到了大门。迪尔西把门打开。拉斯特沿着车道跟上来，手里拿着伞。旁边还有个女人。“他们来了。”迪尔西说。他们过了大门。“好了。”她说。班不哭了。拉斯特和他妈妈赶上他们。弗洛尼穿着一条亮蓝色丝裙，戴着一顶花帽子。她是个瘦瘦的女人，有一张扁平的和蔼可亲的脸。

“你把六个星期的工钱都穿身上了，”迪尔西说，“要是下雨了看你咋办。”

“我估计得淋湿，”弗洛尼说，“我还从来没让雨停下来过。”

“姥姥老说要下雨。”拉斯特说。

“我要是不管你们，那谁来管，”迪尔西说，“快点吧，咱们已经晚了。”

“今天是希古克牧师讲道。”弗洛尼说。

“是吗？”迪尔西说，“他是谁啊？”

“他是圣路易来的，”弗洛尼说，“是个大牧师。”

“嗯，”迪尔西说，“我看大伙儿需要的是个能让这些不争气的小黑鬼们敬畏神的人。”

“希古克牧师就有这能耐，”弗洛尼说，“听人这么说。”

他们沿街走着。安静的街上，三五成群的白人也在往教会赶，听着风中的钟声，在时隐时现的阳光下走着。风从东南方使劲吹着，过了几天暖和日子，风显得格外寒冷。

“妈，希望你别老带他来教会，”弗洛尼说，“人家会议论的。”

“哪个议论？”迪尔西说。

“我都听到了。”弗洛尼说。

“我也知道是哪些人，”迪尔西说，“那些废物白人，就是他们。觉得他上白人教会不够格，黑人教会又配不上他。”

“不管怎么说，反正人家在议论。”弗洛尼说。

“那你去把他们叫过来，”迪尔西说，“告诉他们善良的主不在乎他聪不聪明。没人在乎这个，除了这帮废物白人。”

街道转了个九十度大弯，一个下坡，接上一条土路。路两侧是很陡的下坡；一片广阔的平地上散布着一些小屋，饱经风雨的屋顶与路面平齐。小屋都建在一小块不长草的地上，地面上堆着些破烂、砖头、木板、瓦罐等等一度派上过用场的物件。附近长出来的，不过是茂盛的杂草和桑树、刺槐、梧桐之类和周围的脏乱沆瀣一气的树木。这些树即使在抽芽时节也像是九月忧伤而顽固的残余，似乎连春天都撇下它们，让它们在周遭浓重独特的黑人气味中汲取养分。

他们经过时，黑人们就在门里跟他们打招呼，通常是向着迪尔西说：

“吉布森姐妹，早上好啊？”

“挺好的，你怎么样？”

“我也挺好，谢谢你啦。”

他们从小屋出来，艰难地爬上页岩所砌的路堤，上到大路上——男人穿着式样呆板、粗糙的黑色或褐色衣服，戴着金表链，有的还拄着拐杖。小伙子穿着廉价的紫蓝色条纹衫，戴着神气的帽子；女人们穿着浆得过硬的衣服；孩子们穿着从白人那里淘来的二手货。大家带着夜行动物的那种神秘贪婪的神色，看着班：

“我打赌你不敢上去碰他一下。”

“我怎么不敢？”

“你肯定不敢。你没这胆子啊。”

“他不会伤人的。他不过是个傻子。”

“傻子就不伤人了？”

“这个不会。我碰过他。”

“我打赌你现在不敢了。”

“因为迪尔西小姐看着呢。”

“不管怎样你都不敢。”

“他不会伤人的，他不过是个傻子。”

不断有上了年纪的人跟迪尔西说话，不过，除非年纪很大的，否则迪尔西不许弗洛尼回话。

“姥姥今天心情不大好。”

“那太糟了，不过希古克牧师会治好的。他会安慰她，让她放下包袱。”

又成了上坡路，前面就好像一张画出来的布景。小路通向一片红土堆中间的豁口。红土堆上面栽着橡树。小路到这里戛然而止，仿佛一条被剪断的丝带。边上是一座破败的教堂，那样式奇特的尖顶就跟画里的教堂一样。整个景象平面化而没有景深，就像一张画了画的纸板立在平坦大地的边缘，面冲着此地四月的有风的晴空和回荡着钟声的半上午。大家带着安息日的矜持，慢慢涌向教堂。妇女孩子们直接进去，男人停在外头，三五成群，低声交谈。钟声停歇的时候，他们也进去了。

教堂里装点过，有从厨房附近花圃和树篱中采摘的几束花，还有皱纹纸做的彩带。讲台上方挂着一个破旧的圣诞钟模样的装饰，样子如手风琴。讲台上空荡荡的，不过唱诗班已经就位，天气不算暖和，但他们都在扇扇子。

大多数女人凑到屋子的一侧。她们在说话。接着钟敲了一下，她们散开，回到各自座位，会众坐了一会儿，眼神充满期望。钟又敲了一下。唱诗班起立，开始唱歌。此时会众齐刷刷转过头来，有六个小孩——四个女孩，用蝴蝶一样的小布头紧紧束着辫子，还有两个男孩，短短的鬈发——从走廊上步伐一致地走过来，白色的丝带和鲜花把孩子们连到了一起。后面一前一后跟着两个男人。第二个身材魁伟，淡淡的咖啡色皮肤，穿着礼服，打着白领带。他的头部显得威严而深沉，衣领上方的脖子皮肉叠了好几重。不过大家对他很熟悉，所以他走过的时候，大家头还在扭着。等唱诗班献诗结束，大家才意识到特邀牧师已经进来了。看到走在牧师前面的这个人登上讲台，下面顿时发出一阵难以名状的声音，那是叹息声，夹杂着惊讶与失望。

特邀牧师身材矮小，穿着破旧的羊驼呢外套。他生着一张布满皱纹的黑脸，模样如同一只上了年纪的矮小猴子。唱诗班又站起来献诗，六个小孩站起来，用细细的、惊恐的、走调的声音低声唱着。这期间会众一直看着那个其貌不扬的人。他坐在那里，被高大伟岸的牧师衬托着，显得如同侏儒，模样也颇为土气，让人惊愕。大家仍带着惊愕和疑惑看着他，这时候牧师站起来，用抑扬顿挫的语调介绍起来。介绍得越是热情，就越是显出了特邀牧师的无足轻重。

“就他还是从圣路易过来的。”弗洛尼低声说。

“我见过主用更怪的材料呢。”迪尔西说。“别哭了，听见没。”她对班说，“他们过一会儿又要唱了。”

特邀牧师站起来说话的时候，声音像个白人。他的语音平缓、冷静。听起来太响亮，不像是他发出来的，大家一开始好奇地听着，就像在听一只猴子讲话。大家看着他，就像看一个走钢丝的。大家甚至忘了他的貌不惊人，而只是看着他在那钢丝一般平静、没有抑扬的声音之上，熟练地跑着，摆着姿势，腾挪着。最后，那声音仿佛滑翔下来了，他身子靠到读经台上稍事歇息，一只胳膊搭在讲台上，和肩膀齐平，猴子般的身体像一具木乃伊或是空船，会众一起叹息起来，恍若从一场集体做的梦里惊醒过来，都在各自椅子上动了动。在讲台后面，唱诗班一直在扇着扇子。迪尔西低声说：“别哭了，他们马上要唱了。”

接着一个声音说：“各位弟兄。”

这位牧师的身子没有动。胳膊还搭在桌子上，保持着原来的姿势，他那洪亮的声音在四壁之间回荡，渐渐消散。这声音和早先的声音如有昼夜之别，它像中音喇叭，忧伤、低沉，直指人心，那起伏的回音消散之后，仍在他们心里诉说着。

“各位弟兄，各位姐妹。”这声音又响起来。牧师把手从讲台上挪开，开始在桌子前面来回走动，背着手，那身躯低矮、佝偻，像一个长期困在残酷大地上的人。“我有羔羊的纪念和宝血！”[①]在那些七扭八歪的彩纸和圣诞钟装饰之下，他踏着沉重的步子来回走动，腰佝偻着，背着手。他就像一块淹没在自己起伏不绝的声浪中被磨去棱角的小石子。他似乎是用这样的身子喂养自己的声音。那声音像魔女，用牙齿噬咬着他。会众们仿佛眼睁睁看着那声音将他吞没，最后他消失了，他们也消失了，连一点声音都没有了，只有心与心，用吟唱的节奏在交流，无需语言。等他靠着读经桌歇息下来的时候，那猴子一般的脸抬了起来，他的整个姿态如若宁静、苦难的十字架受难情形，超越了原本的猥琐与卑微，使形象变得无关紧要。会众发出一声悠长的呻吟般的叹息，一个女人高声说：“是的，耶稣！”

随着白昼在头顶上倏忽飞过，昏暗的窗户亮起来，又幽灵般地退回阴森森的昏暗之中。有辆汽车从外面的路上驶过，在沙地里艰难行进着，声音慢慢远去。迪尔西坐直身子，手放在班的膝盖上。两滴眼泪从她那凹陷的脸颊上滑下来，在牺牲、克制和时间留下的满脸皱纹里流淌。

“各位弟兄。”牧师用沙哑的低声说，身子一动不动。

“是的，耶稣！”那女人又说了一声，不过声音低了一些。

“各位弟兄，各位姐妹！”他浑厚的、中音喇叭般的声音又响了起来。他把胳膊抽回来，笔直地站着，抬起手。“我有羔羊的纪念和宝

① 羔羊是指耶稣，宝血指耶稣在十字架上受刑时流的血，《圣经》称此血有洁净人罪的功效。参见《圣经·启示录》7:14：“我对他说，我主，你知道。他向我说，这些人是从大患难中出来的，曾用羔羊的血，把衣裳洗白净了。”

血！”大家不知道他的声调和发音什么时候变成了黑人腔，他们在椅子上轻轻摇晃着，他的声音正将他们带进去。

“等那漫长、寒冷——对了，我跟你们说，各位弟兄，等那漫长、寒冷……我看到了光，看到了道，可怜的罪人！他们在埃及死去，那些摇晃着的马车；一代代的人在死去。过去的富人，如今在哪边，啊，各位弟兄？过去的穷人，如今在哪边，各位姐妹？啊，我告诉你们，如果等那漫长、寒冷的岁月过去，而你们却没有救赎的牛奶和甘露，那将如何呢？”

“是啊，耶稣！”

“我告诉你们，各位弟兄，我也告诉你们，各位姐妹，那一天迟早要来的。可怜的罪人会说，让我和主一起躺卧，让我卸下重担。那时候耶稣会怎么说，啊，各位弟兄？啊，各位姐妹？你们有没有羔羊的纪念和宝血？因为我不想让天国负荷过重！”

他在外套里搜寻着，拿出一块手帕，擦了擦脸。会众异口同声地发出一声呻吟：“唔——！”那个女人的声音又响了起来：“是的，耶稣！耶稣！”

“各位弟兄！看看坐在那儿的孩子。耶稣过去也是这个样子。他的妈妈也有过荣耀，受过痛苦。有时候，夜幕降临时，或许天使唱歌让他入睡；或许他朝外面看，看到罗马巡警从门前走过。”他来回走动着，擦着脸，“听着，各位弟兄！我看到了那一天。玛丽坐在门口，把耶稣抱在膝上，那位小耶稣。那位小耶稣，和那边的小孩子一样。我听到了天使唱着平安和荣耀的歌曲；我看到了那渐渐闭上的眼睛。我看到玛丽跳起来，看到了士兵的脸：我们要去杀戮！我们要去杀戮！我们要杀死小耶稣！我听到了那可怜的妈妈在哭泣和哀诉，因为她得不到主的拯救和神谕！”

“唔——！耶稣啊！小耶稣啊！”这时另一个声音高喊。

“我看到了，啊，耶稣！啊，我看见了！”还有一个人的声音，如同水里冒的气泡。

“我看到了，弟兄们！我看到了！我看到了那让人耳不忍听、目不忍视的景象！我看到了那骷髅地，那儿有那神圣的树，我看到了小偷、杀人犯，还有那些最下流无耻的人。我听见了那些大话，那些狂言：你要是耶稣，就背起你的树来行走啊！[①]我听到了女人的哭泣和夜晚的哀悼；我听到了那哭泣、哀号，上帝转过脸去说：他们当真杀死了耶稣！他们当真杀死了我的爱子！”

“呣——。耶稣！我看到了，啊，耶稣！”

“啊，盲目的罪人们哪！各位弟兄，我告诉你们；各位姐妹，我跟你们说，当主果真转过他大能的脸，说：我不想让天国负担过重！我能看到鳏居的上帝关上他的门；我看到了洪水在天地间汹涌；我看到了黑暗和死亡降临到世世代代人的头上。然后，看吧！各位弟兄！是的，各位弟兄！我看到了什么？我看到了什么，啊，罪人们啊？我看到了复活和光明；我看到温顺的耶稣说他们杀死了我，才让你们得重生；我死去，才让看到并信的人得永生。各位弟兄们，啊，各位弟兄！我看到了末日，金色的号角吹响，使荣耀降临，拥有羔羊的宝血与纪念的死人复活。”

在众人的声音和举起的手臂之间，班坐着，瞪着那双温柔的蓝眼睛出神。迪尔西在旁边坐得笔直，为着被纪念的羔羊的受难和宝血，呆呆地、静静地哭泣着。

当他们在中午明媚的阳光中走上铺着沙子的大路，三五成群地交谈着，迪尔西仍然在哭，别人说什么她都没在意。

“乖乖，他还真是个好牧师！乍一看不怎么样，结果呢，嘿！”

---

① 据《圣经·马太福音》27:39—44节和《马可福音》2:9节记载，耶稣死前被迫背负十字架行走。

“人家见过权力和荣耀。”

“可不是嘛！绝对见过。面对面见到了。”

迪尔西没出声，她的脸不再颤抖了，眼泪沿着那沟沟坎坎的脸流下来，她仰着头走路，眼泪都没去擦。

“你怎么还在哭，妈？”弗洛尼说，“这些人都看着呢。我们马上要从白人身边走过了。”

“我见到了初，也见到了终。[①]”迪尔西说，“你别管我。”

“什么初什么终呢？”

“这你别管，”迪尔西说，“我见过初，现在我也见到了终。”

在他们走到大街之前，她停下来，撩起裙子，用最外层的边擦干了眼泪。他们继续走。班在迪尔西边上摇摇晃晃地走着，看着前面怪模怪样的拉斯特。拉斯特手里拿着伞，新草帽在阳光下痞里痞气地歪戴着，就像一只大笨狗看着一只机灵的小狗。他们来到家门口，走了进去。班立马又呜咽起来，一时间，大家都朝车道尽头方方正正的屋子看去。屋子没有粉刷过，柱廊在朽坏。

“今天出啥事了？”弗洛尼说，“好像有啥不对劲。”

“没啥，”迪尔西说，“你管好你的事，让白人管他们自己的事。”

“反正出啥事了，”弗洛尼说，“我一早就听到他在闹了。不过也是，这不关我的事。”

“我也知道是什么事。”拉斯特说。

“你管的闲事太多了，”迪尔西说，“你没听弗洛尼说这不关你的事吗？你带班吉到后面玩去，别让他哭闹，等我把饭做好再回来。”

“我也知道昆廷小姐在哪儿。”拉斯特说。

“那就烂在肚里别说了，”迪尔西说，“等什么时候昆廷小姐来找你

① 参见《圣经·启示录》22:13：“我是首先的，也是末后的，我是初，我是终。”

征求意见了，我会告诉你的。你们马上去后头玩去。”

“要是他们开始在那儿打球，你知道会怎样。”拉斯特说。

“他们这会儿还不会打的。到时候T. P. 会来带他去兜风。来，把那新帽子给我。”

拉斯特把帽子给了她，他和班打后院走了。班还在呜咽，不过声音不大。迪尔西和弗洛尼去了小屋。过了一会儿，迪尔西出来了，仍然穿着那条褪色的印花裙子，走到厨房去。火已经熄了。屋子里什么声音也没有。她系上围裙，上了楼梯。到处都悄无声息。昆廷的房间还跟他们离开时一个样。她走进去，把内衣捡起来，把长筒袜放回抽屉，关上抽屉。康普森太太的房门还关着。迪尔西在边上站着听了一会儿。接着她打开门，走了进去，一股樟脑丸气味扑面而来。百叶窗拉上了，屋子里有些暗，床也是，所以一开始她以为康普森太太睡着了，正要把门关上，这时候对方开口了。

“嗯？”她说，“是谁啊？”

“是我，”迪尔西说，“您需要什么吗？”

康普森太太没有回答。过了一会儿，她的头没有动，嘴里说：“杰森去哪儿了？”

“他还没回来，您要什么？”

康普森太太什么话也没说。和许许多多冷漠、虚弱的人一样，面临一场无可挽回的灾难时，她不知从哪里拿出了坚毅和力量。她对于这尚未明确的事件有了一种不可动摇的信念。“哎，”她马上就说，“你找到没有？”

“找到啥？您在说啥呢？”

“条子。她至少想起来留个条子吧。昆廷都留了。”

“您说啥呢？”迪尔西说，“您难道不知道她没事吗？我打赌天黑之前她一准从这门里走进来。”

“胡说八道，”康普森太太说，“这是遗传啊。外甥女像舅舅。或者像妈妈。我不知道哪种情况更糟糕。我好像也无所谓了。”

“您干吗老这样说？”迪尔西说，“她为什么要这样做呢？”

“我也不知道。昆廷自杀能有什么原因呢？苍天在上，他这么做凭的是什么？不应该只是戏弄我，伤害我。不管上帝是谁，他不会允许这样。我是个大家闺秀。别人看我的子孙们这样也许不信，但我的确是。”

“您等着看吧，”迪尔西说，“她到晚上就回来了，乖乖地上床睡觉。”康普森太太什么也没说。浸过樟脑的布搭在她的额上。黑裙子横搭在床脚。迪尔西站在那里，一只手搭在门把手上。

“好了，”康普森太太说，“你还有什么事？是不是要去给杰森和班吉明弄点晚饭，还是不弄了？”

“杰森还没回来，”迪尔西说，“我去弄一点。您真的不需要什么吗？您的热水袋还热不热？”

“你还是把我的《圣经》递给我吧。”

“早晨走之前给您了。”

“你放床沿上了。你还指望它能在这里放多久？”

迪尔西走到床前，在床沿下的阴影里摸索一番，找到了倒扣着的《圣经》。她把折了的那页抚平了，又把书放回床沿。康普森太太没有睁眼。她的头发和枕头一样颜色，额头搭着那块头巾一样的浸过药的布，她看上去就像个祈祷的老修女。“别再放那儿了，”她说，眼睛没有睁开，“早先你就放这儿。你想要我下床去捡吗？”

迪尔西伸手越过她，将书放在另一侧更宽敞的床沿。“这会儿你看不清没法读啊，”她说，“要不要我把百叶窗拉开一点？”

“不用了，随它去吧。去给杰森弄点吃的吧。”

迪尔西出去了。她把门带上，回到厨房。炉子几乎全冷了。她站在那儿，橱柜上头的钟敲了十下。“一点了，”她大声说，“杰森是不会回家了。我见过初，也见过终。”她说，眼睛盯着冷炉子。“我见过初，也见过终。”她把一些冷饭冷菜摆到桌子上。来回走动的时候，她嘴里唱着一首赞美诗。调子是唱全了，歌词只是翻来覆去头两句。她把饭菜摆放好，去门口叫拉斯特，过了一阵子，拉斯特和班进来了。班还在自言自语地哼着。

“他就是不肯歇啊。”拉斯特说。

“你们都来吃吧，”迪尔西说，“杰森不会来吃饭了。”他们坐到桌子前。班自己吃固体食物满能应付，但即使现在给他的是些冷饭菜，迪尔西还是在他脖子上围了块布。他和拉斯特吃着。迪尔西在厨房里走来走去，唱着自己记住的两句歌词。“你们尽管吃，”她说，“杰森不会回来了。”

杰森这时候在二十英里之外。离开家之后，他马上飞快地开车进城，超过了慢慢走的安息日人群，穿过时有时无的风吹来的那霸道的钟声。他穿过空荡荡的广场，转进一条突然间寂静下来的窄街，在一个木框架房子前面停住，下了车，沿着两边开着花的小道走向门廊。

纱门里有人在说话。正要举手敲门时，他听到了脚步声，于是他把手缩回来，一个下身穿一条粗呢布裤子，上身穿一件无领硬胸白衬衫的大块头开了门。他一头桀骜不驯的钢灰色头发，一双灰眼睛又圆又亮，像小孩的眼睛。他抓住杰森的手，把他拉进屋里，手还握着没松开。

“快进来，”他说，“快进来。”

“你准备好出发了吗？”杰森说。

“进来啊。”另一个人说，用胳膊肘推着他进了屋，屋里坐着一男一女。“你认识默特尔的丈夫，对不对？这位是杰森·康普森，这位是维尔农。”

“认识的。”杰森说。他都没看那人一眼，警长把椅子从屋子那边拖过来，那人说，

“我们先出去，你们好说话。走吧，默特尔。”

“不用，不用，”警长说，“你们都坐着别动。我觉得问题没那么严重吧，杰森？你坐。”

“我们边走边说，”杰森说，“去拿你的帽子和警服吧。”

“我们还是出去吧。”男人说，他站了起来。

“你们坐，”警长说，“我跟杰森到门廊上去。”

“你去拿你的帽子和警服吧，”杰森说，“他们已经出发十二个小时了。”警长带他们走到门廊上。一对路过的夫妇跟他说话，他用热情、夸张的语气回答。钟仍然在敲，是从一个叫“黑人山谷”的地方传来的。“去拿帽子吧，警长。”杰森说。警长拉过来两把椅子。

“坐下来，跟我说说出了什么事。”

“我都电话里跟你说了，”杰森站着说，“我这是为了节省时间。我是不是要按照法律来办，才能让你去执行公务？”

“你坐下来，跟我说说，”警长说，“我会把你照应好的。”

“照应个屁，”杰森说，“你这样还算照应我？”

“耽误事的是你，”警长说，“坐下来跟我说说。”

杰森讲给他听，一肚子挫败和无能感让他嗓门越来越大，他激愤地为自己辩护了一通，越说越来气，过了一会儿，他反倒把急事给忘了。警长用那双冷静有神的眼睛一动不动地盯着他。

“不过你也不确定他们是不是这样干了，”他说，“你只是这样猜想。”

“不确定？”杰森说，“我花了他妈两天时间走街串巷跟着她，想方设法让她别跟他在一块，先前我就跟她讲，一旦让我逮着跟他鬼混我会怎么治她，现在你却说我不知道这个小婊——”

“好了，好了，”警长说，“够了，你别说了。”他朝外看着街对面，手插在裤兜里。

“我跑到你这个正式任命的执法官这里来。”杰森说。

“演出这周是在莫特生。”警长说。

“是啊，”杰森说，“要是我找的执法官真他妈能够保护一下起初选他的民众，那我早到莫特生了。”他又把故事简要说了一遍，仿佛能从自己的愤怒和无能感中得到实实在在的乐趣似的。警长看上去根本没在听。

“杰森，”他说，“你把三千块钱藏在家里干吗？”

“什么？”杰森说，“我怎么存钱是我的事。你的事就是帮我找回来。”

“你母亲知不知道你在家里藏了这么多钱？”

“听着，”杰森说，“我家被人抢了。我知道是谁干的，也知道他们在哪里。我到你这个正式任命的执法警官这里来，我再问你一遍，你究竟要不要出点力气帮我追回财产损失，要不要？”

“要是抓到他们，你打算怎么处理这姑娘？”

“不处理，”杰森说，“什么都不做。我碰都不会碰她一下。这个婊子害我丢了工作，害我错过了唯一一次发展良机，害得我父亲丧命，害得我母亲一天天地折福减寿，害得我自己成了镇上的笑柄。我不会拿她怎么样的。”他说：“我什么都不会做。”

“是你把这姑娘逼跑的，杰森。”警长说。

“我怎么管家不关你的事，”杰森说，“你到底要不要帮我？”

“是你逼她离家出走的，”警长说，“我还怀疑这笔钱到底属于谁，这事我估计一辈子都断不清。”

杰森站着，双手在慢慢绞着帽子边。他平静地说：“你是不想帮我抓他们了？”

“这不关我的事，杰森。你要是有什么切实的证据，那我必须采取行动。可要是没有证据，我恐怕就管不了了。”

“这就是你的答复，是不是？”杰森说，“你现在再好好想想。”

“不用想了，杰森。”

“行。”杰森说。他戴上帽子。“你会后悔的。我也不是没人帮。这可不是俄国，戴上个小小的金属徽章，就可以逍遥法外。”他走下台阶，上了车，发动引擎。警长看着他开走，转弯，匆匆驶离这所房子，向镇上开去。

钟又响了起来，在那匆匆掠过的阳光之中，钟声嘹亮、破碎而杂乱。他在一个加油站停了一下，让人检查了一下轮胎，把油箱加满。

“要出远门呢，是不？”加油的黑人问他。他没有回答。“看来天总算要放晴了。”黑人又说。

“晴个屁，”杰森说，“到了十二点你看，他妈还不知道要下多大的雨。”他看了看天空，想着下雨的事，想着打滑的黏土路，想着自己困在离镇上很多英里的什么地方。他怀着一种得意的心态想着这些，想着自己铁定赶不上晚饭了，想着如果顺着一肚子的急躁现在就出发，那么极有可能到中午正好走到离两个镇都很远的地方。他感觉现下的处境就是要他休息一下，于是他跟那黑人说：

“你他妈在干吗？是不是谁收买你了，让你磨磨蹭蹭不让我的车开走？”

“这儿完全没气了。”黑人说。

“那就别他妈在那儿瞎整了，把气筒给我。”杰森说。

“现在好了，”黑人站起身说，“你现在可以开了。”

杰森上了车，发动引擎，开动了。他挂了二挡，引擎吭哧吭哧的，他把引擎开到最大，把油门猛踩到底，粗野地啪啪地开关风门。“要下雨了，”他说，“等我跑到半路，就大雨倾盆。”他开着车子远离了钟声，远离了镇子，想象着自己在泥泞里困住，苦苦寻找两驾马车帮忙的情形。“那时候大家全他妈在教堂里。”他想象自己终于找到一座教堂，找到几匹马，马主人跑出来，冲他喊叫，他把那人打倒。“我是杰森·康普森。看你能不能挡住我。看你能不能去选个执法长官来挡住我。”他说，他想象自己领着一群士兵，上了法院，把警长拖了出来。“还妄想能叉着手坐在那里看我丢工作。我要让他领教领教什么叫工作。”他丝毫没有去想自己的外甥女，也没有想到那笔钱究竟价值几何。十年来，外甥女也好，钱也好，在他心目中既无实在感，也无个性：二者加在一起，不过是象征着那份他还没有得到就已经失去的银行差事。

天空晴朗了，飞掠而过的碎影已变成了光。在他看来，天放晴这个事实，仿佛都是敌人搞出来的什么诡计，是一场他带着旧伤去迎接的新战斗。他不时会路过教堂——没有粉刷过的木结构建筑，钉着铁皮的尖顶，周围是系着的马匹和破旧的汽车。在他眼中，每一座教堂仿佛都是一个岗哨，在那里命运的卫兵们都在匆匆回头，向他偷看过来。“你也该死，”他说，“看看你有没有能耐把我挡住。”他又想到了自己，想到那一列士兵，还有后面上了镣铐的警长，要是有必要，就是全能的上帝，他都要给从宝座上拉下来；他想着在天堂和地狱的鏖战，他从战火中穿过，直到亲手抓住他那逃跑的外甥女。

风从东南吹来。一个劲儿地吹他的脸颊。他似乎感觉这风持续不断地劲吹，一直渗进他的脑袋，突然间，出于一种曾经的预感，他猛踩刹车，停了下来，纹丝不动地坐在那。接着他抬起手摸了摸脖子，开始骂起来，坐在那里，低声地、狠狠地咒骂着。过去，如果要开车出远门，他总是带一个浸了樟脑的手帕，缓解头痛用。出了镇子，他就把手帕系在脖子上，闻着樟脑味。于是，他下了车，拿开坐垫，指望不小心忘了一块手帕在下面。他在两个座位下都找了一遍，在那儿站了一会儿，嘴里咒骂着，想着这功败垂成的嘲弄。他闭上了眼睛，靠着车门。他可以回去拿忘带的樟脑，也可以继续赶路。但无论怎样，头都疼得跟要裂了一样，在家里，星期天的时候他总可以找到樟脑，要是继续赶路，可就难说了。但如果回家，去莫特生就要耽误一个半小时了。“或许我可以开慢点，”他说，“或许我可以开慢点，想想别的事……”

他上了车，发动起来。“我来想点别的事。”他说，于是他想起洛琳来。他想象他和洛琳上床，只不过他是躺在她边上，央求她帮自己忙，接着他又想起钱来，想着自己被一个女人、一个姑娘耍了。他要是相信是那男的偷走他的钱多好啊。想着被偷去的钱原本是对他丢工作的补偿，想着这钱来得是多么费劲多么冒险，它象征的就是他丢掉的工作，却被这么一个下贱的小丫头偷走了。他继续往前开着，用外套的一角挡住不断吹来的风。

他看到自己命运和意志这两股相反的势力在会合，最终将不可逆转地交汇到一起，他开始算计起来。我现在一步都不能错了，他自言自语。只有一条正路可走，别无他途：他必须这样做。他相信，这两个人见到他之后，马上都能认出来。他还不知道能不能先看到她，除非那男的还打着红领带。能否大功告成，全要看这红领带了，这一点似乎是这个迫在眉睫的灾难的总结；他几乎都能闻得到，感觉它悬在自己那抽痛的头上。

他翻过了最后一个山坡。山谷里烟雾弥漫，树丛中露出一个个屋顶，间或还有一两个尖塔。他沿坡而下，开进镇子，车速减了下来，他还在叮嘱自己要小心行事，先得把帐篷地点找到。他现在视力不大好了，他知道这是灾难不断在提醒自己直接去弄点什么东西把头痛止住。在一个加油站，他听人说帐篷还没搭起来，但是演出的车子在火车站铁路的旁轨上。他开车到了那儿。

两辆漆得很花哨的卧铺车停在轨道上。他把两辆车侦察了一番才下车。他努力放缓呼吸，免得血在他头颅里冲来撞去。他下了车，顺着车站墙壁走着，看着那两辆卧铺车。车窗里挂出来几件演出服，软塌塌，皱巴巴的，就像刚刚洗的。车踏板边的地上放着三把帆布椅子。可是他没看到四周有人，后来看到一个男的，围了条脏围裙，走到门口，把一锅洗碗水猛地倒掉，阳光在金属锅身上闪耀着。然后那人又进了车厢。

我得来个措手不及，免得他去给他俩报信，他想。他从没想过也许他们不在这里，不在车厢里。他们不在这里，结果如何不取决于究竟是他先发现他们，还是他们先看到他，这是有违常理，有违事态发展节奏的。更重要的是：他必须先看到他们，把钱拿回来，至于他们做了啥对他来说一点不重要，不然的话，全世界都会知道他杰森·康普森被昆廷，他的外甥女，一个小贱人给抢了。

他又侦察了起来。接着他走到车厢前，上了踏板，步子迅速而安静，然后在门口停了一下。厨房间里黑乎乎的，发出一股食物的霉味。那人的身影是白糊糊一片，他在用沙哑、颤抖的高音唱着歌。是个老头，他在想，个头还没我大。他进车厢的时候，那人正好抬头看。

“嘿？”那人停止唱歌问了声。

“他们去哪儿了？”杰森问，“快点，马上说，在卧铺车厢吗？”

“谁在哪儿？”那人说。

“别跟我撒谎了。”杰森说。他在拥挤而模糊的车厢里跌跌撞撞向前走。

“怎么回事？”对方说，“你说谁撒谎来着？”杰森抓住他肩膀的时候，他大叫起来：“当心点，伙计！”

“别撒谎了，”杰森说，“他们在哪儿？”

“干吗，狗杂种。”那人说。他的胳膊非常瘦弱，被杰森牢牢抓着。

他想挣脱，接着他倒向身后堆满杂物的桌子，在上面乱摸起来。

“快说，”杰森说，“他们在哪儿？”

“我来告诉你他们在哪儿，”那人尖叫道，“让我找到杀猪刀再说。”

“好了，”杰森说，想法抓住他另一只胳膊，“我只是问你个问题。”

“你这狗杂种。”对方尖叫道，仍然在桌子上乱摸着。杰森想把他两只胳膊都抓住，想把他那渺小的愤怒罩住。那人的身体感觉如此老迈，如此瘦弱，可又是那么不顾一切，这让杰森第一次明明白白地看到自己正在迈向的灾难。

“慢着！”他说，“好了，好了！我出去。你给我点时间，我出去。”

“居然说我撒谎，”对方带着哭腔说，“放开我。你就放我一下。我会让你见识见识的。”

杰森瞪大眼睛狂乱地往四周看，手仍然抓紧对方。外面现在天气晴朗，阳光灿烂，风急，天晴，空荡荡的，他想到人们不久就会吃完星期日晚饭悄悄回家，一个个身着盛装，喜气洋洋，他又想着自己在这里正拼命抓住这个拼了命的气急败坏的小老头，都不敢松一下手好让自己有时间转身跑开。

“你能不能停一会儿，好让我出去啊？”他说，“行不行？”可是对方还在挣扎，于是杰森松开一只手，向他头上打过去，下手笨拙而匆忙，而且也不是很重，不过对方立刻瘫下，滑倒在地，把锅碗瓢盆砸得噼里啪啦一阵响。杰森站在他边上，喘着气，聆听着。接着他转身，跑出了车厢。到了门口，他屈身慢慢下了踏板，又在那里站住了。他的喘息发出哈哈哈的声响，他站在那里，想把这声音压下去，眼睛瞟来瞟去，突然听到身后有急匆匆的脚步声，一转头，只见小老头从车厢过道里踉踉跄跄、怒气冲冲地跳过来，手上高高举着一把生锈的斧头。

他把斧头抓住，没感到震动，但是知道自己在倒地，心想大概就这样大结局了吧。他相信自己就要死了，突然脑后被什么东西砸了一下，他想：他是怎么打中我那儿的？只可能是他早就砸到我了，他想，我只是刚刚感觉到，他想，快点，快点。早点了结吧。突然他又生出求生欲望来，夹杂着盛怒，他开始扭打起来，只听到老头在哭号，用沙哑的嗓子咒骂他。

他还在扭打着，突然人们扶他站起来，抱住他，他停住了。

“我流了许多血吗？”他说，“我脑袋后面。是在流血吗？”他还在说着，这时候感觉大家把他快速推开，听到老头细弱而愤怒的声音在身后越来越远。“看看我的头，”他说，“等等，我——”

“等个屁，”抱住他的人说，“那个小个子马蜂会把你杀掉的。快走吧，你没伤着。”

“他砍到我了，”杰森说，“是不是还在淌血？”

“走吧。”对方说。他带着杰森绕过车站角落，走到空空的站台，那里停着一辆邮局卡车，一块草地上的草在僵直地长着，四周是僵直的花朵，还有一个霓虹灯的告示牌：“用你的 好好看看莫特森”，文字的空隙当中画着个人眼，瞳仁是霓虹灯泡。那人松开了他。

“好了，”他说，“你离开这儿，不要再过来了。你想来干吗？寻短见吗？”

“我在找两个人，”杰森说，“我不过问问他们在哪儿。”

“你找谁啊？”

“是个姑娘，”杰森说，“还有个男的。他昨天在杰弗逊的时候打着红色领带。是这演出团的人。他们把我的钱偷走了。”

“哦，”那人说，“原来是你啊，是不是。不过，他们不在这儿了。”

“我估计也是这样。”杰森说。他靠着墙，手在后脑勺摸了一把，然后看看手心。“我还以为我流血了，”他说，“我以为他用那斧头砸着我了。”

“你的头磕在铁轨上了，”那人说，“你最好还是走吧，他们不在这儿。”

“是啊。他说他们不在，我还以为他在撒谎。”

“你是不是觉得我也在撒谎啊？”那人说。

“没有，”杰森说，“我知道他们不在。”

“我跟他说了，叫他们滚蛋，两个都滚蛋，”那人说，“我不想我的剧团里有这种事。我这是正规的演出，剧团都是正经人。”

“是啊，”杰森说，“你不知道他们去哪儿了吗？”

“不知道，我也不想知道。我的剧团里谁也不准搞这些名堂。你是她……哥哥？”

“不是，”杰森说，“这不重要。我只想见到他们。你肯定他没砸到我？我的意思是，没流血？”

“要不是我来得及时，肯定要流血了。你离远点吧，快点。那个小个子杂种会把你杀死的。那儿是你的车？”

“是的。”

“那你就上车，回杰弗逊去。要是你找到了他们，也不会是在我剧团里。我这都是正经演出。你说他们偷你钱了？”

“没有，”杰森说，“现在也无所谓了。”他走到车子前，坐进去。我该干什么呢？他在想。接着他想起来了。他发动了引擎，沿着街道慢慢开到一个药店门口。店门上了锁。他手放在门把手上，微微低头，站了一会儿。他走开了，当看到一个男人走过，他问附近有没有营业的药店，可是一个都没有。然后他又问往北的火车什么时候发车，那人告诉他两点半。他穿过人行道，又回到车上坐下。过了一会儿，两个黑人小伙子路过。他把两人叫住。

“你们两个谁会开车？”

“会的，先生。”

“马上开车送我去杰弗逊要多少钱?”

两个小伙子对视着，嘟嘟哝哝说着。

“我给你们一块钱。”杰森说。

两个人又嘟哝一番。“这个钱不行。”其中一个说。

“那多少才行?”

“你能去吗?”一个人说。

“我脱不开身，”另外一个人说，“你去不行吗? 你反正也没事干。”

“我有事。”

“你有啥事?”

他们又嘟哝起来，笑嘻嘻的。

“那我出两块，”杰森说，“不论你俩谁去。”

“那我也走不开呀。”第一个黑人说。

“好了，”杰森说，“滚吧。”

他在那儿坐了一会儿。耳边传来钟打半点的声音，接着人们开始走过，穿着星期日和复活节的服装。有人路过时看着他——看着这个男人静静地坐在一辆小汽车方向盘后面，无形的生活像只破袜子缠绕着他——然后接着往前走。过了一会儿，一个穿工装裤的黑人走了过来。

“是你要去杰弗逊吗?”他说。

“是的，”杰森说，“你收多少钱?”

“四块钱。”

“给你两块。”

“少于四块不干。”车里的人静静坐着。他甚至都没正眼看一下这个黑人。黑人说:“你到底要不要我来开。”

“好吧，”杰森说，“上车。”

他挪开，那黑人抓住方向盘。杰森闭上了眼睛。我在杰弗逊能买点什么对付它吧，他这样告诉自己，安抚着颠簸带来的疼痛，我能去那儿买点什么。他们顺着街开，看街上人们在安安静静地回家，去吃星期天的晚餐，他们开出了小镇。他想着这些。他没有想到家里。此刻班和拉斯特在厨房桌子上吃着凉掉的晚餐。有什么东西——在所有惯常性的罪恶中，灾难、威胁都是不存在的——允许他忘掉杰弗逊，好像那是个从没去过的地方，他会让人生在那里重新来过。

班和拉斯特吃完之后，迪尔西打发他们去屋子外面。“看你能不能让他自己待到四点钟，到时候T. P. 就回来了。”

“好的，姥姥。”拉斯特说。他们出去了。迪尔西吃了晚饭，把厨房收拾干净。接着她走到楼梯下面听着。什么声音也没有。她穿过厨房，走出通院子的门，在台阶上停住了。班和拉斯特都看不到，不过站在那儿她又听到地窖门方向传来沉闷的砰的一声，她走到门口，向着下面看，又看到了早晨那一幕。

“那人就是这么弹的。”拉斯特说。他带着一种夹杂着希望和沮丧的神情凝视着一动不动的锯子。“我还找不到合适的东西来敲它。”他说。

“你在那下面找不到的，”迪尔西说，“把他带上来，去晒晒太阳。地这么潮，你们在下头都要得肺炎的。”

她在那儿等着，看他们穿过院子，走向围栏旁边的雪松树丛。然后她向自己的小屋走去。

“听着，别又开始闹了，”拉斯特说，“我今天遇到的事够多了。”那边有张吊床，是用窄桶板穿插在编织的网绳中做的。拉斯特躺到了吊床上，但是班还在茫然地漫无目的地走着。他又开始呜咽起来。“别哭了，”拉斯特说，“我可真要抽你了。”他躺回吊床上。班不走了，但是拉斯特听到他在哭。“你到底停不停，没完没了吗？”拉斯特说。他从吊床上下来，走到班跟前。班正蹲在一个小土堆前面。土堆两边各有一个装过毒药的蓝玻璃空瓶子埋在土里。其中一个瓶子里插着根枯萎的吉姆森草。班蹲在前面，低声哼着，声音缓慢而模糊。他一边哼着一边茫然地四周找着，找到一根树枝，放到另外一个瓶子里。“你怎么没完了？”拉斯特说，“你是要我给你点颜色看看，让你哼个够吗？”他跪下来一把抓过瓶子藏到身后。班不哭了。他蹲在那儿，看着刚才埋瓶子的坑，吸了口气，正要大哭，拉斯特又把瓶子拿了出来。“嘘！”他低声说，“你敢给我喊出来！你敢！在这儿呢。看到没有？在这儿。你老待这儿，肯定要闹的。走，咱去看看他们有没有开始打球。”他抓住班的胳膊，把他拉起来，一块儿走到围栏前，并排站着，透过密密的尚未开花的金银花丛看过去。

“那儿，”拉斯特说，“有几个人来了，看到没有？”

他们看着四个打球的把球打到绿草坪上，入洞了，然后拿回球座重新发球。班看着，嘴里哼哼唧唧。四个人走开了，班顺着围栏跟着，边走边晃脑袋，嘴里在哼着。其中一个人说：

“来，球童。把袋子拿过来。”

“别吵了，班吉。”拉斯特说，可是班仍在跌跌撞撞往前小跑，贴着栅栏，用那种粗哑而绝望的嗓音哭号着。那人打了一下球，继续往前走，班一路跟着他，直到围栏拐了个直角才停住，靠着栅栏，看着这些人走远。

“你给我住嘴行不行？”拉斯特说，“你给我住嘴行不行？”他晃着班的胳膊。班手抓着围栏，还不停地哑着嗓子在哭。“你没完了吗？”拉斯特说，“有完没完？”班透过围栏呆望着。“那好，”拉斯特说，“你想找个由头来哭是不是？”他扭头朝屋子看了看。接着他低声说：“凯蒂！你号吧。凯蒂！凯蒂！凯蒂！”

过了一会儿，在班的哭声的间歇中，拉斯特听到迪尔西在叫他们。他抓起班的胳膊，两人穿过院子，向她那边走去。

“我跟你说过他不会消停的。”拉斯特说。

“你这坏蛋，”迪尔西说，“你又把他怎么了？”

“我没怎么。我跟你说了，这些人一打球，他就开始闹。”

“你到这儿来，”迪尔西说，“好了，班吉。别哭了。”但他不肯停。他们快步走过院子，进到小屋里。“去拿那鞋子，”迪尔西说，“你别吵到卡罗琳小姐，听见没。她要是说什么，你就说我看着他呢。去吧，快点；你估计不会把这事办砸吧。”拉斯特出去了。迪尔西带班吉上床，让他躺在身边，搂着他，来回摇晃着，用裙摆给他擦口水。“别哭了，听见没。”她说，她摸着他的头，“别哭了，迪尔西看着你呢。”可是他还是在慢慢地、可怜地干号着；那沉重绝望的声音说尽了阳光下所有无声的苦难。拉斯特回来了，带回来一只白缎子拖鞋。鞋子都发黄了，裂了缝，脏兮兮的，可是一递到班的手里，他就安静了一会儿。可他还在呜咽，不久，声音又响了。

“你估计你能找到T. P.吗？”迪尔西问。

“昨天他说今天去圣约翰。说他四点回来。”

迪尔西来回摇晃着班，抚摩着他的头。

“还要好久呢，哦，耶稣啊，”她说，“还要好久呢。”

“我可以赶马车呀，姥姥。”拉斯特说。

“你会把你们俩全摔死，”迪尔西说，“你就是想淘气才赶车的。我知道你脑子也不差。可我就是对你不放心。别哭了，听到没。”她说：“别哭了。别哭了。”

“不会呀，我不会乱来的，”拉斯特说，“我跟T. P. 一起赶过的。”迪尔西抱着班，来回摇晃着。“卡罗琳小姐说你要是哄不了他，她就起床下楼自己哄。”

“别哭了，宝贝。”迪尔西摸着班的头说。“拉斯特，宝贝，”她说，“你能不能听你姥姥的话，好好赶马车呢？”

“会的，姥姥，”拉斯特说，“我会赶得跟T. P. 一个样。”

迪尔西摸了摸班的头，来回摇晃着。“我真是尽力了。”她说。“主都知道。那你去弄车吧。”她说，一边站起身。拉斯特一阵风跑了出去。班抓着拖鞋在哭着。“别哭了，拉斯特要去取马车带你去墓地了。咱也不用没事找事去拿你的帽子了。”她说。她走到屋角用花布帘子隔出来的衣帽间，拿出自己平日戴的毡帽。“我们过去比这更苦的日子都过过，可是又有谁晓得，”她说，“你反正也是主的孩子。我也快做主的孩子了，赞美耶稣。来。”她把帽子戴到班头上，把他的外套扣起来。他一个劲儿地哭着。她从他手里拿下拖鞋，放到一边，两个人出了门。拉斯特过来了，赶来一匹老迈的白马，拉着一辆破破烂烂歪歪扭扭的车。

“你会小心吧，拉斯特？”她说。

“会的，姥姥。”拉斯特说。她把班扶上马车后座。他本来不哭了，这会儿又开始哭起来。

“他是要花，”拉斯特说，“等等，我去给他采一朵。”

“坐着别动。”迪尔西说。她走过去抓住马的颊革。“好了，快去给他采一朵吧。”拉斯特绕过房子，向着花园方向跑过去。回来的时候，他手里拿了一朵水仙花。

“这一朵都折了，”迪尔西说，“怎么不给他摘朵好的？”

“我只能找到这样一朵了，”拉斯特说，“星期五你把别的都采去装饰教堂了。等下，我把它弄好。”迪尔西稳住马头，拉斯特找来两根线和一根嫩枝，给花茎做了个夹板，然后递给班。接着他上了马车，抓过缰绳。迪尔西还抓着缰绳没松手。

“现在你知道怎么走了吧？”她说，“沿着街道，绕过广场，去墓地，然后直接回家。”

“好的，姥姥。”拉斯特说，“跑起来啰，‘女王’。”

“你会小心赶的吧？”

“好的，姥姥。”迪尔西松开了缰绳。

“跑起来啰，‘女王’。”拉斯特说。

“来，”迪尔西说，“把那鞭子给我。”

“哎，姥姥。”拉斯特说。

“给我。”迪尔西说，一边走向车轮。拉斯特很不情愿地把鞭子给她。

“我现在没法让‘女王’走起来了。”

“这个你别管，”迪尔西说，“去哪儿‘女王’比你还清楚。你就坐在那里，抓住缰绳就行。你现在认识路了吧？”

“是的，姥姥。就是T. P. 每个星期天走的那条路。”

“那么你这个星期天也要照着走。”

“当然啦，我都跟T. P. 一起跑了不止一百遍了。”

“那就再这样跑一遍，”迪尔西说，“去吧。黑小子，你要是害了班吉，我自己都不知道会怎么教训你。你要是不老实，要落得做苦役的下场，他们没来抓你，我就主动送你去。”

“好的，姥姥，”拉斯特说，“跑起来啰，‘女王’。”

他把缰绳在“女王”宽阔的背上抖了抖，马车晃着向前了。

“小心，拉斯特！”迪尔西说。

“跑起来吧！”拉斯特说。他又抖了一下缰绳。在隐隐的轰隆声中，“女王”慢慢走过车道，拐上大街。一上了街，拉斯特就赶着它以一种像是向前跌倒的慢动作的步姿往前走。

班不哭了。他坐在座位中间，把那朵修过的花端端正正地攥在拳头里，眼神宁静而无可奉告。在他的正前方，拉斯特那子弹一样的脑袋一个劲儿往后看，直到屋子在视野中消失，然后他把车停到路边，从树篱上折了根枝条，班看着他。“女王”低下头，开始吃草。拉斯特上了车，把马头拽了起来，再次赶她上路。接着他支起胳膊，高举着枝条和缰绳，那样子极为志得意满，和“女王”稳重的蹄声和它肚子里风琴般的低音颇为不协调。有汽车从他们边上经过，还有行人；有一次还遇到一群半大黑人小子。

“这不是拉斯特吗。去哪儿呢，拉斯特？去坟地吧？”

“嗨，”拉斯特说，“你们几个不要去同一个坟地吗。跑起来吧，你这大象。”

他们快到广场了。广场上立着南方联盟士兵的雕像。在那饱经风霜的大理石手掌下，一双空洞的眼睛瞪着前方。拉斯特更加放肆，冲着半死不活的“女王”一条子抽过去，眼睛扫视着广场。“那不是杰森先生的车子么。”他说。这时候他又看到另外一帮黑人。“我们给这帮黑鬼显显什么叫派头吧，班吉，”他说，“你看怎么样？”他回头看了看。班坐在那里，拳头里攥着花，眼神空洞而平和。拉斯特又抽了“女王”一下，让它绕到雕像左边。

班一动不动地坐了一阵子。接着吼叫了起来。吼啊，吼啊，嗓门越来越大，都不停一下喘口气。这声音里不止是惊讶，那是恐惧；是震惊；是看不见说不出的痛苦；只是声音。拉斯特翻了个白眼，“我的老天，”他说，“别哭！别哭！我的老天！”他又扭过去，用枝条抽了“女王”一下。枝条断了，他扔到一边，班的嗓门已经高到难以置信的程度。拉斯特抓住缰绳头，身体前倾，这时杰森三步并作两步穿过广场，跳上马车踏板。

他反手一挥，把拉斯特推到了一边，自己抓住缰绳，拉锯一般猛拉猛放，又把缰绳绕回一截，向“女王”屁股上猛抽。他不停地抽打她，使它奋蹄飞奔，班的嘶哑的痛苦在他们耳际咆哮着，他赶着马转到了雕像右边。然后，他冲拉斯特的头打了一拳。

“你长没长脑子，干吗带他走左边啊？”他说。他又回转身去打班，打得花茎又断了。“别哭了！”他说，“别哭了！”他把“女王”猛往回一拉，跳了下去。“你他妈把他给我带回家去。你要是再带他出大门，我就宰了你。”

“好的，先生！”拉斯特说。他抓过缰绳，用一头打着“女王”。“走吧！走吧！班吉，看在上帝分上别哭了！”

班吉的声音吼啊吼啊。“女王”又动起来，蹄子又开始发出平稳的嘚嘚声，班立刻不哭了。拉斯特快速地扭头看了一眼，然后接着赶路。摧折的花在班的拳头上耷拉着，他的双眼又回复了空洞、湛蓝和安详，因那建筑的檐口和正脸再次由左向右平滑掠过，电线杆和树，窗户、门口和招牌都各当其位，井井有条。

1928年10月

于纽约城

附录*

康普森家族

1699—1945

伊克莫托比　一个被罢黜的亚美利加国王[①]，被其义兄称作“L’HOMME”[②]，有时是“DE L’HOMME”[③]。这位义兄是一位法国骑士，

---

*“附录”部分在1929年《喧哗与骚动》初版中并不存在，当初并非小说的一部分。1945年秋，麦尔康姆·考利给维京出版社编纂《袖珍版福克纳》时，福克纳写下了这一篇，题为“附录：康普森家族，1699—1945”。“我应该在起初写书的时候，就写好这一篇，”福克纳写信给考利说，“这样的话，整本书就会明朗起来，如同一幅拼图在魔术师的魔杖的点触下显出图案。”后来兰登书屋准备出版现代文库版《喧哗与骚动》时，福克纳建议把附录放在开头。“等你看过，”他写信给罗伯特·N. 林斯考特称，“你会发现，它是了解整本书的密钥。读完之后，现有的四个独立的部分会清晰明确起来。”后来，他又写信给林斯考特，将附录篇名改作“康普森家族”。他说：“它应简化为

康普森家族
1699—1945

因为这一篇如讣告，而非独立的一章。”
本书所用附录参照福克纳交代后印制的两个版本。
译注：上述介绍，引自戴维·敏特编辑的《喧哗与骚动》第二版（诺顿出版公司1994年版）。

① 美国印第安土著部落首领，通常的称呼是酋长。

② 法语：人。

③ 法语：人的。

若是早生几年，定会跻身于群星璀璨的显赫恶人——亦即拿破仑麾下的元帅——之列。这位义兄把契卡索族[1]这么一个头衔，仅翻译为这样一个“人”字。而这位伊克莫托比也是头脑精明，想象力丰富之人，对于他人和自己都有不凡见识，看到这个译名，一不做二不休，索性将其英文化，改作“Doom”[2]。伊克莫托比从自己过去广阔的疆域中，分出密西西比河北部足足一平方英里的一块处女地，给了一个苏格兰难民的孙子。此人也曾把前途押在一个国王身上，孰料这个国王自己也被废黜，于是该难民把自己的继承权一并丢掉。这个难民分得的土地四四方方，如同一张牌桌。那时这块地上还有森林，因为这是在命运开始逆转的1833年之前，那时密西西比的杰克逊，也不过是一幢长长的、歪歪扭扭的单层木屋，用泥巴糊着缝，里面住着契卡索族的官员和他的货栈。伊克莫托比的慷慨，得到的部分回报是能太太平平向荒野的西部进发，用他和族人觉得合适的任何交通方式，步行也可，骑马也可——只要这马是契卡索马。那片西部土地，而今叫俄克拉何马，不过当时大家还不知道其地下富含石油。

杰克逊[3]　一个佩剑的“伟大的白人父亲”。（他是一个身经百战的决斗者，一头好争吵、瘦削、凶悍、邋遢、结实、顽强的老狮子。在他心目中，白宫利益不如国家利益，白宫和国家利益的重要性都不及其政党的健康，在白宫、国家、政党之上的，不是他妻子的荣誉[4]，而是“荣誉必须捍卫”的原则，这些荣誉不管是真是假，最终确实得

---

① 印第安一部族名，今多分布在俄克拉何马州。

② 霉运。

③ 安德鲁·杰克逊（1767—1845），美国第七任总统。

④ 杰克逊和妻子蕾切尔结婚时，以为她已离婚。结婚两年后蕾切尔前夫刘易斯·洛巴兹以遗弃和通奸指控她，与其离婚。蕾切尔和杰克逊重新结婚，可是此后这个丑闻一直纠缠着杰克逊夫妇，尤其在杰克逊从政期间。杰克逊为此多次与人决斗。

到了捍卫。）他在华西镇[①]自己的金色印第安帐篷里，亲手批准了这样的文件，并用火漆封印。当时他也不知道那里有石油：所以后来那些丧失土地者无家可归的后裔将会四仰八叉昏昏沉沉，醉倒在上了红漆的特制尸车或者消防车上，尘土飞扬地行驶在分派给他们、日后将埋葬其骨骸的土地上。

下面是康普森家的人：

昆廷·麦克拉昌 格拉斯哥一个印刷工人的儿子，父母双亡，由住在珀斯高地的母亲娘家的人抚养成人。他从卡洛登荒原逃到了卡罗莱纳州，当时只有一把苏格兰宽刀和一条白天穿在身上，晚上垫在身下的格子呢，别的一无所有。和英国国王打过一次败仗后，他不想再次犯错，于是在八十岁那年，他带着还在襁褓里的孙子和格子呢（那把苏格兰刀也和他的儿子，即那孩子的父亲一起，大约一年前在佐治亚战场上从塔尔顿的一个军团里消失了）来到肯塔基，一个名叫波恩或是伯恩的邻居已经在那里开辟了一个定居点。

查尔斯·斯图亚特 曾在一英国军团获得名号，后被除名并取消军衔。撤退的时候他的军队以及后来赶上来的美国军队都当他死了，将他丢在佐治亚的沼泽地里，但是他们都弄错了。四年后，当他拖着自制的木头假肢，终于在肯塔基的洛兹柏格找到父亲和儿子时，他身上还带着那把苏格兰刀。他刚好赶上父亲下葬，此后很长一段时间他人格都是分裂的，总以为自己想进学校当老师，也一直在尝试，最后他放弃了，当上了赌徒，这才是他的天性。其实康普森家人都是赌徒，只不过遇到棋局艰险、胜算很小的时候，他们似乎都意识不到自己的赌徒本色。最后，他不仅押上了自己的脑袋，还把家人的安全和身后

---

① 华盛顿。

的声名也搭进去了——他加入了一个名叫威尔金森的熟人（一个具有相当的才华、影响力、头脑和能量的人）带领的南方军队，他们图谋将整个密西西比河流域从美国分裂出去，加入西班牙。幻想破灭之后（这个结果，也就康普森家的老师预料不到），他也开始逃跑。同谋的几个人里唯独他不得不出逃国外：并不是因为他企图分裂的政府的报复和惩罚，而是因为那些如今正仓皇自保的昔日同谋对他的极度恼恨。他没有被官方驱逐出境，他常说自己是没有祖国的人，他的被逐不是因为叛国，而是因为他在行动中多嘴多舌，太过张扬，还没找到机会搭好下一座桥，他就大喊大叫地把刚走过的桥烧毁了：所以最后不是宪兵司令，也不是民政机构，而是那些昔日的同谋暗中活动，把他逐出肯塔基，逐出美国，而且，要是能抓住他的话，甚至会把他逐出人世。他连夜逃走，走时恪守家族传统，带上了儿子、老苏格兰刀和格子呢。

杰森·利克格斯 他那个冷嘲热讽满腹牢骚架着木腿百折不挠也许依然打心里觉得自己想做个古典学老师的父亲给他取了这个花哨名字[①]。也许受了这名字的驱使，1811年的一天，他带上两把做工精良的手枪，一条空瘪的马褡裢，骑着一匹腰身纤细但四腿壮硕的小个子母马。此马跑前两个弗隆[②]肯定用不了半分钟，接下来的两弗隆也不会太慢，但再远点就难说了。不过这已经足够了：他到了俄卡托巴（此地直至1860年仍被称为老杰弗逊）的契卡索人管理处，就不再往前走了。六个月后，他开始给主管当文书，又过了十二个月，成了主管的合伙人，正式头衔仍为文书，不过实际上成了附属货栈的半个老板。他用那匹母马和伊克莫托比的子弟赛马，货栈里堆满了他赢来的东西。每

① 古典学研究的对象之一是古希腊文化，“杰森”（在希腊神话中译作“伊阿宋”）是古希腊神话中寻找金羊毛的英雄，而“利克格斯”是古希腊法律制定者和改革者。

② $\frac{1}{8}$英里，约合201米。

次比赛，他康普森总是小心地把赛程限定在四分之一英里，再远也不过三弗隆。次年，伊克莫托比拥有了那匹小马，康普森实实在在拥有了那一平方英里的土地，日后这里成了杰弗逊镇的中心。当初都是树林，二十年后依然长满了树，不过已经是公园而不是树林了，这里已经有了奴隶居住区、马厩、幼儿园，也有整齐的草坪、林荫道、凉亭。建筑师是建造了石柱门廊一应俱全的主屋的那位，建设所需材料设备，皆用轮船从法国和新奥尔良运来。这一平方英里土地到1840年仍保存完好。不过此时不仅被一个叫杰弗逊的白人村庄包围，甚至整个白人县都从四周围拢了过来，因为几年不到，伊克莫托比的后人和同族就四处散开，剩下还活着的也不去作战狩猎了，而开始白人化，学他们做鼠目寸光的农夫，或是零零散散地置一些他们称作种植园的土地，蓄养起同样鼠目寸光的奴隶。他们比白人邋遢一点，懒一点，也狠一点。后来，他们身上那蛮族的血统也都快消失殆尽，只能偶尔从赶棉花车的黑人、锯木厂白人、下套猎人、车夫之流的鼻子形状上看到一点。这地方后来称作康普森领地，因为现在这土地适合培养出王子、政客、将军、主教，一洗康普森家族被人从卡洛登、卡罗莱纳、肯塔基罢黜驱逐之耻。这地方此后称为州长宅子，后来果然生产或至少是养育出了一任州长——从了其卡洛登祖父的名字，也叫昆廷·麦克拉昌。即便后来（1861年）又养育出一位将军，此地仍保持老州长宅子的名字（这个称号是全镇全县众口一词都这么叫的，仿佛他们那时就已预知老州长是康普森家族最后一个不是除了长寿和自杀之外做什么都失败的人）。准将杰森·利克格斯二世六二年在塞罗吃了败仗，六四年在瑞萨卡又败了一场，不过没有上回那么惨，六六年他把当时尚且完整的一平方公里土地抵押给一个新英格兰的投机商。那时候老城区已经被联邦军队的史密斯将军烧毁，后来重建为一个新的小镇——镇上人口慢慢增加，不过主要居民已经不是康普森家族的人，而是斯诺普斯家族[1]的了——小镇渐渐向这一平方英里土地逼近，开始蚕食它。接下来的四十年里，这位屡战屡败的准将一直在零零碎碎地出卖这些土地，好保住余下的抵押土地。暮年的大部分时光，他都待在特拉哈奇河床上的一个渔猎营地。1900年，他在营地的一张行军床上悄然去世。

到现在，就连老州长也被遗忘了。过去那一平方英里土地剩下的一块，如今就被称作康普森家——荒废的旧时草地和林荫大道的残迹杂草丛生，老宅早就需要粉刷了，门廊的柱子也已掉皮，杰森三世就成天坐在这里（杰森三世学的是法律，确实也在广场上的一座楼上有一间律师事务所，里头摆满了尘封的文件柜，文件柜里埋葬着本县最古老的一些姓氏——霍尔斯顿、萨德蓬、格林尼尔、毕钱普和科尔菲德——在这档案的迷宫中一年年地褪色。谁知道他的父亲那颗不老的心藏着什么梦想呢，如今他三个身份已经完成了两个——一是一个精明强干的政治家的儿子，二是一位率领英武之师驰骋疆场的将军，三是一个养尊处优的假丹尼尔·波恩[2]外加鲁滨逊·克鲁索式的角色，他没有返老还童，因为他原本就没有走出童年——还想着这律师事务所有朝一日能再成为一条通往州长官邸和旧日荣光的过厅），手拿一瓶威士忌，还有一堆旧书，贺拉斯的，李维的，卡图卢斯[3]的，卷了角，乱放了一地。（据说）他还在写一些尖酸刻薄的颂诗，献给已故的或者尚且健在的本镇居民。他只剩下零星的土地，上面是他的宅子，厨房花园，摇摇欲坠的马厩，还有一间用人住的小屋，里头住着迪尔西一家，其余的地产他卖给了一个高尔夫俱乐部，换得现钱，让女儿在1910年4月办一场体面的婚礼，让儿子昆廷去哈佛读满一年，然后在当年的

---

① 斯诺普斯家族在福克纳小说中有重要地位，尤其是在《村子》《镇》《大宅》三部小说中。

② 美国拓荒英雄，探险家。

③ 这几个人分别是罗马诗人、历史学家、诗人。

6月自杀。1928年，康普森一家还在里面住着，这地方就已经被人称作康普森老宅了。那年的一个黄昏，老州长那个注定要迷失的、没有父姓的十七岁玄外孙女，偷走了她最后一个神志清醒的男性亲戚（其舅舅杰森四世）私藏的钱，顺着落水管爬了下来，和一个流动剧团的贩子私奔了。这地方在所有康普森家人都踪迹全无之后，仍叫康普森老宅：孀居的老母亲死后，杰森四世已经不再需要害怕迪尔西，便把自己的白痴弟弟班吉明送到了杰克逊的州立精神病院，把宅子卖给一个同乡，此人将其改成陪审员和牛马贩子的膳宿公寓。后来公寓消失（现在高尔夫球场也不在了），那一平方英里土地又合成了完整的一块，上面布满了一排排私建的半城半乡式独栋小平房，而这地方仍被人称作康普森老宅。

还有这些人：

昆廷三世 他爱的不是妹妹的身体，而是康普森家残存的一点荣誉。这荣誉摇摇欲坠（他很清楚）、岌岌可危地架在她那渺小、脆弱的处女膜上，就像一整个巨大地球的小件复制品能被顶在一只训练过的海豹的鼻子上。他爱的不是乱伦的意念，他也不会去乱伦，他爱的是长老会的永恒惩罚观念：通过这个办法，不需上帝出手，他自己就可以把他和妹妹一同打入地狱，在那地狱的永火之中，永远守护着她，保持她的完整无缺。不过他最爱的还是死亡，他在一种深思熟虑的几乎是变态的对死亡的预感中爱着，生活着，如同一个恋爱中的人，爱着却又强忍着不去触碰恋人那期待、甘愿、友善、温柔而又不可思议的肉体，直到他终于无法忍受，不是受不了延宕，而是受不了克制，于是干脆纵身投河，抛开一切，自溺于水中。1910年6月，妹妹婚礼两个月之后，他在马萨诸塞州康桥自杀。此前他一直在等着完成本学年的学业，免得浪费了预付的学费。这样的等待，并非因为他身上有卡洛登、卡罗来纳和肯塔基先祖的血液，而是因为老康普森把一平方英里中最后一片土地卖了，好支付妹妹的婚礼和他在哈佛一年的学费，而这土地正是他天生白痴的弟弟除了姐姐和看炉火之外最心爱的东西。

坎迪斯（凯蒂） 她注定沉沦而且自己明白，她接受这个命运，既不迎合，也不逃避。她爱她哥哥，尽管他是这样一个人，不仅爱他，也爱他在考虑家族荣誉及其没落时表现出的苦闷的先知和刚直不阿的法官的品质，就像他以为自己爱（其实是恨）她身上的他认作是脆弱的难逃一劫的盛放家族尊严的器皿和令家族蒙羞的肮脏器具，不仅如此，她爱他，尽管他没有爱的能力，而且正因为这一点她才爱他。她接受了这个事实，即他最看重的肯定不是她本身，而是她负责守护的贞操，她自己则不觉得它有什么价值：脆弱的皮膜，在她看来跟手指上的肉刺并无两样。她知道哥哥爱死亡胜过一切，她也不吃醋，有可能的话，她愿意递给他毒药（或许她精心筹划的婚礼已经是毒药了）。1910年她和一个相当出色的印第安纳青年——她头一年夏天和母亲在弗伦奇·利克度假时认识的——结婚，当时已有两个月身孕，怀的是别人的孩子，不管这孩子生下来是男是女，她都要用哥哥昆廷的名字，此时的昆廷已经跟死了没什么两样，这一点他自己和她都知道。1911年他提出离婚。1920年在加州好莱坞，她嫁给一个电影界小巨头。1925年在墨西哥，双方协议离婚。1940年，随着德国入侵巴黎，她杳无音信了。那时的她风韵犹存，或许也还颇有些积蓄，因为她看上去比她四十八岁的实际年龄小十五岁都不止，此后，除了杰弗逊图书馆一个馆员之外，再没有人听说她的消息。这位馆员终身未嫁，身材与肤色都像老鼠。她曾在城中学里和坎迪斯·康普森同窗。她接下来一辈子都在想方设法定期给《琥珀》[1]换新书皮，把《于尔根》[2]和《汤姆·琼斯》[3]放在偏僻书架的高处，免得让高中三四年级的学生够到，其实他们不用踮脚就能拿下来，而她自己藏的时候却要站在一个箱子上。1943年有一周，图书馆员一直神志恍惚，几近崩溃。其间来图书馆的人总发现她在匆匆合上抽屉，旋动钥匙，（这些银行家、医生、律师的太太们，有些也和馆员是高中同学，她们下午过来又离开，拿着用孟菲斯或者杰克逊的报纸精心包起来的《琥珀》和桑恩·史密斯[4]作品。看到她的举动，她们都怀疑她快病倒了，或者都快神志失常了）她在大下午关了图书馆的门，锁起来，把手提袋紧紧夹在胳膊下面，那一向没有血色的脸颊上现出两片写满果断的红晕。她来到农具店（过去杰森在这里当店员，现在他在这里有了自己的生意，专做棉花买卖），大步穿过通常只有男人来往的灰暗店堂——这里到处都是犁头、耙盘、缰绳圈、车横木、颈轭等，还有腌肉、廉价鞋子、纱布、面粉、糖浆，四处乱放，墙上挂着，天花板上吊着，都是黑乎乎的。这里的货物不是拿出来展示，而是要藏着，因为给密西西比农民（至少是密西西比黑人农民）供货换取部分收成的那些人，在庄稼收获，价钱能估个差不多之前，不希望提醒农民他们可以要什么，而只想供给他们最基本的、不可或缺的东西。图书馆员继续走向后面杰森的地盘：一个栅栏围起来的地方，胡乱摆着各种架子和格子柜，上面放着插在铁签上的轧花机收据、账本和棉花样品，落了一层的灰尘和绒毛。里面还混杂着奶酪、煤油、马具润滑油和一个被人吐嚼过的烟草吐了

---

① 凯瑟琳·温莎所著小说，主角琥珀通过结婚离婚，结交了很多权贵，但把真爱留给了自己得不到的人。书中有不少色情描写。

② 詹姆士·坎贝尔所著小说，主人公是一个四处留情的花花大少，连魔鬼的妻子都敢勾引。书中颇多色情描写。

③ 英国作家亨利·菲尔丁所著滑稽小说，也曾被指含有色情内容。

④ 擅写色情故事的美国作家。

一百年的大铁炉子。图书馆员走到那个又长又高、表面倾斜的柜台前。杰森就站在后面。她一进来，那些穿工装裤的男人就不约而同地停止了交谈，甚至连烟草也不嚼了，她看都不看他们一眼，带着一种让自己几近昏厥的急迫心情，打开手提袋，从里面摸出了点什么，摊开在柜台上，站在那里颤抖着，呼吸急促。杰森低头看了看，是一张图片，显然是从时尚杂志上剪下来的彩色照片，里面充满了奢华、富贵和阳光，戛纳比尔[①]式的背景，远山、棕榈、柏树、海洋，一辆镀铬镶边的大马力豪华跑车，图上的女人没戴帽子，围着昂贵的围巾，身穿海豹皮外套，脸看不出年龄但美丽，冷漠、镇静而令人厌恶。边上有一个英俊瘦削的中年男人，军服上披挂着德国总参谋部授予的绶带与勋章。这位老鼠般瘦小、老鼠般肤色的老处女为自己的鲁莽颤抖着，脸色煞白。她目光越过那彩色照片，看着这个无儿无女的单身汉。他终结了一个漫长的男性队列，这些人即便无从保持正直人格，即便自豪感多半已化为虚荣和自怜，都还要努力维持着体面与骄傲：从一开始那位除生命之外一无所有却拒绝认输最终逃离故土的侨民，到那位两次押上生命和名声两次失败却始终不肯承认的人，再到那位靠着一匹只能跑四分之一英里的聪明小马给自己被废黜的父亲和祖父雪了耻，并获得了一席之地的人，再到那位聪明果敢的州长，再到那位统帅勇敢无畏的军队吃了败仗但是至少自己也是豁了性命的将军，再到那个读过书的酒徒，他卖掉最后一点族产，不是为了买酒，而是为了让自己的一个后嗣能过上他理想中的好生活。

“是凯蒂！”图书馆员轻声说，“我们一定要救她！”

“是凯，没错。”杰森说。接着他笑了起来。他站在那里对着下面的相片笑着，看着那张冷美人的脸。在抽屉和手提袋之间穿梭了一个

---

① 法国马赛的一条街。

星期，这脸都起了皱，卷了边。图书馆员知道他为什么笑。1911年，坎迪斯被丈夫抛弃，把幼女送回家，乘坐次日的火车离开，从此不再回来。此后的三十二年里，她一直管他叫康普森先生。除了那位黑人厨子迪尔西，连图书馆员也能凭着直觉知道杰森利用孩子的生计和私生的事实，敲诈孩子的母亲，好让她终身不能回杰弗逊，并迫使她指派他作为孩子赡养费独一无二、不容置疑的托管人。1928年，那个女儿顺着落水管爬下，跟着贩子私奔之后，图书馆员就不再理睬杰森了。

“杰森！”她哭着说，“我们得救救她！杰森。杰森！”——杰森用拇指和食指捏住照片，向柜台那边的图书馆员扔了回去，图书馆员这时候还在哭着。

“这是坎迪斯？”他说，“别逗了。这照片上的婊子三十岁都不到。我们家那位都五十了。”

次日，图书馆门仍然关着。那天下午三点，虽然脚走痛了，身子累了，可是图书馆员百折不挠，仍在腋下紧紧夹着手提袋，走进孟菲斯黑人区一座整洁的小院，上了那整洁的小屋子的台阶，按响门铃。门开了，一个与她年龄相仿的黑人女子静静地看着门外的她。“是弗洛尼吧，是不是？”图书馆员说，“你不记得我吗——是梅丽莎·梅克啊，从杰斐逊——”

“记得，”黑女人说，“进来吧，你是要看我妈吧。”她走进房间——一个老黑人整洁但满满当当的卧室，里面一股老人、老妇人、老黑人的气味，很不好闻。老妇人自己坐在壁炉边的一把摇椅上。此时正是六月，可壁炉里却闷烧着一小团火——能看出老妇人过去身躯肥大，如今她穿着褪色但是干净的印花布衣服，那显然已几近失明的老花眼上方，围着一条干净的头巾。图书馆员把卷边的剪贴相片放到那黑手里。那双手和她这个种族其他人的手一样，还是那么柔软、细致，就像她三十岁、二十岁，甚至十七岁时一样。

“是凯蒂！”图书馆员说，“是她！迪尔西！迪尔西！”

“他怎么说？”老黑人说。图书馆员知道这个“他”指的是谁，她倒也不感到意外，老黑人不仅知道她能明白“他”的所指，而且当即知道她已经把照片给杰森看过了，这她也不感到意外。

“你知道他怎么说吗？”她哭了，“他意识到她遇到危险了，他说这是凯蒂，就算我没拿照片过来他都承认。可是他一看到有人，任何人，哪怕是我，想去救她，他又说不是了。但这确实是凯蒂呀！你看看吧！”

“看看我的眼，”老黑人说，“我哪能看得见照片啊？”

“叫弗洛尼来吧！”馆员叫道，“她会认出来的！”但老黑人已经顺着原来的折痕小心地把照片叠起来，还给了她。

“我的眼睛不中用了，”她说，“我看不见。”

就这样结束了。六点钟，她从拥挤的车站挤过去，一只胳膊紧紧夹着手提包，另外一只手拿着返程的那一半往返票，被夜伏昼出的人流带向喧嚣的站台，四周有几个中年公务员，但大部分是出发或是去赴死的士兵与水手，还有他们的伙伴，那些无家可归的年轻女人——她们两年以来一直漂泊在外，运气好的时候睡在卧铺车或是宾馆里，运气不好的时候，就住在坐席车、公交车、车站、门厅、公厕里，刚刚在慈善病房或是警局里下完小崽子，就又匆匆离开。图书馆员拼命挤上了公交车。由于她的身材比周围人都小，大部分时间她的脚根本无法沾地，后来一个人影（一个穿卡其布衣服的男人，不过她当时在哭，看不清）站起身，把她一把抱过来，放在靠窗的一个座位上。她坐下来仍悄悄哭着，看着城市的景象一道道向后退去，接着完全消失，很快她就到了家，平平安安回到杰弗逊，这里生活也在继续，自有一番不可名状的情感、混乱、痛苦、愤怒和绝望，可是在这里，到了六点钟，你就可以合上它的封面，即使是孩子那样轻盈的手，也能把它放回那寂静的永恒的书架上，放回它的没有特征的同类中间，然后拧上上面的锁，度过一个完整而无梦的夜晚。是的，她悄悄地流着泪在想，就是这样，她不想看，不管是不是凯蒂，因为她知道凯蒂不想要人来救，她已经没有什么值得拯救的东西要人来救，也没有什么值得丢的东西还没有丢尽了。

杰森四世 从卡洛登之前的先辈算起，杰森四世是康普森家族第一个神志清醒的人（因为他是个没儿没女的光棍），也是最后一个。还有些逻辑和理性，甚至可以说算是个沿袭着旧式斯多葛传统的哲学家：对上帝根本就不放在心上，只把警察的命令当回事。他唯一敬畏的只是那个给他做饭的黑女人，自从他出生，她就是他的死敌，自从1911年的那一天，她未卜先知地猜到他利用年幼外甥女的私生子身份敲诈她母亲，两人就更加不共戴天了。杰森不仅最终和康普森家一刀两断，也和斯诺普斯家起了纠葛，最终断绝往来。康普森和沙多利斯等大家族衰败之后，斯诺普斯家的人在世纪之交渐渐掌控了整个镇。（不过衰败的起因和斯诺普斯家的人无关，而是杰森自己一手造就。母亲死后，外甥女也顺着落水管爬下来跑了，迪尔西用来威慑他的两根大棒都没了，他便把白痴弟弟送到州里，把老宅子清空，把一度辉煌的房间隔成他称作公寓的小房间，整个卖给一个乡下人，这个人将宅子改成了膳宿公寓。）这对杰森来说也不难接受，因为在他看来，除了他自己，镇上人，世上所有人，整个人类都跟康普森家的人一路货色，不可理喻，唯一能预见的就是他们不能信任。卖牧场的钱全部用在给姐姐置办婚事、供哥哥上哈佛两件事上。他从自己当店员的微薄薪水里省出三两小钱，去孟菲斯上了点学，学会了如何区分棉花等级，最后做起自己的小本生意，靠着这点收入，在酒鬼父亲去世后开始独力撑起这个破落大宅里的破落家庭，因为母亲还在，他还养着白痴弟弟，他牺牲了一个三十岁单身汉名正言顺甚至可以说不可或缺的一些快乐，好让他母亲的生活尽量维持过去的水准，倒不是因为他爱她，而是（一个神志健全的人总是这样）他害怕黑人厨子，他无法逼她离开，他曾经试着不给她发周薪，可是她照样不走。尽管如此，他还是省下了将近三千块钱（2 840.50元），正如他外甥女偷走的那天晚上他告诉警察的，都是些五分、一毛、五毛的散钱，他没存银行，因为在他眼里，银行也跟康普森家一路货色。他把钱藏在卧室一个上锁的抽屉里。卧室的床他自己铺，被褥自己换，除了自己进进出出，他总把门锁着。他的白痴弟弟有一次想去摸一个路过的幼女而未遂，此后他没有告诉母亲，自作主张当上了弟弟的监护人，擅自把弟弟阉割了，而他母亲连他弟弟有没有出家门都不知道。1933年他母亲去世，于是他永久地摆脱了白痴弟弟、宅子还有那个女黑人，搬到了农具店楼上放着他的棉花账本和样品的两间办公室里，把这办公室改成了卧室、厨房、浴室合一的住处。每到周末，这里都有一个女人进进出出，这女人身材肥大，姿色平平，黄铜色头发，面容和善，她应该不算年轻了，戴着圆阔边帽，时节到了还会披上一件仿皮大衣。人们常看到这两口子——中年的棉花收购商和被城里人以"他的孟菲斯朋友"来简单称呼的女人——星期六晚上在电影院看电影，星期天上午，提着食品店的纸袋子，里面装着面包、鸡蛋、橙子、几罐汤，一起爬上公寓的楼梯，倒显出了几分居家、宠爱、幸福美满的意味来，直到下午的汽车把她带回孟菲斯。他现在解放了。他自由了。"1865年，"他会说，"林肯从康普森家解放了黑奴。1933年，杰森·康普森从黑奴手中解放了康普森家族。"

班吉明　刚出生取名毛莱，是随他唯一的舅舅叫——这位舅舅相貌英俊，花哨而招摇，不过没有工作，也没有老婆，到处找人借钱，连迪尔西这个黑人也不放过，每次把手从口袋里拿出来的时候，还跟她解释说自己视迪尔西如他妹妹家族的一员，还说不管在谁眼中，不管在什么地方说起来，迪尔西都有天生的贵妇气质。后来连他母亲也感觉他不大正常，于是哭着要给他改名，于是哥哥昆廷给他重新取名叫班吉明（便雅悯，我们最小的孩子，被卖到了埃及）。他喜欢三种东西：一是牧场，它被变卖了，好给坎迪斯置办婚礼，以及供昆廷上哈佛，二是姐姐坎迪斯，三是火光。这三种他都没有失去，因为他并不记得姐姐本人，只记得姐姐不在了，火光依然是入睡时那样的明亮形状，牧场卖掉比没卖的时候更好了，因为现在他不但能和T. P.无休止地跟随人们的活动沿围栏跑来跑去，那些人是不是在挥杆打球跟他们没有一点关系，T. P. 还能领他们去草坪或是野草丛中，T. P. 手里会突然变出一些白色小球，这球从手里丢出去，对抗甚至战胜着他并不知道的重力和其他各种亘古不变的定律，砸到木地板上，熏房墙上，或是水泥人行道上。1913年被阉割。1933年被送入州精神病院。在这儿他也没有丢失什么，就像对他姐姐一样，他也不记得牧场，只记得牧场的不复存在，而那火光，依然是入睡时那样的明亮形状。

昆廷　最后一个。坎迪斯的女儿。出生前九个月就没了父亲，出生时无姓氏，从孕育她的卵子决定她性别的那一刻起，就注定不能正常成婚。十七岁那年的一天中午，亦即我主复活一千八百九十五周年纪念日的前一天，她被舅舅反锁在房间里，结果她从窗户爬出来，抓着落水管悠到舅舅窗台上，窗户锁着，她砸碎了一块玻璃，爬进没人的房间，用舅舅的火炉捅条撬开上锁的橱柜抽屉，拿走了钱（也不是2 840.50元，而是将近七千元，这让杰森气急败坏，这炽烈的怒火那天晚上燃起来，之后五年不时重现，烈度几乎不曾消减，这让他真的相信这怒火会出其不意地瞬间摧毁他，让他暴毙，就像一颗子弹，一道闪电：尽管他被盗的不仅是区区三千块，而是将近七千块，但他不能跟任何人讲；因为他被偷走的不是三千块而是七千块，他不能从别的倒霉到有个贱货姐姐外加一个贱货外甥女的男人那里听到一句公道话——他不想要别人同情——他甚至都无法报警；因为他丢了不属于他的四千块钱，结果连本来属于他的三千块也追不回来了；那四千块钱是过去十六年来，外甥女的母亲托他转交给她的赡养费，属于她的合法财产，另外这钱理论上根本不存在，因为按照保证人对监护人和委托管理人的要求，他每年都要给地区财政督察提供报告，在这报告上，这些钱都作为费用开销用掉了：他不仅把自己的不义之财丢了，连合法储蓄也没了，偷钱的居然是他自己的受害人；他被偷走的不仅是他冒着坐牢风险私吞的四千块，还有二十年来省吃俭用、含辛茹苦一个子儿一个子儿省下来的三千块：偷钱的不光是他的受害人，还是个孩子，一下子就偷走了，事前并无预谋和筹划，她打开那抽屉的时候，既不知道也不在乎到底有多少钱；现在他都无法向警方求助：他一直把警察当回事，从不给他们添麻烦，年复一年地纳税，好让他们过着那种寄生虫外加虐待狂般的懒散日子；此外，他也无法亲自去抓那女孩，唯恐抓到了她就会揭穿他，所以他能做的只是在事情发生两三年甚至四年之后的晚上，当他本该已经忘记的时候，还做着徒劳无功的梦，这梦让他翻来覆去，流着虚汗，他梦见在她把钱花光之前，他出其不意，从黑暗里跳出来，将她扑倒，在她还没来得及张嘴前杀死了她），然后在黄昏中又顺着同样的落水管爬下来，跟当时就已经犯了重婚罪的贩子私奔了，从此消失得无影无踪。不过她的职业不应该和镀铬的梅赛德斯车有关联；她照的任何相片里，也不该出现什么参谋部将军。

就是这些。其余的人不是康普森家族的。他们是黑人：

T. P. 在孟菲斯的比尔街，穿着一身鲜艳、花哨、廉价、招摇、芝加哥和纽约血汗工厂的人专门给他这样的人订做的衣服。

弗洛尼 嫁给了一个卧铺车上的杂工，搬到圣路易住，后来又搬回孟菲斯，好让她母亲有个家，因为迪尔西不愿意搬到比孟菲斯更远的地方。

拉斯特 一个十四岁男孩。不仅完全能够照料、看护一个年龄是他双倍，身材是他三倍的白痴，还能给他逗乐。

迪尔西

他们忍受。

译后记：绕不过的福克纳

文学评论家布鲁姆称："评论界和普通读者一致公认，福克纳是本世纪最伟大的美国小说家，显然超过了海明威和菲茨杰拉德，可与霍桑、麦尔维尔、马克·吐温和亨利·詹姆斯同列。"获得这般认可，是因他在文学的游戏规则里，充当了一个"颠覆者"的角色，开风气之先，拓展了文学的疆界。

福克纳被视作二十世纪最伟大的小说家之一，也是因为他打破了小说的传统。《野棕榈》中，他把两个几乎不相干的故事放到了一起，却奇迹般产生了帕慕克所称的"内核"，这让两个故事互相映照，产生新的意义。《我弥留之际》是一个美丽的多声部的故事，每个故事都是一件独立的艺术品。《喧哗与骚动》继承了《尤利西斯》的文学传统，却又大胆创新，比如从一个白痴的视角展开故事的陈述。

他这些做法不是为颠覆而颠覆。作家叙述手段高超，作品极富艺术性，也有浓重的实验色彩，在后世小说创作中引发了喧哗与骚动。

在其故乡美国，福克纳是英文系学生绕不开的一个作家。他的作品是美国阅读选本中的常客。福克纳在国际上受欢迎的程度不亚于在美国本土，比如在日本，甚至有福克纳研究会和专门学刊。世界文坛上，福克纳徒子徒孙遍天下。帕慕克称，福克纳的效仿者包括奈保尔（《自由国度》）、昆德拉（《不能承受的生命之轻》）、纳博科夫（《微暗的火》)、卡尔维诺(《看不见的城市》)等。他影响了包括马尔克斯在内的拉美作家，这些拉美作家又影响了欧洲作家，甚至转回来影响美国作家。

据托马斯·福斯特介绍，法国曾经在2009年对法国作家作过一次调查，了解他们最喜欢的作家作品，福克纳被提到的次数排名第二，超过本国的福楼拜、司汤达和雨果。调查中，福克纳的作品《喧哗与骚动》和《押沙龙！押沙龙！》在最喜欢作品的调查结果中并列第五。福斯特认为，这样的作品摸到了当时社会的脉搏："E. M. 福斯特小说《霍华兹别墅》触到了谁来继承英国的问题，福克纳的《喧哗与骚动》等作品，则让人去思考谁来继承美国南方。"布鲁姆称，《喧哗和骚动》和济慈《希腊古瓮颂》这样的艺术珍品一样，"有一种永恒的美学尊严"。

《喧哗与骚动》一书的起源，据作者自己介绍，是一个小女孩上树，底裤被人看到这样一个意象。作者从这个意象开始，编织出南方一个白人家族没落的故事。世间大多故事，都可以从不同角度去讲述，对很多人来说，这不过是对视角改变现实的一种修辞学观点，而福克纳动了真格的，把同一个故事写了四遍，从白痴那种"纯真"视角，到最后那种全知视角，他让我们领略了叙述的可塑性，以及他换用不同视角和声音开展叙述的才能。这四种不同的叙事，细节前后呼应，相互强化，如若一篇文字的交响乐。有些地方非常难读，有些文字又相当优美，如昆廷自杀前的狂想，充满诗情画意。

对于一个作家或者潜在的作家来说，福克纳能让他见识小说可以怎么去写，如何靠着细节，不掺杂一点外在的声音，把一个人、一个场景、一段对话写活。例如杰森的叙述部分，真切自然，如录音机般再现了一个小镇小市民的声音。福克纳对写作的十八般兵器样样精通，能以不同方式展开自己的叙述。作家按照一个视角写小说已属不易，能换三四种声音和视角来写，且各自成立，相互印证，彼此支持，非有些天分，难以成就。

如《红楼梦》一样，这本书记载了一个大家族的没落，只不过福克纳把这个没落的故事讲了四回，横看成岭，侧看成峰，叙述多次，却无冗余，只是把当初的叙述一步步推向纵深，或是以另外一种方式再现，让人回顾当初的叙述，产生新的联想或诠释，让读者能从康普森家族的衰亡中，反思美国南北战争后南方的走向，品味人性的错综复杂。

读者诸君若对美国文学感兴趣，福克纳的这本书既是高山，也是近路。福克纳如一个在文学巅峰的人物。要爬美国文学这座山，不管从哪个坡过去，通常都能看到他的身影。读福克纳，如同在峰顶看风景。很多现当代作品都有它的血脉。要想进入美国文学的殿堂，此书啃也要啃完，这是以后阅读中受用无穷的预备。

但需要提醒的是，这本书不是轻松愉悦的消遣读物。阅读过程中，读者可能也会遇到诸多困惑。小说大量使用意识流写法，思维跳跃性大，对于读者来说，有时候前后联系嫌松散。若想早点明白都是怎么回事，可不按照章节顺序来读，如先读附录，再读三四章，最后再读一二章，可能更容易理解。福克纳曾建议出版商把附录部分放在书前，因为它是理解其他章节的“密钥”。

当然，阅读方法应为读者自己的取舍。不同取舍会有不一样的遗憾。按照书的顺序从前往后读，恐怕好多地方不明白。先读附录吧，恐怕又有“剧透”之嫌。不管从哪里开始读，我们还会发现，在细节上会有些地方不一致，如小昆廷去杰森房间偷钱，附录介绍是从落水管爬下来，但是书中说是从树上爬下来的，这一点作者本人和小说中人物的说法不一。但这些出入，以及背后的原因，也是小说让人着迷的地方。

过去十年，我翻译了不少书，每次都有一个博学的美国朋友给我帮忙，解答我的各种问题。提到这本书，她破天荒地拒绝给我帮忙。她说此书颇为黑暗，书里似乎有鬼，会像梦魇一样缠住你。这一年多来，我在孤独和抑郁之中艰难翻译，慢慢校对。翻完此书，感觉元气大伤，决定把翻译这一爱好戒了。

此书旧译本出自翻译家李文俊先生之手。李先生的译文出神入化，他翻译之后再无译本问世。若非译林盛情邀请，我断不敢揽下翻译任务。这是我的第一部重译作品，这个过程中发觉重译比新译更难。翻译当中一直告诫自己不要重复李先生的文字，也不要东施效颦去模仿他的风格。为绕开印象上的先入为主，我每句话都从头翻。但回头再去翻看李先生的译本，常生出“眼前有景道不得，崔颢题诗在上头”的感慨。有时候一对照觉得自己的译文逊色，于是推倒重来，足够折腾。这一过程中得尊重原著，尊重旧译，还要尊重读者。翻译本来就是在原文和译文的表达之间的一场较量，而重译又意味着在这样的较量中增加了新的一方。

《喧哗与骚动》这样的作品，注定以后还会被人长时间研究。不同风格译本的存在，未必会打架，而可互补。翻译这样的著作是一浩大工程，每个译者的诠释都会有失误或偏颇之处。若非硬伤连连，需推翻某一翻译，则不同风格的译文并存，正可让读者多些选择。不同译者的诠释合在一起，更有可能帮读者和研究者接近原作的面貌。

文学翻译不可能是文字的机械转换，主观选择让翻译成为艺术。纯粹客观的译者我还没有遇到过。翻译中的转换，常属译者主动取舍，这也包括在整体风格上的选择。对于此书，我的一个总体选择是尽量贴近原文，少发挥一点，让读者去想象原文的感觉。我们常说翻译“信达雅”，而这一“雅”字，在翻译界争议不少。就这本书而言，我想我们不能把一个白痴的絮叨，或是自杀者的狂想，变作老北京聊天的那种光滑流畅的文字。我想一个好的译本，能让读者单独看译作时，看不到译者，但和其他译本对照起来，又有其独到之处。我尽量这样自我要求，至于做到了几分，也不能都由我说了算。

李先生译文的一些处理很灵巧，我的译文可能更为笨重，但如上所述，这是我自己的选择。比如李先生译文中将“caddie”译作了“开弟”，与“凯蒂”谐音，又能在语义上接近“球童”。不过“开弟”的说法并不存在，不如根据说话人当时的意思，译作“球童”，在注释中说明此词与班吉明喜欢的姐姐“凯蒂”的名字同音。另外一处，“Damuddy”，为班吉明外婆，译作“大姆娣”虽然从语音上看很巧妙，但问题是“大姆娣”这个中文词也不存在，无法让人知道这到底是什么样的人。美国很多小孩对于“祖母”有各种非常个性化的昵称，如“grannypanny”，但是多半还有一两个音节，与“祖母”（grandma，grandmother）关联，Damuddy也是，所以不如靠近“姥姥”一说，与原文一样做些变化，变做“姥娘”，因为“姥娘”也是中国一些方言中对外婆的称呼，但是不如“姥姥”常见。

书中其他一些地方，我也有稍微不同的选择，如白痴班吉明叙述的第一部分，时间转换过多，李先生选择一一注明时间。但是在福克纳的意识流式写作里，时间和事件频繁转换，一个词语、一个色彩、一个声音，都能让叙述者思维跳跃开，加时间的注释，客观上未必能和叙述者脑海中真实的时间一一对应。恐怕这样的注释对于普通读者作用不大，反有可能破坏阅读的流畅。我尽量和原文一样，仅以文字的正体和斜体区别，但是在前两章开头，对时间和事件有个总注释，但愿读者能稍加留意，对整章的理解有些好处，这是在追求阅读流畅和语义明确之间的一个折衷选择。这些处理，自然都是个人选择，倘有不妥，还望读者海涵。

此书翻译中，我需要感谢李文俊先生，他的敬业和认真，是我学习的榜样，也是压力与鞭策。我读过李先生回忆翻译福克纳的一些文章，看到他翻译此书历经艰难而不放弃。这样的精神，是我继续翻译下去的一个很大动力。

这里也特别感谢我们学校（俄克拉何马基督教大学）的领导艾利森·盖瑞特（Allison Garrett）博士，她作为校领导，非但不反对我把业余的精力用来做这些和平时工作（课程设计）无关的翻译工作，还热情地帮我解答各种疑难。英文系的瑞贝卡·布莱利博士（Rebecca Briley）、威利·斯蒂尔博士（Willie Steele），在马拉松般的翻译过程中也常加鼓励。在我翻译得上气不接下气之时，有这些志同道合的师友加油，实属安慰。此书十分难译，我翻译中的抱怨不少，为此我要感谢我的家人，尤其是两个孩子，长时间忍受我的聒噪。但愿他们记得这个过程，日后学校让他们看起《喧哗与骚动》来，他们不要偷懒。爸爸都逐字逐句译了一遍，你读上一遍又有什么？

方柏林

2012年元月于俄克拉何马

经典译林

Yilin Classics

书名	单价	书名	单价
癌症楼	78.00 元	艾青诗集	35.00 元
爱的教育	39.00 元	爱丽丝漫游奇境	29.00 元
安娜·卡列尼娜	65.00 元	安徒生童话选集	42.00 元
傲慢与偏见	36.00 元	奥德赛	92.00 元
八十天环游地球	32.00 元	巴黎圣母院	42.00 元
白洋淀纪事	39.00 元	百万英镑	35.00 元
包法利夫人	38.00 元	悲惨世界（上、下）	98.00 元
背影	28.00 元	被侮辱与被损害的人	39.00 元
边城	36.00 元	变色龙：契诃夫中短篇小说集	39.00 元
变形记 城堡	38.00 元	草叶集：惠特曼诗选	39.00 元
茶馆	32.00 元	茶花女	35.00 元
查拉图斯特拉如是说	38.00 元	沉思录	29.00 元
城南旧事	29.00 元	大卫·科波菲尔（上、下）	79.00 元
当代英雄	45.00 元	稻草人	29.00 元
地心游记	32.00 元	飞鸟集·新月集：泰戈尔诗选	39.00 元
飞向太空港	39.00 元	福尔摩斯探案集	58.00 元
复活	42.00 元	傅雷家书	49.00 元
富兰克林自传	36.00 元	钢铁是怎样炼成的	39.00 元
高老头	39.00 元	格列佛游记	35.00 元
格林童话全集	49.00 元	给青年的十二封信	38.00 元

书名	单价	书名	单价
古希腊悲剧喜剧集（上、下）	118.00 元	海底两万里	38.00 元
红楼梦	69.00 元	红与黑	49.00 元
呼兰河传	35.00 元	呼啸山庄	39.00 元
基督山伯爵（上、下）	108.00 元	纪伯伦散文诗经典	42.00 元
寂静的春天	35.00 元	假如给我三天光明	32.00 元
简·爱	39.00 元	金银岛	35.00 元
经典常谈	29.00 元	荆棘鸟	45.00 元
静静的顿河	128.00 元	镜花缘	49.00 元
局外人·鼠疫	38.00 元	菊与刀	35.00 元
克雷洛夫寓言	32.00 元	宽容	32.00 元
昆虫记	39.00 元	老人与海	32.00 元
理想国	45.00 元	聊斋志异	55.00 元
列那狐的故事	39.00 元	猎人笔记	38.00 元
林肯传	39.00 元	鲁滨逊漂流记	39.00 元
鲁迅杂文选集	36.00 元	绿山墙的安妮	36.00 元
罗马神话	16.80 元	罗生门	39.00 元
骆驼祥子	32.00 元	美丽新世界	35.00 元
名人传	39.00 元	拿破仑传	49.00 元
呐喊	29.00 元	牛虻	38.00 元
欧·亨利短篇小说选	36.00 元	欧也妮·葛朗台	32.00 元
彷徨	32.00 元	培根随笔全集	38.00 元
飘（上、下）	88.00 元	普希金诗选	42.00 元
骑鹅旅行记	36.00 元	乞力马扎罗的雪	39.80 元
热爱生命·海狼	38.00 元	人间草木：汪曾祺散文精选	49.00 元

书名	单价	书名	单价
人类群星闪耀时	36.00 元	人性的弱点	39.00 元
日瓦戈医生	68.00 元	儒林外史	42.00 元
三个火枪手	59.00 元	三国演义	59.00 元
沙乡年鉴	42.00 元	莎士比亚喜剧悲剧集	49.00 元
少年维特的烦恼	28.00 元	神秘岛	48.00 元
神曲（共三册）	128.00 元	十日谈	68.00 元
世说新语（上、下）	89.00 元	双城记	45.00 元
水浒传	69.00 元	四世同堂（上、下）	78.00 元
苔丝	39.00 元	谈美	35.00 元
谈美书简	36.00 元	汤姆·索亚历险记	32.00 元
汤姆叔叔的小屋	45.00 元	唐诗三百首	39.00 元
堂吉诃德	78.00 元	天方夜谭	42.00 元
童年	38.00 元	童年·在人间·我的大学	49.00 元
瓦尔登湖	36.00 元	我是猫	39.00 元
乌合之众	35.00 元	物种起源	42.00 元
雾都孤儿	44.00 元	西顿野生动物故事集	38.00 元
西游记	62.00 元	希腊古典神话	49.00 元
乡土中国	36.00 元	小妇人	45.00 元
小王子	29.00 元	星星离我们有多远	35.00 元
喧哗与骚动	58.00 元	羊脂球	38.00 元
一九八四	36.00 元	一间自己的房间	36.00 元
伊利亚特	82.00 元	伊索寓言：555 则	36.00 元
尤利西斯	58.00 元	约翰·克利斯朵夫（上、下）	98.00 元
月亮和六便士	45.00 元	战争与和平（上、下）	108.00 元

书名	单价	书名	单价
朝花夕拾	22.00 元	中国民间故事	39.00 元
子夜	49.00 元	最后一课	36.00 元
罪与罚	66.00 元